主编简介

李 致 文学博士，河北大学文学院副教授，硕士生导师。研究方向为中国现当代文学，目前主要研究领域为左翼戏剧与文学。在《文学评论》《中国现代文学研究丛刊》《鲁迅研究月刊》《文艺理论与批评》《新文学史料》等核心期刊发表论文数十篇，主持国家社科基金项目1项，参与3项；主持河北省基金1项。论文《五四传统与左翼戏剧观念内核的建构》获首届"孙犁文学奖"。

本书为河北省教育厅教育科学规划项目"基于践行社会主义核心价值观目标的中文专业课程改革与教学实践"（GH181035）结项成果

中国现代文学名篇导读

革命文学作品

主　编◎李　致

副主编◎田　天　高　静

人民日报
出版社·
北京

人民日报学术文库

图书在版编目（CIP）数据

中国现代文学名篇导读. 革命文学作品／李致主编
. —北京：人民日报出版社，2020. 6
ISBN 978 - 7 - 5115 - 6412 - 2

Ⅰ. ①中… Ⅱ. ①李… Ⅲ. ①中国文学—现代文学—
革命文学—文学研究 Ⅳ. ①I206. 6

中国版本图书馆 CIP 数据核字（2020）第 086171 号

书　　名：中国现代文学名篇导读. 革命文学作品
　　　　　ZHONGGUO XIANDAI WENXUE MINGPIAN DAODU.
　　　　　GEMING WENXUE ZUOPIN

主　　编：李　致

出 版 人：刘华新
责任编辑：宋　娜
封面设计：中联学林

出版发行：人民日报出版社

社　　址：北京金台西路 2 号
邮政编码：100733
发行热线：(010) 65369509　65369846　65363528　65369521
邮购热线：(010) 65369530　65363527
编辑热线：(010) 65369521
网　　址：www. peopledailypress. com
经　　销：新华书店
印　　刷：三河市华东印刷有限公司
法律顾问：北京科宇律师事务所 (010) 83622312

开　　本：710mm×1000mm　1/16
字　　数：245 千字
印　　张：16. 5
版次印次：2020 年 6 月第 1 版　　2020 年 6 月第 1 次印刷

书　　号：ISBN 978 - 7 - 5115 - 6412 - 2
定　　价：78. 00 元

编选说明

本书精选鲁迅、郭沫若、茅盾、老舍、艾青、陈独秀、瞿秋白、蒋光慈、柔石、艾芜、沙汀、孙犁、闻一多、梁斌、殷夫、臧克家、戴望舒、高兰、穆旦、洪深、夏衍、孔厥、袁静等文学名家所写的24篇文学作品进行导读。这些作家既有我们一般认知中的革命作家，也有一些我们在以往印象中可能并不那么"革命"的作家。尽管鲁迅曾经特别强调做革命文学首先要先做革命人，因为革命人写出来的文学才是革命文学；但我们也不可否认，在中国现代文学史上有些作家并非旗帜鲜明的革命人，但他们写出来的作品却流露着浓厚的革命文学气息。我们认为，这些作家写出来的作品，也能引起一般读者对革命文学的共鸣，吸引读者对革命文化的认同。

本书所选24篇作品从体裁上讲，既有小说，也有诗歌、散文和戏剧，初衷是希望引导大学生在接受革命文学精神洗礼的同时，也提升其审美能力和文学感悟力。

弘扬红色精神的内涵，主要通过引导大学生阅读、了解革命文学作品，获得对中国革命历史文化鲜活且深入的了解，探索文学与当代社会人文精神的契合点，通过对革命作家的人生道路解读，发掘革命文学所蕴含的当代人文精神资源，主旨是借助革命文学名篇名著的可读性在大学生中加强社会主义核心价值观教育，让革命文学成为当今社会一种与日常生活紧密相连、又具有超越性的精神资源。因此，本书采用作品导读和课后思考与练习相结合的体例，即先介绍作家简况，然后通过阅读作品获得文学的直观感受，在此基础上再加入作品导读，以期对作品有更深入的思考；

在对作品有较为深刻理解和思考后，又通过课后思考与练习引导其汲取作品中的人文精神内涵。为使当代大学生更贴近文学创作的历史语境，本书在编选作品时强调尽可能选取其初版本。考虑到本书的读者多为非中文专业的大学生，在撰写导读时，我们更注意通俗性与专业性的结合。

　　因经验和知识能力所限，本书存在的疏漏与不足在所难免。恳请方家多提宝贵意见。

编　者

目 录
CONTENTS

文学革命论

陈独秀

陈独秀（1879—1942），原名庆同，官名乾生，字仲甫，号实庵，安徽怀宁（今安庆）人。他是《新青年》杂志的创刊人、新文化运动的发起者和领导者、五四运动的主要领导人。其政论文章汪洋恣肆，尖锐犀利，代表作有：《敬告青年》（1915 年）、《文学革命论》（1917 年）等。主要著作收入《独秀文存》（1922 年）、《陈独秀文章选编》（1984 年）、《陈独秀思想论稿》《陈独秀著作选编》等。

今日庄严灿烂之欧洲，何自而来乎？曰，革命之赐也。欧语所谓革命者，为革故更新之义，与中土所谓朝代鼎革，绝不相类；故自文艺复兴以来，政治界有革命，宗教界亦有革命，伦理道德亦有革命，文学艺术亦莫不有革命，莫不因革命而新兴、而进化。近代欧洲文明史，宜可谓之革命史。故曰，今日庄严灿烂之欧洲，乃革命之赐也。

吾苟偷庸懦之国民，畏革命如蛇蝎，故政治界虽经三次革命，而黑暗未尝稍减。其原因之小部分，则为三次革命，皆虎头蛇尾，未能充分以鲜血洗净旧汙；其大部分，则为盘踞吾人精神界根深底固之伦理、道德、文学、艺术诸端，莫不黑幕层张，垢污深积，并此虎头蛇尾之革命而未有焉。此单独政治革命所以于吾之社会，不生若何变化，不收若何效果也。推其总因，乃在吾人疾视革命，不知其为开发文明之利器故。

孔教问题，方喧呶于国中，此伦理道德革命之先声也。文学革命之气运，酝酿已非一日，其首举义旗之急先锋，则为吾友胡适。余甘冒全国学究之敌，高张"文学革命军"大旗，以为吾友之声援。旗上大书特书吾革命军三大主义：曰，推倒雕琢的、阿谀的贵族文学，建设平易的、抒情的国民文学；曰，推倒陈腐的、铺张的古典文学，建设新鲜的、立诚的写实文学；曰，推倒迂晦的、艰涩的山林文学，建设明了的、通俗的社会文学。

"国风"多里巷猥辞，"楚辞"盛用土语方物，非不斐然可观。承其流者，两汉赋家，颂声大作，雕琢阿谀，词多而意寡，此贵族之文、古典之文之始作俑也。魏、晋以下之五言，抒情写事，一变前代板滞堆砌之风，在当时可谓为文学一大革命，即文学一大进化；然希托高古，言简意晦，社会现象，非所取材，是犹贵族之风，未足以语通俗的国民文学也。齐、梁以来，风尚对偶，演至有唐，遂成律体。无韵之文，亦尚对偶。"尚书"、"周易"以来，即是如此。（古人行文，不但风尚对偶，且多韵语，故骈文家颇主张骈体为中国文章正宗之说。〔亡友王无生即主张此说之一人。〕不知古书传钞不易，韵与对偶，以利传诵而已。后之作者，乌可泥此？）

东晋而后，即细事陈启，亦尚骈丽。演至有唐，遂成骈体。诗之有律，文之有骈，皆发源于南北朝，大成于唐代。更进而为排律，为四六。此等雕琢的、阿谀的、铺张的、空泛的贵族古典文学，极其长技，不过如涂脂抹粉之泥塑美人，以视八股试帖之价值，未必能高几何，可谓为文学之末运矣！韩、柳崛起，一洗前人纤巧堆朵之习，风会所趋，乃南北朝贵族古典文学，变而为宋、元国民通俗文学之过渡时代。韩、柳、元、白，应运而出，为之中枢。俗论谓昌黎文章起八代之衰，虽非确论，然变八代之法，开宋、元之先，自是文界豪杰之士。吾人今日所不满于昌黎者二事：

一曰，文犹师古。虽非典文，然不脱贵族气派，寻其内容，远不若唐代诸小说家之丰富，其结果乃造成一新贵族文学。

二曰，误于"文以载道"之谬见。文学本非为载道而设，而自昌黎以讫曾国藩所谓载道之文，不过钞袭孔、孟以来极肤浅极空泛之门面语而已。余尝谓唐、宋八家文之所谓"文以载道"，直与八股家之所谓"代圣贤立言"，同一鼻孔出气。

以此二事推之，昌黎之变古，乃时代使然，于文学史上，其自身并无十分特色可观也。元、明剧本，明、清小说，乃近代文学之粲然可观者，惜为妖魔所厄，未及出胎，竟尔流产，以至今日中国之文学，委琐陈腐，远不能与欧洲比肩。此妖魔为何？即明之前后七子及八家文派之归、方、刘、姚是也。此十八妖魔辈，尊古蔑今，咬文嚼字，称霸文坛，反使盖代文豪若马东篱，若施耐庵，若曹雪芹诸人之姓名，几不为国人所识。若夫七子之诗，刻意模古，直谓之抄袭可也。归、方、刘、姚之文，或希荣誉墓，或无病而呻，满纸之乎者也矣焉哉。每有长篇大作，摇头摆尾，说来说去，不知道说些甚么。此等文学，作者既非创造才，胸中又无物，其伎俩惟在仿古欺人，直无一字有存在之价值，虽著作等身，与其时之社会文明进化无丝毫关系。

今日吾国文学，悉承前代之敝，所谓"桐城派"者，八家与八股之混合体也；所谓"骈体文"者，思绮堂与随园之四六也；所谓"西江派"者，山谷之偶像也。求夫目无古人，赤裸裸的抒情写世，所谓代表时代之文豪者，不独全国无其人，而且举世无此想。文学之文，既不足观，应用之文，益复怪诞：碑铭墓志，极量称扬，读者决不见信，作者必照例为之；寻常启事，首尾恒有种种谀词；居丧者即华居美食，而哀启必欺人曰"苫块昏迷"；赠医生以匾额，不曰"术迈岐黄"，即曰"著手成春"；穷乡僻壤极小之豆腐店，其春联恒作"生意兴隆通四海，财源茂盛达三江"；此等国民应用之文学之丑陋，皆阿谀的、虚伪的、铺张的贵族古典文学阶之厉耳。

际兹文学革新之时代，凡属贵族文学、古典文学、山林文学，均在排斥之列。以何理由而排斥此三种文学耶？曰，贵族文学，藻饰依他，失独立自尊之气象也；古典文学，铺张堆砌，失抒情写实之旨也；山林文学，深晦艰涩，自以为名山著述，于其群之大多数无所裨益也。其形体则陈陈相因，有肉无骨，有形无神，乃装饰品而非实用品；其内容则目光不越帝王权贵，神仙鬼怪，及其个人之穷通利达。所谓宇宙，所谓人生，所谓社会，举非其构思所及，此三种文学公同之缺点也。此种文学，盖与吾阿谀、夸张、虚伪、迂阔之国民性互为因果。今欲革新政治，势不得不革新盘踞于运用此政治者精神界之文学。使吾人不张目以观世界社会文学之趋势，及时代之精神，日夜埋头故纸堆中，所目注心营者，不越帝王、权贵、鬼怪、神仙与夫个人之穷通利达，以此而求革新文学，革新政治，是缚手足而敌孟贲也。

欧洲文化，受赐于政治科学者固多，受赐于文学者亦不少。予爱卢梭、巴士特之法兰西，予尤爱虞哥、左喇之法兰西；予爱康德、赫克尔之德意志，予尤爱桂特郝、卜特曼之德意志；予爱倍根、达尔文之英吉利，予尤爱狄铿士、王尔德之英吉利。吾国文学界豪杰之士，有自负为中国之虞哥、左喇、桂特郝、卜特曼、狄铿士、王尔德者乎？有不顾迂儒之毁誉，明目张胆以与十八妖魔宣战者乎？予愿拖四十二生的大炮，为之前驱！

（原载《新青年》1917 年 2 月 1 日第 2 卷第 6 号）

【作品导读】

19 世纪末，严复翻译英国生物学家赫胥黎的《天演论》，向处于生死存亡关头的中国宣传了"物竞天择，适者生存"的观点，这启发了以陈独秀为代表的一众有志青年。从"师夷长技"的洋务运动到"中体西用"的戊戌变法和辛亥革命，中国在器物方面、军事方面、经济方面和政体方面的探索均以失败告终。1915 年的新文化运动自然而然地将视野转向思想文化层面。而在 1917 年 2 月首发于《新青年》的《文学革命论》就以坚定的"三大主义"引起社会热议，对旧中国的思想界、文化界产生了重要影响。于文学而言，《文学革命论》重估中国文学传统，奠定了新文学的发展方向。

开篇之际陈独秀阐明欧洲语境下的"革命"的含义，"革命者，为革故更新之义，与中土所谓朝代鼎革，绝不相类"。显然，他吸收了进化论中激进的革命含义，为旧中国脱胎换骨开出的"药方"就是欧洲文明。从政治、宗教、伦理道德、文学艺术的革新推演至整个欧洲的进步，在进化论的框架下这种观点受到大范围的推崇是毋庸置疑的。

"疾视革命，不知其为开发文明之利器故"是陈独秀分析革命收效甚微的根本原因。而此根本原因又可由部分原因推断：不彻底的三次革命——洋务运动、戊戌变法、辛亥革命；国人根深蒂固的精神弊端。在此，陈独秀视国民性的精神痼疾为社会变革的"拦路虎"，抛开早期革命者对于革命的部分幼稚片面看法，回到历史语境本身，这一急切的"药方"逃不开"病急乱投医"的嫌疑。但也就是这一高涨的救亡激情，承载着启蒙的重任。由此，20世纪中国文学从诞生伊始，就天生地带有浓重的感性、飞扬的热情、置之死地而后生的救亡意图。

如果说前两段是对"革命"失败原因的冷静分析，那么第三段则是更加鲜明地指出"文学革命军"的行动指南。"革命军三大主义：曰，推倒雕琢的、阿谀的贵族文学，建设平易的、抒情的国民文学；曰，推倒陈腐的、铺张的古典文学，建设新鲜的、立诚的写实文学；曰，推倒迂晦的、艰涩的山林文学，建设明了的、通俗的社会文学。"这简明扼要的三大主义因标明"新文学"的发展方向而被青年作家奉为创作指导，被后世批评家引为考察及评价"新文学"创作成果的标准。推倒"贵族文学"直指封建文学的内核，推倒"古典文学"抨击其堆砌华丽辞藻，推倒"山林文学"实则是指出晦涩语言失去了普及性意义。在强烈的救亡情绪刺激下，在进化论漩涡般的吸引下，陈独秀自然强调新文学和旧文学的对立性和矛盾性，"三大主义"所倡导的文学革命是将文学上的"革命"纳入政治革命、社会革命的宏大进程中，以轰轰烈烈的姿态席卷社会的注意，以达成"掀掉屋顶"的目的。胡适在谈到陈独秀的文学革命观点时，曾这样说道："当时若没有陈独秀'必不容反对者有讨论之余地'的精神，文学革命的运动决不能引起那样大的注意。"如此看来，陈独秀的《文学革命论》真如鲁迅所言："中国人性情是总喜欢调和、折中的。譬如你说，这屋子太暗，须在这里开一个窗，大家一定不允许的。但如果你主张拆掉屋顶，他们就会来调和，愿意开窗了。没有更激烈的主张，他们总连平和的改革也不肯行。"

从"国风""楚辞"到汉赋、魏晋五言、唐律诗，再到桐城派、西江派，陈独秀以犀利的眼光穿透千年的中国传统文学，每一个针锋相对都直逼各朝各代典型文类的内在缺陷。实际上，这正是新文化运动中新青年认识的转变所导致的结果。用进化论的框架观照古代文学的发展历程，朝代更替，文学的直线式发展必然营造出当今的文学胜过先前文学的氛围。以文学发展的"最高阶段"来审视"文以载道"的传统文学，在加之新文化运动时期文学革命者改造社会、启蒙国民的强烈诉求，言辞中的激奋之情也就不言而喻了。

我们注意到，在阐述古典文学腐朽僵化时，陈独秀对两次文学变革大加赞赏：一是魏晋五言，"一变前代板滞堆砌之风""未足以语通俗的国民文学"；一是韩愈、柳宗元的文章，"变八代之法，开宋、元之先"。虽然强调二次文学变革的重要意义，但笔峰一转，称其"时代使然"，而于文学自身并无多大益处，可见陈氏的眼光独到、犀利。在封建文学的框架下，无论在形式上翻出多大的浪花，在内容上依旧是"代圣贤立言"，无法摆脱压抑人性、束缚社会进步的本质。

最后进一步细致说明贵族文学、古典文学、山林文学须加剔除的原因。认为它们缺乏对"宇宙""人生"和"社会"的"构思"和书写，从形体、内容两方面指出三种文学的虚假和狭窄。文末以酣畅淋漓的气势看似表白心中的文人志士，呼唤文学大师，实则指出文学变革的方向，亦即欧洲文化。

以往的学界评价大多集中于政治身份的契合，做出符合历史评价的政治性评价，以政治决定论为标尺，把阶级分析时代得出的结论作为定评。实际上，陈独秀虽然热心政治，但在发表《文学革命论》的1917年，陈独秀并无实际的政治身份。那么以纯文学的标准认为《文学革命论》结论含混，与文学无关吗？实际上陈独秀正是看到了文学的启蒙作用，才借以开启文学革命的浪潮。在他看来，文学革命绝非文学自身的文学观念、主旨题材文学体式、语言等内部诸要素的变革，还承担着重塑国民性、启蒙大众的社会责任。也就是说，文学并非独立的话题，以陈独秀为代表的启蒙者最初关注的是社会变革，其次才是文学，而被关注的原因则是看中了文学的启蒙价值，试图通过思想层面的改造以改变旧中国的社会体系，甚至是穷苦落后的国族命运。由此可见，现代文学的起步便和政治密切相连，彼此交融。无论是以政治决定论还是纯文学的观点观照现代文学都无法窥得真相。

《文学革命论》摇旗呐喊，企求重建文学与社会的密切关系，将文学纳入社会政治运作体系中发挥其作用，蕴藏着中国知识分子深入骨髓的社会责任心，"为天地立心，为生民立命"是他们永不放弃的担当，在推动中国文学和社会的发展上，陈独秀等启蒙者前仆后继，为后世留下了宝贵的精神财富。

【思考与练习】

1. 如何理解《文学革命论》的文学价值?

2. 如何理解新文化运动时期,陈独秀等人的文学变革理念?

3. 如何看待以陈独秀为代表的知识分子的社会使命?

（撰稿：李　姣）

由中国女人的脚，推定中国人之非中庸，又由此推定孔夫子有胃病

（"学匪"派考古学之一）

鲁　迅

鲁迅（1881—1936），浙江绍兴人，原名周树人，字豫才，20 世纪中国伟大的思想家和文学家。鲁迅一生写了大量杂文。从 1918 年在《新青年》上发表"随感录"开始到 1936 年去世前未完篇《因太炎先生而想起的二三事》为止，杂文创作贯穿了鲁迅文学活动的始终。杂文，是鲁迅对中国现代文学和现代文化做出的重要贡献，是鲁迅在思想、文化领域进行战斗的重要文学形式。他生前编订的杂文集共有 16 部，包括《热风》《坟》《华盖集》《华盖集续编》《而已集》《三闲集》《二心集》《南腔北调集》《伪自由书》《准风月谈》《花边文学》《且介亭杂文》《且介亭杂文二编》《且介亭杂文末编》《集外集》和《集外集拾遗》等。

古之儒者不作兴谈女人，但有时总喜欢谈到女人。例如"缠足"罢，从明朝到清朝的带些考据气息的著作中，往往有一篇关于这事起源的迟早的文章。为什么要考究这样下等事呢，现在不说他也罢，总而言之，是可以分为两大派的，一派说起源早，一派说起源迟。说早的一派，看他的语气，是赞成缠足的，事情愈古愈好，所以他一定要考出连孟子的母亲，也是小脚妇人的证据来。说迟的一派却相反，他不大恭维缠足，据说，至早，亦不过起于宋朝的末年。

其实，宋末，也可以算得古的了。不过不缠之足，样子却还要古，学者应该"贵古而贱今"，斥缠足者，爱古也。但也有先怀了反对缠足的成见，假造证据的，例如前明才子杨升庵先生，他甚至于替汉朝人做《杂事

秘辛》，来证明那时的脚是"底平趾敛"。

于是又有人将这用作缠足起源之古的材料，说既然"趾敛"，可见是缠的了。但这是自甘于低能之谈，这里不加评论。

照我的意见来说，则以上两大派的话，是都错，也都对的。现在是古董出现的多了，我们不但能看见汉唐的图画，也可以看到晋唐古坟里发掘出来的泥人儿。那些东西上所表现的女人的脚上，有圆头履，有方头履，可见是不缠足的。古人比今人聪明，她决不至于缠小脚而穿大鞋子，里面塞些棉花，使自己走得一步一拐。

但是，汉朝就确有一种"利屣"，头是尖尖的，平常大约未必穿罢，舞的时候，却非此不可。不但走着爽利，"潭腿"似的踢开去之际，也不至于为裙子所碍，甚至于踢下裙子来。那时太太们固然也未始不舞，但舞的究以倡女为多，所以倡伎就大抵穿着"利屣"，穿得久了，也免不了要"趾敛"的。然而伎女的装束，是闺秀们的大成至圣先师，这在现在还是如此，常穿利屣，即等于现在之穿高跟皮鞋，可以俨然居炎汉"摩登女郎"之列，于是乎虽是名门淑女，脚尖也就不免尖了起来。先是倡伎尖，后是摩登女郎尖，再后是大家闺秀尖，最后才是"小家碧玉"一齐尖。待到这些"碧玉"们成了祖母时，就入于利屣制度统一脚坛的时代了。

当民国初年，"不佞"观光北京的时候，听人说，北京女人看男人是否漂亮（自按：盖即今之所谓"摩登"也）的时候，是从脚起，上看到头的。所以男人的鞋袜，也得留心，脚样更不消说，当然要弄得齐齐整整，这就是天下之所以有"包脚布"的原因。仓颉造字，我们是知道的，谁造这布的呢，却还没有研究出。但至少是"古已有之"，唐朝张鷟作的《朝野佥载》罢，他说武后朝有一位某男士，将脚裹得窄窄的，人们见了都发笑，可见盛唐之世，就已有了这一种玩意儿，不过还不是很极端，或者还没有很普及。然而，好像终于普及了。由宋至清，绵绵不绝，民元革命以后，革了与否，我不知道，因为我是专攻考"古"学的。

然而奇怪得很，不知道怎的（自按：此处省略失学者态度），女士们之对于脚，尖还不够，并且勒令她"小"起来了，最高模范，还竟至于以三寸为度。这么一来，可以不必兼买利屣和方头履两种，从经济的观点来看，是不算坏的，可是从卫生的观点来看，却未免有些"过火"，换一句话，就是"走了极端"了。

我中华民族虽然常常的自命为爱"中庸"，行"中庸"的人民，其实是颇不免于过激的。譬如对于敌人罢，有时是压服不够，还要"除恶务尽"，杀掉不够，还要"食肉寝皮"。但有时候，却又谦虚到"侵略者要进来，让他们进来。也许他们会杀了十万中国人。不要紧，中国人有的是，我们再有人上去"。这真教人会猜不出是真痴还是假呆。而女人的脚尤其是一个铁证，不小则已，小则必求其三寸，宁可走不成路，摇摇摆摆。慨自辫子肃清以后，缠足本已一同解放的了，老新党的母亲们，鉴于自己在皮鞋里塞棉花之麻烦，一时也确给她的女儿留了天足。然而我们中华民族是究竟有些"极端"的，不多久，老病复发，有些女士们已在别想花样，用一枝细黑柱子将脚跟支起，叫它离开地球。她到底非要她的脚变把戏不可。由过去以测将来，则四朝（假如仍有朝代的话）之后，全国女人的脚趾都和小腿成一直线，是可以有八九成把握的。

然则圣人为什么大呼"中庸"呢？曰：这正因为大家并不中庸的缘故。人必有所缺，这才想起他所需。穷教员养不活老婆了，于是觉到女子自食其力说之合理，并且附带地向男女平权论点头；富翁胖到要发哮喘病了，才去打高而富球，从此主张运动的紧要。我们平时，是决不记得自己有一个头，或一个肚子，应该加以优待的，然而一旦头痛肚泻，这才记起了他们，并且大有休息要紧，饮食小心的议论。倘有谁听了这些议论之后，便贸贸然决定这议论者为卫生家，可就失之十丈，差以亿里了。

倒相反，他是不卫生家，议论卫生，正是他向来的不卫生的结果的表现。孔子曰，"不得中行而与之，必也狂狷乎，狂者进取，狷者有所不为也！"以孔子交游之广，事实上没法子只好寻狂狷相与，这便是他在理想上之所以哼着"中庸，中庸"的原因。

以上的推定假使没有错，那么，我们就可以进而推定孔子晚年，是生了胃病的了。"割不正不食"，这是他老先生的古板规矩，但"食不厌精，脍不厌细"的条令却有些稀奇。他并非百万富翁或能收许多版税的文学家，想不至于这么奢侈的，除了只为卫生，意在容易消化之外，别无解法。况且"不撤姜食"，又简直是省不掉暖胃药了。何必如此独厚于胃，念念不忘呢？曰，以其有胃病之故也。

倘说：坐在家里，不大走动的人们很容易生胃病，孔子周游历国，运动王公，该可以不生病证的了。那就是犯了知今而不知古的错误。盖当时花旗白面，尚未输入，土磨麦粉，多含灰沙，所以分量较今面为重；国道尚未修成，泥路甚多凹凸，孔子如果肯走，那是不大要紧的，而不幸他偏有一车两马。胃里袋着沉重的面食，坐在车子里走着七高八低的道路，一颠一顿，一掀一坠，胃就被坠得大起来，消化力随之减少，时时作痛；每餐非吃"生姜"不可了。所以那病的名目，该是"胃扩张"；那时候，则是"晚年"，约在周敬王十年以后。

以上的推定，虽然简略，却都是"读书得间"的成功。但若急于近功，妄加猜测，即很容易陷于"多疑"的谬误。例如罢，二月十四日《申报》载南京专电云："中执委会令各级党部及人民团体制'忠孝仁爱信义和平'匾额，悬挂礼堂中央，以资启迪。"看了之后，切不可便推定为各要人讥大家为"忘八"；三月一日《大晚报》载新闻云："孙总理夫人宋庆龄女士自归国寓沪后，关于政治方面，不闻不问，惟对社会团体之组织非常热心。据本报记者所得报告，前日有人由邮政局致宋女士之索诈信□（自按：原缺）件，业经本市当局派驻邮局检查处检查员查获，当将索诈信截留，转辗呈报市府。"看了之后，也切不可便推定虽为总理夫人宋女士的信件，也常在邮局被当局派员所检查。

盖虽"学匪派考古学"，亦当不离于"学"，而以"考古"为限的。

（三月四日夜）

（选自上海同文书店《南腔北调集》，1934年3月初版）

【作品导读】

鲁迅一生写了大量杂文。1907—1936年间，鲁迅的杂文创作贯穿他的整个文学生涯。可以说，杂文是最具鲁迅个性的文体，也是鲁迅贡献给20世纪中国文学乃至中国文化的瑰宝。杂文作为一种独特的文学形式，具有便捷性、时效性和评论性等特质，易于传达出置身特定时代语境的作者本人直面社会现实的心理动态和心灵感受。因此，鲁迅的杂文创作也是研究者走进鲁迅精神空间，探寻其文化观念和革命立场的重要渠道。学界通常以 1927 年为界，把鲁迅的杂文创作分为前期和后期。隐喻倾向的特色在前期较为明显，尖刻辛辣的讽刺在后期（尤其是为论争目的而写的杂文）较为突出。1930 年前后鲁迅转向"左翼"后，其杂文指陈时弊的批判意味以及革命的政论导向更为明确。《由中国女人的脚，推定中国人之非中庸，又由此推定孔夫子有胃病》（以下简称《由中国女人的脚》）最初发表于 1933 年 3 月 16 日《论语》的第 13 期，属于鲁迅后期的杂文创作。该文带有鲜明的"后期"色彩，语言犀利、逻辑鲜明、指向明确，同时兼具前期的隐喻倾向，小处着手、借古讽今、层层推进，是一篇带有文化反思意味的"有趣"之作。

富有"战斗性"是这篇杂文创作的重要特征。与鲁迅诸多带有争论色彩的杂文一样，该文旨在"对于有害的事物，立刻给以反响或抗争"，是一篇立足于知识分子批判立场的"社会论文"——"战斗的'阜利通'（feuilleton）"（瞿秋白语）。换而言之，这篇副标题为"'学匪'派考古学之一"的杂文是"返实的"，其"战斗性"是指向"当下的"，占据全文绝大篇幅的考据、论述和推理旨在"评判"《申报》和《大晚报》（原文倒数第二段）所刊载的两则新闻的"真实性"，即以投枪般的锋芒戳破中执委会倡导"儒学"的巨测居心，以匕首般的利刃划清官办报纸对邮局检查机关"公正"审查的虚假报道。诚如唐弢所云，"杂文的战斗作用总是通过内容的高度逻辑性来体现的"（唐弢：《鲁迅杂文的艺术特征》），而本文"内容的高度逻辑性"基本可以提炼并反映在主标题之中，即"由中国女人的脚，推定中国人之非中庸，又由此推定孔夫子有胃病"。包含 27 个汉字的文章题目在任何一种文体中均为罕见，鲁迅有意打破常规，并非意欲以"字数"见长博人眼球，更是意图用"逻辑"思维总领全文。区别于通常的论辩模式，鲁迅的行文思路往往是逆向的，也就是先讲道理，后摆事实。该文总共有 14 个段落，前 12 个段落是"返实"前的"铺陈"，也就是"摆事实"前的"讲道理"。从女人"缠足"的历史考据出发，得出结论是族人并不"中庸"而是"走了极端"；再从孔子大呼"中庸"的原因谈起，得出结论是"人必有所缺，这才想起所需"，由于"不得中行而与之"，所以只能在理想上"哼着'中庸，中庸'"；最后从"孔子晚年，是生了胃病"这一结论反推，用其"不撤姜食"的细节漏洞和"割不正不食""食不厌精，脍不厌细"的不切实际，证明其堂而皇之的大谈"中庸"不是因为"理想"，而是因为自身有病。在精读文本后不难发现，倒数第2段所剪贴的新闻与前12段所撰述的历史存在"浅隐"的对应关系。比如孔子"哼着'中庸，中庸'"与中执委会下令制"'忠孝仁爱信义和平'匾额"相对；再比如"割不正不食""食不厌精，脍不厌细""不撤姜食"与"惟对社会团体之组织非常热心""当将索诈信截留，辗转呈报市府"口吻相仿；还有用"花旗白面"代指美国支持，用"一车两马"代指政府轿车，最终以"孔子身体有胃病"暗讽当时的国民党政府管理体制有问题，等等。如此，"铺陈"以历史考据开始，借逻辑推理得出客观结论；"返实"以时下报道为靶心（并与"铺陈"中细节相对应），以所得结论作为理论依据。当然，这也可以视为是身处白色恐怖之中的鲁迅在文章结构层面的一种"曲笔"，与其在具体行文中以括号备注或文章标题的形式强调"学者"立场和"考古学"范畴一样，是一种隐晦的写法。但尽管如此，其"攻击性"并未被减弱，反而得到了增强。因为其"战斗精神"始终暗藏于丰富而严谨的逻辑推理之中，不断积攒力量，待"道理"全部讲解就绪，再摆出"事实"，让"真相"浮出水面，将"锋芒"直指时局痼弊，择其要点，一针见血，起到鲁迅一直所推崇的"伺隙趁虚，以一击制敌人的死命"的笔战效果。

《由中国女人的脚》同样是一篇具有思想深度和文化内涵的文学创作。其"文学性"不仅仅体现为在篇章布局和遣词造句中对修辞手法（比如夸张、借代、比喻和反语等）的应用，更体现为在论辩过程中问题切入的文化视角和问题阐释的形象思维。提及鲁迅的文化观，我们不能不联想到他的《文化偏至论》。在鲁迅看来，"包括东、西方文化在内的一切文化的现实形态，都是'偏至'的，也即是不完美、有缺陷的。正视人类文化的现实形态的这种偏至性，就可以使人们不会陷入将任何一种文化神圣化、绝对化的神话"（钱理群：《鲁迅作品十五讲》）。事实上，《由中国女人的脚》正是对鲁迅在《文化偏至论》中所持文化观念的一种具象化的描述。仍然从该文标题讲起，起点是"女人的脚"，终点是"孔夫子有胃病"，核心是"中国人之非中庸"。很显然，无论是"中国女人的脚"，还是

"孔子的饮食习惯"，均是作为中国传统文化的符码而被提及，是一种类型化的提炼，完全符合鲁迅杂文一贯的讽喻风格，即"论时事不留面子，贬痼弊常取类型"。不管该文论战的锋芒指向何处，其论证的开始确然是从文化谈起的，并以文化的具体形态为切入点；其论证的焦点仍然是针对文化的"非中庸"，也就是文化的"偏至"；而论证的过程和主要手段则是通过形象化进行阐释。

文学是人学，文学的创作是对人类精神空间的探索。继续深入文本不难发现，该文的论辩过程始终贯穿着史学家的学理视野，遵从于传统与现代、东方与西方的比对模式。从女子缠足习惯历史的溯源到孔子饮食习惯原因的考辨，作者的关注点是传统文化的"旧习"，而其参照点是摩登领域的"高跟鞋"和医学层面的"胃扩张"，也就是所谓现代文明的"新篇"。梳理历史，观照当下；在指陈传统文化的痼疾的同时，不忘忧思现代文明的危机。同样是论及"女人的缠足"和"孔子的言行"，这种"往返式"的质疑和"比对式"的评判使得该文相较《以脚报国》和《在现代中国的孔夫子》，有着更为深刻的哲理性和思辨性。当然，文化层面的反思归根结底要落实到对国民性的反思，具体到该文就是对"国民性中缺乏正视自身文化'偏至'的理性和勇气"这一症状的批判。"立人"的思想是鲁迅文学创作的核心，由"立人"进而"立国"的思路是他精神探索的方向，正所谓"国人之自觉至，个性张，沙聚之邦，由是转为人国"（鲁迅《文化偏至论》）。该文借着戏谑调侃——"先是倡伎尖，后是摩登女郎尖，再后是大家闺秀尖，最后才是'小家碧玉'一齐尖，待到这些'碧玉'们成了祖母时，就入于利屣制度统一脚坛的时代"，——从一个侧面给了缺乏理性精神、缺乏独立意识、麻木不仁、盲目跟风以至于永远被桎梏于"看与被看"二元对立模式的国民劣根性以重重的一击。鲁迅在该文中所表露的文化观念和立人思想，使其不仅作为一篇具有革命精神的战斗檄文，更是作为一篇具有思想深度的文学创作而存在。

最后，这篇杂文的"趣味性"也同样值得关注，比如夸张的假设、戏谑的类比和反用的经典，等等。按照鲁迅自己所说，"生存的小品文，必须是匕首，是投枪"，"但自然，它也能给人愉快和休息"，然而"它给人的愉快和休息是修养，是劳作和战斗之前的准备"（鲁迅：《小品文的危机》)。事实上，本文在语言层面所表现出的"幽默"正符合这种"修养"的品质，在诙谐、风趣的"考古"中蕴藏着尖刻、辛辣的讽刺。通常人们用"诗与政论的结合"来评价鲁迅的杂文，而该文的"幽默"既在诗的层面增添了移情的效果，也在论的层面积蓄了批判的力量。

总的来说，《由中国女人的脚》是一篇兼具战斗性和文学性的"有趣"之作。它既是鲁迅后期杂文创作的代表，又带有前期杂文创作的某些味道。读者可以从革命思想、文化理念和语言修辞等不同层面去欣赏这篇作品，借此向鲁迅的文学世界和精神空间更近一步。

【思考与练习】

1. 李欧梵在《铁屋中的呐喊》中写道："虽然也有一些引人入胜的文字，如关于萧伯纳以及谈他自己写作技巧的诸篇，又如《由中国女人的脚》推论开去的一篇，但是总的说来，这一部分（1931—1913年的杂文创作）却是鲁迅杂文中最无趣的"，那么《由中国女人的脚》较鲁迅后期杂文创作的整体风格到底有何不同？

2. 瞿秋白评价鲁迅的杂文为"战斗的'阜利通'（feuilleton）"，如何界定鲁迅杂文的"战斗性"，以及如何理解"战斗性"与"革命性"的关系？（以《由中国女人的脚》为例说明）。

（撰稿：宋　宇）

《鲁迅杂感选集》序言

瞿秋白

瞿秋白（1899—1935），江苏常州人，原名瞿双，笔名何凝等。中国共产党早期主要领导人之一，我国优秀的无产阶级革命家、理论家、宣传家，同时也是著述颇丰的作家、翻译家。生前著有自编文集《瞿秋白论文集》，译著作品有《高尔基创作选集》《"现实"——马克思主义论文集》等。1931年前后，瞿秋白与鲁迅开始通信，并逐渐建立起融合人格气质、思想观点、学识修养等各方面认同感的深厚友谊，并互相引为知己。20世纪30年代"白色恐怖"时期，瞿秋白曾多次赴鲁迅寓所避难。在文学创作方面，瞿秋白的文章清健犀利，有着与鲁迅极为相似的文风。1935年2月，瞿秋白在福建被捕。在押期间，鲁迅、茅盾等人联系多方营救未果。6月，瞿秋白就义，时年36岁。

此文是瞿秋白为自己选编的《鲁迅杂感选集》写的序言，署名何凝。该书1933年7月由青光书局印行。

自己背着因袭的重担，肩住了黑暗的闸门，放他们到宽阔光明的地方去……——鲁迅：《坟》

象牙塔里的绅士总会假清高的笑骂："政治家，政治家，你算得什么艺术家呢！你的艺术是有倾问的！"对于这种嘲笑，革命文学家只有一个回答：

你想用什么来骂倒我呢？难道因为我要改造世界的那种热诚的巨大火焰，它在我的艺术里也在燃烧着么？——卢纳察尔斯基：《高尔基作品选集序》

革命的作家总是公开地表示他们和社会斗争的联系；他们不但在自己的作品里表现一定的思想，而且时常以一个公民的资格出来对社会说话，为着自己的理想而战斗，暴露那些假清高的绅士艺术家的虚伪。高尔基在小说戏剧之外，写了很多的公开书信和"社会论文"（Publicist article），尤其在最近几年——社会的政治斗争十分紧张的时期。也有人笑他做不成艺术家了，因为"他只会写这些社会论文"。但是，谁都知道这些讥笑高尔基的，是些什么样的蚊子和苍蝇！

鲁迅在最近十五年来，断断续续的写过许多论文和杂感，尤其是杂感来得多。于是有人给他起了一个绰号，叫做"杂感专家"。"专"在"杂"里者，显然含有鄙视的意思。可是，正因为一些蚊子苍蝇讨厌他的杂感，这种文体就证明了自己的战斗的意义。鲁迅的杂感其实是一种"社会论文"——战斗的"阜利通"（feuilleton）。谁要是想一想这将近二十年的情形，他就可以懂得这种文体发生的原因。急遽的剧烈的社会斗争，使作家不能够从容的把他的思想和情感熔铸到创作里去，表现在具体的形象和典型里；同时，残酷的强暴的压力，又不容许作家的言论采取通常的形式。作家的幽默才能，就帮助他用艺术的形式来表现他的政治立场，他的深刻的对于社会的观察，他的热烈的对于民众斗争的同情。不但这样，这里反映着"五四"以来中国的思想斗争的历史。杂感这种文体，将要因为鲁迅而变成文艺性的论文（阜利通——feuilleton）的代名词。自然，这不能够代替创作，然而它的特点是更直接的更迅速的反应社会上的日常事变。

现在选集鲁迅的杂感，不但因为这里有中国思想斗争史上的宝贵的成绩，而且也为着现时的战斗：要知道形势虽然会大不相同，而那种吸血的苍蝇蚊子，却总是那么多！

鲁迅是谁？我们先来说一通神话罢。

神话里有这么一段故事：亚尔霸·龙迦的公主莱亚·西尔维亚被战神马尔斯强奸了，生下一胎双生儿子：一个是罗谟鲁斯，一个是莱谟斯；他们俩兄弟一出娘胎就丢在荒山里，如果不是一只母狼喂他们奶吃，也许早就饿死了；后来罗谟鲁斯居然创造了罗马城，并且乘着大雷雨飞上了天，做了军神；而莱谟斯却被他的兄弟杀了，因为他敢于蔑视那庄严的罗马城，他只一脚就跨过那可笑的城墙。莱谟斯的命运比鲁迅悲惨多了。这也许因为那时代还虚伪统治的时代。而现在，吃过狼奶的罗谟鲁斯未必再去建筑那种可笑的象煞有介事的罗马城，更不愿意飞上天去高高的供在天神的宝座上，而完全忘记了自己的乳母是野兽。虽然现代的罗谟鲁斯也曾经做过一些这类的傻事情，可是，他终于屈服在"时代精神"的面前，而同着莱谟斯双双的回到狼的怀抱里来。莱谟斯是永久没有忘记自己的乳母的，虽然他也很久的在"孤独的战斗"之中找寻着那回到"故乡"的道路。他憎恶着天神和公主的黑暗世界，他也不能够不轻蔑那虚伪的自欺的纸糊罗马城，这样一直到他回到"故乡"的荒野，在这里找着了群众的野兽性，找着了扫除奴才式的家畜性的铁扫帚，找着了真实的光明的建筑，——这不是什么可笑的猥琐的城墙，而是伟大的簇新的星球。

是的，鲁迅是莱谟斯，是野兽的奶汁所喂养大的，是封建宗法社会的逆子，是绅士阶级的贰臣，而同时也是一些浪漫谛克的革命家的净友！他从他自己的道路回到了狼的怀抱。

俄国的贵族地主之间，"也发展了十二月十四日的人物，这是英雄的队伍，他们象罗谟鲁斯和莱谟斯似的，是野兽的奶汁所喂养大的。这是些勇将，从头到脚都是纯钢打成的，他们是活泼的战士，自觉地走上明显的灭亡的道路，为的要惊醒下一辈的青年去取得新的生活，为的要洗清那些生长在刽子手主义的奴才主义环境里的孩子们。"（赫尔岑）

辛亥革命前的这些勇将们，现在还剩得几个？说近一些，五四时期的思想革命的战士，现在又剩得几个呢？"有的高升，有的退隐，有的前进，我又经历了一回同一战阵中的伙伴不久还是会这么变化。"（鲁迅：《自选集·序言》）

鲁迅说"又经历了一回"！他对辛亥革命的那一回，现在已经不敢说，也真的不忍说了。那时候的"纯钢打成的"人物，现在不但变成了烂铁，而且……真金不怕火烧，到现在，才知道真正的纯钢是谁呵！辛亥革命前的士大夫的子弟，也有一些维新主义的老新党，革命主义的英雄，富国强兵的幻想家。他们之中，客观上领导了民权主义的群众革命运动的人，也并不是没有，而且，似乎也做了一番轰轰烈烈的事业。鲁迅也是士大夫阶级的子弟，也是早期的民权主义的革命党人。不过别人都有点儿惭愧自己是失节的公主的亲属。本来帝国主义的战神强奸了东方文明的公主，这是世界史上的大事变，谁还能够否认？这种强奸的结果，中国的旧社会急遽的崩溃解体，这样，出现了华侨式的商业资本，候补的国货实业家，出现了生了市侩化的绅董，也产生了现代式的小资产阶级的智识阶层。从维新改良的保皇主义到革命光复的排满主义，虽然有改良和革命的不同，而士大夫的气质总是浓厚的。文明商人和维新绅董之间的区别，只在于绅董希望满清的第二次中兴，用康、梁去继承曾、左、李的事业，而商人的意识代表（也是士大夫），却想到了另外一条出路：自己来做专权的诸葛亮，而叫四万万阿斗做名义上的主人。在这种根本倾向之下，当时的思想界，多多少少都早已埋伏着复古和反动的种子，要想恢复什么"固有文化"。独有现代式的小资产阶级知识阶层的萌芽，能够用对于科学文明的坚决信仰，来反对这种复古和反动的预兆。鲁迅和当时的早期革命家，同样背着士大夫阶级和宗法社会的过去。但是，他不但很早就研究过自然科学和当时科学上的最高发展阶段，而且他和农民群众有比较巩固的联系。他的士大夫家庭的败落，使他在儿童时代混进了野孩子的群里，呼吸着小百姓的空气。这使得他真像吃了狼的奶汁似的，得到了那种"野兽性"。他能够真正斩断"过去"的葛藤，深刻地憎恶天神和贵族的宫殿，他从来没有摆过诸葛亮的臭架子。他从绅士阶级出来，他深刻地感觉到一切种种士大夫的卑劣，丑恶和虚伪。他不惭愧自己是私生子，他诅咒自己的过去，他竭力的要肃清这个肮脏的旧茅厕。

现代最伟大的革命政治家说过："吃人经济的存在，剥削的存在永远要产生反对这种制度的理想，在被剥削的群众自己之中是如此，在所谓知识阶层的个别代表之中也是如此。这些理想对于马克思主义者都是很宝贵的。"辛亥革命之前，譬如一九〇七年的时候，除出富国强兵和立宪民治之外，还有什么理想呢？不是伟大的天才，有敏锐的感觉和真正的世界的眼光，就不能够跳过"时代的限制"；就算只是容纳和接受外国的学说，也要有些容纳和接受的能力。而鲁迅在一九〇七年说：

> 轻才小慧之徒，于是竞言武事。……谓钩爪锯牙，为国家首事，

又引文明之语，用以自文，……虽兜牟深隐其面，威武若不可陵，而干禄之色，固灼然现于外矣！计其次者，乃复有制造商估立宪国会之说。前二者素见重于中国青年间，纵不主张，治之者亦将不可缕数。盖国若一日存，固足以假力图富强之名，博志士之誉；即有不幸，宗社为墟，而广有金资，大能温饱……若夫后二，可无论已……将事权言议，悉归奔走干进之徒，或至愚屯之富人，否亦善垄断之市侩……呜呼，古之临民者，一独夫也；由今之道，且顿变而为千万无赖之尤，民不堪命矣，于兴国究何与焉。（《坟·文化偏至论》）

这在现在看来，几乎全是预言！中国的资产阶级，经过了短期间的革命，而现在，那些一九〇七年时候的青年，热心于提倡而实行"制造商估"的青年，正在一面做"志士"，一面预备亡国，而且更进一步，积极的巧妙的卖国了。至于千万赖之尤的假民权，也正在粉刷着新的立宪招牌。自然，鲁迅当时的思想基础，是尼采的"重个人非物质"的学说。这种学说在欧洲已经是资产阶级反动的反映，他们要用超人的名义，最"先进"的英雄和贤哲的名义，去抵制新兴阶级的群众的集体的进取和改革，说一切群众其实都是守旧的，阻碍进步的"庸众"。可是，鲁迅在当时的倾向尼采主义，却反映着别一种社会关系。固然，这种个性主义，是一般的智识分子的资产阶级性的幻想。然而在当时的中国，城市的工人阶级还没有成为巨大的自觉的政治力量，而农村的农民群众只有自发的不自觉的反抗斗争。大部分的市侩和守旧的庸众，替统治阶级保守着奴才主义，的确是改革进取的阻碍。为着要光明，为着要征服自然界和旧社会的盲目力量，这种发展个性，思想自由，打破传统的呼声，客观上在当时还有相当的革命意义。只要看鲁迅当时的《摩罗诗力说》，他是要"举一切诗人中，凡立意在反抗，指归在动作，而为世所不甚愉悦者悉入之"。摩罗是梵文，欧洲人说"撒但"，意思是天魔。鲁迅的叙说这些天魔诗人（裴伦等等），目的正在于号召反抗，推翻一切传统的重压的"东方文化"的国故僵尸。他是真正介绍欧洲文艺思想的第一个人。

在那时候—— 一九〇七年——他的这些呼声差不多完全沉没在浮光掠影的粗浅的排满论调之中，没有得到任何的回响。如果不是《坟》里保存了这几篇历史文献，也许同中国的许多"革命档案"一样，就这么失散了。这些文献的意义，在于回答当时思想界的一个严重问题：群众这样落后怎么办？对于这个问题，当时革命思想界里有一个现成的答复，就是说，群众落后是天生的，因此，不要他们起来革命，等编练了革命军队来替他们革命，而革命成功之后也还不能够给民众自由，而要好好的教训他们几年。而鲁迅所给的答案却有些不同，他是说，因为民众落后，所以更要解放个性，更要思想的自由，要有"自觉的声音"，使它"每响必中于人心，清晰昭明，不同凡响"。这虽然也不是正确的立场，然而比"革命的愚民政策"总有点儿不同罢。问题是在于当时中国"亦颇思历举前有之耿光，特未能言，则姑曰左邻已奴，右邻且死，择亡国而较量之，冀自显其佳胜"，有了这种阿Q式的自譬自解，大家正在飘飘然的得意得很，所以始终是诸葛亮式的革命理论"胜利"，而对于科学艺术的努力力进取的呼声反而沉没了。

鲁迅在当时不能够不感觉到非常之孤独和寂寞，他问："今索诸中国，为精神界之战士者安在？"他说俄国文学家科罗连珂的《末光》里，叙述一个老人在西伯利亚教书，书上有黄莺，而那地方却冷得什么也没有，他的学生听说这黄莺会在樱花里唱出美妙的歌声，就只能够侧着头想象那黄莺叫的声音。这种想望多么使人感动呵。"吾人其亦惟沉思而已夫，其亦惟深思而已夫！"（《坟·摩罗诗力说》）

然而鲁迅其实并不孤独的。辛亥革命的怒潮，不在于一些革命新贵的风起云涌，而在于"农人野老的不明大义"；他们以为"革命之后从此自由"（《总理全集·民元杭州欢迎会上演说辞》）。不明大义的贫民群众的骚动，固然是给革命新贵白白当了一番苦力，固然有时候只表现了一些阿Q的"白铠白甲"的梦想，然而他们是真的光明斗争的基础。精神界的战士只有同他们一路，才有真正的前途。

辛亥革命之后，中国的思想界就不可避免的完成了第一次的"伟大的分裂"；反映着群众的革命情绪和阶级关系的转变，中国的士大夫式的智识阶层就显然的划分了两个阵营：国故派和欧化派。这是在"五四"的前夜，《新青年》早期的新文化运动的开始时期。当时德谟克拉西先生和赛因思先生的联盟，继续开展了革命的斗争；这是资产阶级民权革命的深人，也就是现代式的知识阶层生长发展的结果。鲁迅的参加"思想革命"是在这时候就开始的。我们说他的"参加"开始，是因为在这之前，还没有什么可以参加的，他还只能够孤独的"沉思"。而在《新青年》发动了"新文化斗争"之后，反国故派方才成为整个的队伍。

辛亥之后，大家都可以懂得革命是失败了。但是，并不是个个人都觉得到继续统治的是谁。鲁迅说，这是些"现在的屠杀者"；"杀了'现在'，也便杀了'将来'。——将来是子孙的时代"。而杀"现在"的自然是一些僵尸。那时候，还是完全的僵尸统治呵。

这些僵尸，封建性的军阀，官僚式的买办，自然要竭力维持一切种种的国故：宗法社会的旧道德，忠孝节义和腐烂发臭的古文化。他们——好比"妻女极多的阔人，婢妾成行的富翁，乱离时候，照顾不到，一遇'逆兵'（或是'天兵'），就无法可想。只得救了自己，请别人都做烈女；变成烈女，'逆兵'便不要了。他便待事定以后，慢慢回来，称赞几句。"（《坟·我的节烈观》）这些将到"被征服的地位"的人，一定要提倡守节，一定要称赞烈女。而且为着保持自己的统治，自然更要提倡忠孝，因为活人总要想前进，青年总想活动，只有死人可以拖住活的，老人可以管住小孩子，这样就天下太平了。

> 我想：暴君的专制使人们变成冷嘲，愚民（应当说是僵尸——凝注）的专制使人们变成死相。大家渐渐死下去，而自己反以为卫道有效……世上如果还有真要活下去的人们，就先该敢说，敢笑，敢哭，敢怒，敢骂，敢打，在这可诅咒的地方击退了可诅咒的时代！（《华盖集·忽然想到之五》）

这固然是黎明期的新文化运动的一般精神，然而鲁迅在这时代已经表现了他的特点。新文化运动的领袖，大家都不免要想做青年的新的导师；而诚实的愿意做一个"革命军马前卒"的，却是鲁迅。他自己"背着因袭的重担，肩住了黑暗的闸门，放他们到宽阔光明的地方去"……他没有自己造一座宝塔，把自己高高供在里面，他却砌了一座"坟"，埋葬他的过去，热烈的希望着这可诅咒的时代——这过渡的时代也快些过去。他这种为着将来和大众而牺牲的精神，贯穿着他的各个时期，一直到现在，在一切问题上都是如此。举一个例说罢。白话运动初起的时候，钱玄同之流不久就开倒车，说《三国演义》那样的文言白话夹杂的"言语"就是"合于实际的"模范，理想不可以过高。而另一方面，也有人着重的说明文章的好坏不在于文言白话的分别，而都靠天才，或者要白话好还应该懂古文。这样，每一个新文学家，都在运用"天才"创造新白话文的模范。鲁迅说："这实在使我打了一个寒噤。……自己却正苦于背了这些古老的鬼魂，摆脱不开，"而"许多青年作者又在古文诗词中摘些好看而难懂的字面，作为变戏法的手巾，来装潢自己的作品"。(《坟·写在〈坟〉后面》)"新文学兴起以来，未忘积习而常用成语如我的和故意作怪而乱用谁也不懂的生语如创造社一流的文字，都使文艺和大众隔离。"(《三闲集·〈小小十年〉小引》)他自己以为只不过是"桥梁中的一木一石，并非什么前途的目标，范本"，"应该和光明偕逝，逐渐消亡"(《写在〈坟〉后面》)。然而正因为如此，他这"桥梁"才是真正通达到彼岸的桥梁，他的作品才成了中国新文学的第一座纪念碑；也正因为如此，他的确成了"青年叛徒的领袖"。

"五四"前后，《新青年》的领导作用是谁也不能否认的。当时反对宗教礼教，反对国故，主张妇女和青年的解放，主张白话文学，——"理想"的浪潮又激动起来，革命的知识青年开始寻找新的出路，新的前途。然而大家都应该记得，这时期之前不久，正是辛亥革命之后的反动，——横梗在思想界前面的重要问题是理想没有用处，革命的乱闹就是由于一味理想。当时的反动派，的确"提高了他的喉咙含含胡胡说，'狗有狗道理，鬼有鬼道理，中国与众不同，也自有中国的道理。道理各各不同，而一味理想，殊堪痛恨'"(《热风·随感录三十九》)。对于这个问题的答复，却是新文化运动内部分化的开始。不用说，那些治国平天下的老革命党其实是被反动派难倒了，他们赶紧悔过，说以前我们只会破坏，现在要考究建设了；至于理想过高，民众理会不到，那么，革命党本来就不要民众理会，民众总是不知不觉的，叫他们"一味去行"，让我们替他们建设理想好了！这是老革命党的投降。而新革命党呢？"五四"之后不久，"新青年"之中的胡适之派，也就投降了；反动派说一味理想不行，胡适之也赶着大叫"少研究主义，多研究问题"。这种美国市侩式的实际主义，是要预防新兴阶级的伟大理想取得思想界的威权。而鲁迅对于这个问题——革命主义和改良主义的分水岭的问题，——是站在革命主义方面的。他揭穿那些反理想重经验的人的假面具，指出他们的所谓"经验"正是皇帝和奴才的经验！

　　鲁迅在"五四"前思想，进化论和个性主义还是他的基本。他热烈的希望着青年，他勇猛的袭击着宗法社会的僵尸统治，要求个性的解放。可是，不久他就渐渐的了解到封建的等级制度和中国社会里的层层压榨。一九二四——五年，他的《春末闲谈》、《灯下漫笔》、《杂忆》（《坟》），以及整部的《华盖集》，尤其是一九二六的《华盖集续编》，都包含着猛烈的攻击阶级统治的火焰。自然，这不是社会科学的论文，这只是直感的生活经验。但是他的神圣的憎恶和讽刺的锋芒，都集中在军阀官僚和他们的叭儿狗。"五四"到"五卅"前后，中国思想界里逐步的准备着第二次的"伟大的分裂"。这一次已经不是国故和新文化的分别，而是新文化内部的分裂：一方面是工农民众的阵营，别方面是依附封建残余的资产阶级。这新的反动思想，已经披了欧化，或所谓五四化的新衣服。这个分裂直到一九二七年半年方才完成，而在一九二五——六的时候，却已经准备着，只要看当时段祺瑞、章士钊的走狗"现代评论"派，在一九二七年之后是怎样的得其所哉，就可以知道这中间的的奥妙。而鲁迅当时的《语丝》，革命的小资产阶级的文艺思想和批评，正是针对着这些未来的"官场学者"的。现在的读者往往以为《华盖集》正续编里的杂感，不过是攻击个人的文章，或者有些青年已经大知道陈西滢等类人物的履历，所以不觉得很大的兴趣。其实，不但陈西滢，就是章士钊（孤桐）等类的姓名，在鲁迅的杂感里，简直可以当做普通名词读，就是认做社会上的某种典型。他们个的履历倒可以不必多加考究，重要的是他们这种"媚态的猫"，"比它主人更严厉的狗"，"吸人的血还要预先哼哼地发一通议论的蚊子"，"嗡嗡地闹了半天，停下来舐一点油汗，还要拉上一点蝇矢的苍蝇"……到现在还活着，活着！揭穿这些卑劣、懦怯、无耻、虚伪而又残酷的的刽子手和奴才的假面具，是战斗之中不可少的阵线。

　　的确，旧的卫道先生们渐渐的没落了，于是需要在他们这些僵尸的血管里，注射一些"欧化"的西洋国故和牛津剑桥哥伦比亚的学究主义，再加上一些洋场流氓的把戏，然后僵尸可以暂时"复活"，或者多留恋几年"死尸的生命"。这些欧化绅士和洋场市侩，后来就和"革命军人"结合了新的帮口，于是僵尸统治，变成了戏子统治。僵尸还要做戏，自然是再可怕也没有了。

"中国的原始积累式的商业资本，在乡村之中和封建统治的地主有一种特别形式的结合。中国的军阀的和一切残酷无情抢劫民众的文武官僚，都是中国这种特别形式的结合的上层建筑。帝国主义和他们所有一切财政上军事上的力量，就在中国维持并且推动这些封建残余以及它们的全部军阀官僚的上层建设，使它们欧化，又使它们守旧。"（约瑟夫）这就是中国僵尸欧化的原因。袁世凯以来的北洋军阀要想稳定这种新的统治，但是，他们只会运用一些"六君子"之类"开国元勋"，"后来的武人可更蠢了，……除了残虐百姓之外，还加上轻视学问荒废教育的恶名"（《华盖集续编·一点比喻》）。问题是在于统治奴隶就要有一定的奴隶规则（《坟·灯下漫笔》），而新的奴隶规则，要新的"山羊"来帮忙才定得出来。这样的山羊，"脖子上还挂着一个小铃铎，作为智识阶级的徽章。……能领了群众稳妥平静地走去，直到他们应该走到的所在。……这是说：虽死也应该如羊，使天下太平，彼此省力"（《华盖集续编·一点比喻》）。段祺瑞章士钊时代、五卅时代的陈西滢们，就企图做成这样的"山羊"。虽然这企图延长了若干年，而他们现在是做"成功"了！新的朝代，有了新的"帮忙文人"，而且已经象生殖力最强的猪猡和臭虫似的，生出了许许多多各种各式的徒子徒孙。当时——一九二五，二六年——他们努力，例如剿杀"学匪"，或者请出西哲勋本霍尔来痛打女师大的"毛丫头"之类，总算不是枉费的。

鲁迅当时反对这些欧化绅士的战斗，虽然隐藏在个别的甚至私人问题之下，然而这种战斗的原则上的意义，越到后来就越发明显了。统治者不能够完全只靠大炮机关枪，一定需要某种"意识代表"。这些代表们的虚伪和戏法是无穷的。暴露这些"做戏的虚无主义者"（《华盖集续编·马上支日记》）也就必须有持久的韧性的斗争。

他们在"五卅"的时候，说打倒帝国主义的口号是"分裂与猜忌的现象"（徐志摩），说中国人的"打，打，宣战，宣战"，是"这样的中国人，呸！"——这意思是中国人被打而不做声（陈西滢）。他们在"三一八"之后，立刻就说：执政府前原是'死地'，……群众领袖应负道义上的责任"。这些"墨写的谎说"难道掩得住"血写的事实吗"！？然而鲁迅在这一次做了一个"错误"："我向来是不惮以最坏的恶意，来推测中国人的，然而我还不料，也不信竟会下劣凶残到这地步。"（《华盖集续编·记念刘和珍君》）他在当时已经说是"民国以来最黑暗的一天"，然而他更不料一两年后的黑暗会超越"三一八"屠杀的几百千倍，鲁迅如果有"错误"，那么，我们不能够不同意他自己的批评："我还欠刻毒！"地主官僚和资产阶级社会的丑恶，实在远超出于文学家最深刻的"搆陷别人的罪状"！而文饰这种丑恶的，正是那些山羊式的文人。

　　所以当五卅时期，一般人，甚至革命者的思想，都在"一致对外"的口号之下，多多少少忽略国内的阶级战斗的同时开展；这又是新的阶段的更加严重的问题。而鲁迅就提出这样的质问："然而中国有枪阶级的焚掠平民，屠杀平民，却向来不很有人抗议。"（《华盖集·忽然想到之十一》）回答这个问题的，是"五卅"之后的巨大的群众革命浪潮。革命是在进到新的阶级，"死者的遗给后来的功德，是在撕去许多东西的人相，露出那出于意料之外的阴毒的心，教给继续战斗者以别种方法的战斗"（《华盖集续集·空谈》）。这就是要打倒帝国主义和军阀，就必须打倒这些阴毒"东西"——动物！就不再是请愿，不只是"和平宣传，"不是合法主义，而是……

　　　　血债必须用同物偿还。拖欠得愈久，就要付更大的利息！（《华盖集续编·无花的蔷薇之二》）
　　　　此后的"血债"是越拖越多了。
　　　　泪揩了，血消了；
　　　　屠伯们逍遥复逍遥，
　　　　用钢刀的，用软刀的。
　　　　然而我只有"杂感"而已。（《而已集·题辞》）

　　僵尸的统治转变成戏子的统治，这个转变完成之后不善于做戏的僵尸虽然退了位，而会变戏法的僵尸就更加猖獗起来。活人和死人的斗争，灭亡路上的阶级的挣扎和新兴阶级领导的群众的反抗，经过一番暴风雨的剧变而进到了新阶段。鲁迅说："我是在二七年被血吓得目瞪口呆，离开广东的，那些吞吞吐吐没有胆子直说的话，都载在《而已集》里。"就是以后的《三闲集》（一九二八——二九）、《二心集》（一九三〇——三一），又何尝不是哭笑不得的"而已"！可是，正是这期间鲁迅的思想反映着一般被蹂躏被侮辱被欺骗的人们的彷徨和愤激，他才从进化论最终的走到了阶级论，从进取的争求解放的个性主义进到了战斗的改造世界的集体主义。如果在以前，鲁迅早就感觉到中国社会里的科举式的贵族阶级和租佃官僚制度之下的农奴阶级之间的对抗，那么，现在他就更清楚的见到那种封建式的阶级对抗之外，正在发展着资本和劳动的对抗。他"一向是相信进化论的，总以为将来必胜于过去，青年必胜于老人"，然而他"目睹了同是青年，而分成两大阵营，或则投书告密，或则助官捕人的事实"！他的"思路因此轰毁"（《三闲集·序言》）。是的，以前"父与子"的辈份斗争只是前一阶级的阶级斗争的外套，现在——封建宗法残余的统治搀杂了一些流氓资本的魔术，——不但更明显的露出劳动和资本的阶级战斗，而且反封建残余的斗争也不再是纯粹的"父与子"斗争的形式。同时，新兴阶级的领导展开了真正推翻帝国主义和僵尸，推翻流氓资本和地主官僚的新结合的远景。贫民小资产阶级和革命知识阶层，终于发见了他们反对剥削度的朦胧的理想，只有同着新兴的社会主义的先进阶级前进，才能够实现，才能够在伟大的斗争的集体中达到真正的"个性解放"。

　　这样，当时革命"过程"在思想的反映，就是五四式的知识阶层的最终的分化：一些所谓欧化青年完全暴露了自己是"丧家的"或者"不丧家的""资本家的走狗"，替新的反动去装点一下摩登化的东洋国故和西洋国故。而另外一些革命的知识青年却更确定更明显地走到劳动民众方面来，围绕着革命的营垒。最优秀的最真诚的不肯自己背叛自己的光明理想的分子，始终是要坚决的走上真正革命的道路的。

　　最早期的真正革命文学运动——五四式的新文学分化之后的革命文学运动，——不能够不首先反对摩登化的遗老遗少，反对重新摆上的"吃人的筵宴"，以及这种筵宴旁边的鼓乐队。蹂躏革命"战士的精神和血肉……赏玩，攀折这花，摘食这果实的人们"，这些流氓式的戏子，扶着几乎断送"死尸的生命"的僵尸，"稳定了"他们的新统治。于是乎他们的鼓乐队里，就搀和了些"意大利的唐南遮，德国的霍普德曼（冤枉！）、西班牙的伊本纳兹，中国的吴稚晖"等等，而偏偏还要说这是革命文学！这其实是"在指挥刀的掩护之下，斥骂他的敌手的"低能儿（《而已集·革命文学》）。这其实是段政府之下的陈西滢们的徒子徒孙。据说是段祺瑞、张学良等投降了"革命"，陈西滢们"转变了"方向；然而就社会的意义上来说，究竟是谁投降了谁，谁转变了方向，是大成问题的。这时候的新鲜戏法，只在于："'命'自然还是要革的，然而又不宜太革……剩了一条'革命文学'的独木小桥，所以外来的许多刊物，便通不过，扑通！扑通！都掉下去了。"（《而已集·扣丝杂感》）

"独木小桥"始终只是独木桥。那些"扑通！扑通"掉下去的却学会了游水。真正的革命文艺思想正在这一时期开始深入的发展。在这新阶段上，革命文艺思想经过内部的斗争而逐渐的形成新的阵营。这种不可避免的斗争提出了新的问题，这已经不是父与子的问题，也不仅是暴露指挥刀后的屠伯们的问题。这是关于革命队伍的战略的争论。

新兴阶级的文艺思想，往往经过革命的小资产阶级作家的转变，而开始形成起来，然后逐渐的动员劳动民众和工人之中的新的力量。集中新的队伍，克服过去的"因袭的重担"，同时，扩大同路人的阵线。这不但在日本，美国，德国，甚至于在苏联，也经过波格唐诺夫式的幼稚病。关于这种幼稚病，德国的皮哈曾以说过：一些小集团居然自以为独得了"工人阶级的文化代表的委任状"——包办代表事务。这大概是"历史的误会"。创造社的转变，太阳社的出现，只在这方面讲来，是有客观上的革命意义的。

然而革命军进行的时候，"时时有人退伍，有人落荒，有人颓唐，有人叛变，然而只要无碍于进行，则愈到后来，这队伍也就愈成为纯粹，精锐的队伍"（《二心集·非革命的急进革命论者》）。无产阶级和周围的各种小资产阶级之间本来就没有一座万里长城隔开着。何况小资产阶级又有各种各样不同的阶层和集团呢。

小资产阶级的知识阶层之中，有些是和中国的农村，中国的受尽了欺骗、压榨、束缚、愚弄的农民群众联系着。这些农民从几千百年的痛苦经验之中学会了痛恨老爷和田主，但是没有学会，也不能够学会怎样去回答这些问题，怎样去解除这种痛苦。"旧社会将近崩坏之际，是常常会有近似带革命性的文学作品出现的。然而其实并非真的革命文学。例如：或者憎恶旧社会，而只是憎恶，更没有对于将来的理想；或者也大呼改造社会，而问他要怎样的社会，却是不能实现的乌托邦。"（《三闲集·现今的新文学的概观》）然而，宽泛些说，这种文艺当然也是革命的文学，因为它至少还能够反映社会真相的一方面，暗示改革应当注意的方向。而同时，这些早期的革命作家，反映着封建宗法社会崩溃的过程，时常不是立刻就能够脱离个性主义——怀疑群众的倾向的；他们看得见群众——农民小私有者的群众的自私，盲目，迷信，自欺，甚至于驯服的奴隶性，可是，往往看不见这种群众的"革命可能性"，看不见他们的笨拙的守旧的口号背后隐藏着革命的价值。鲁迅的一些杂感里面，往往有这一类的缺点，引起他对于革命失败的一时的失望和悲观。

另一方面，"五四"到"五卅"之间中国城市里迅速的积聚着各种"薄海民"（Bohemian）——小资产阶级的流浪人的智识青年。这种知识阶层和早期的士大夫阶级的"逆子贰臣"，同样是中国封建宗法社会崩溃的结果，同样是帝国主义以及军阀官僚的牺牲品，同样是被中国畸形的资本主义关系的发展过程所"挤出轨道"的孤儿。但是，他们的都市化和摩登化更深刻了，他们和农村的联系更稀薄了，他们没有前一辈的黎明期的清醒的现实主义，——也可以说是老实的农民的实事求是的精神——反而传染了欧洲的世纪末的气质。这种新起的知识分子，因为他们的"热度"关系，往往首先卷进革命的怒潮，但是，也会首先"落荒"或者"颓废"，甚至"叛变"，——如果不坚决的克服自己的浪漫谛克主义。"这种典型最会轻蔑地点着鼻子说：'我不是那种唱些有机的工作，实际主义和渐进主义的赞美歌的人。'这种典型的社会根源是小资产者，他受着战争的恐怖，突然的破产，空前的饥荒和破坏的打击而发疯了，他歇斯替利地乱撞，寻找着出路和挽救，一方面信仰无产阶级而赞助它，别方面又绝望地狂跳，在这两方面之间动摇着。"（乌梁诺夫）这种人在文艺上自然是"才子"，自然不肯做"培养天才的泥土"，而很早"便恨恨地磨墨，立刻写出很高明的结论道：'唉，幼稚得很。中国要天才！'"（《坟·未有天才之前》）革命的怒潮到了，他们一定革命的；革命的暂时失败了，他们之中也一定有些消极，有些叛变，有些狂跳，而表示一些"令人'知道点革命的厉害'，只图自己说得畅快的态度，也还是中了才子＋流氓的毒"。（《二心集·上海文艺之一瞥》）于是要"包办"工人阶级文艺代表的"事务"。

《三闲集》以及其他杂感集之中所保留着的鲁迅批评创造社的文章，反映着二七年以后中国文艺界之中这两种态度，两种倾向的争论。自然，鲁迅杂感的特点，在那时特别显露那种经过私人问题去照耀社会思想和社会现象的笔调。然而创造社等类的文学家，单说真有革命志愿的（象叶灵凤之流的投机分子，我们不屑去说到了），也大半扭缠着私人的态度，年纪，气量以至酒量的问题。至少，这里都表现着文人的小集团主义。

这时期有争论和纠葛转变到原则和理论的研究，真正革命文艺学说的介绍，那正是革命普洛文学的新的生命的产生。而还有人说，那是鲁迅"投降"了。现在看来，这种小市民的虚荣心，这种"剥削别人的自尊心"的态度，实在天真得可笑。

这是已经过去的问题了，也应当是过去的了。

鲁迅现在说："我有一件事要感谢创造社的，是他们'挤'我看了几种科学底文学论，明白了先前的文学史家们说了一大堆，还是纠缠不清的疑问……以救正我——还因我而及于别人——的只信进化论的偏颇。"（《三闲集·序言》）"我时时说些自己的事情，怎样地在'碰壁'，怎样地在做蜗牛，好象全世界的苦恼，萃于一身，在替大众受罪似的：也正是中产的智识阶级分子的坏脾气。"（《二心集·序言》）

鲁迅从进化论进到阶级论，从绅士阶级的逆子贰臣进到无产阶级和劳动群众的真正的友人，以至于战士，他是经历了辛亥革命以前直到现在的四分之一世纪的战斗，从痛苦的经验和深刻的观察之中，带着宝贵的革命传统到新的阵营里来的。他终于宣告："原先是憎恶这熟识的本阶级，毫不可惜它的溃灭，后来又由于事实的教训，以为惟新兴的无产者才有将来。"（《二心集·序言》）关于最近期间，"九一八"以后的杂感，我们不用多说，他是站在战斗的前线，站在自己的哨位上。他在以前，就痛切的指出来："大小无数的人肉的筵宴，即从有文明以来一直排到现在，人们就在这会场中吃人，被吃，以凶人的愚妄的欢呼，将悲惨的弱者的呼号遮掩，更不消说女人和小儿。这人肉的筵宴现在还排着，有许多人还想一直排下去。扫荡这些食人者，掀掉这筵席，毁坏这厨房，则是现在的青年的使命！"（《坟·灯下漫笔》）而现在，这句话里的"青年"两个字上面已经加上了新的形容词，甚至于完全换了几个字，——他在日本帝国主义动手瓜分，英、美、国联进行着共管，而中国的绅商统治阶级耍着各种各样的戏法零趸发卖中国的时候，——忍不住要指着那些"民族主义文学者"说："他们（老年的和青年的——凝注）将只尽些送丧的任务，永含着恋主的哀愁，须到……阶级革命的风涛怒吼起来，刷洗山河的时候，这才能脱出这沉滞猥劣和腐烂的运命。"（《二心集·"民族主义文学"的任务和运命》）

然而鲁迅杂感的价值决不止此。他自己说："因为从旧垒中来，情形看得较为分明，反戈一击，易制强敌的死命。"（《坟·写在〈坟〉后面》）从满清末期的士大夫、老新党、陈西滢们……一直到最近期的洋场无赖式的文学青年，都是他所亲身领教过的。刽子手主义和僵尸主义的黑暗，小私有者的庸俗，自欺，自私，愚笨，流浪赖皮的冒充虚无主义，无耻、卑劣、虚伪的戏子们的把戏，不能够逃过他的锐利的眼光。历年的战斗和剧烈的转变给他许多经验和感觉，经过精炼和融化之后，流露在他的笔端。这些革命传统（revolutionary tradition）对于我们是非常之宝贵的，尤其是在集体主义的照耀之下：

第一，是最清醒的现实主义。"中国人向来因为不敢正视人生，只好瞒和骗，由此也生出瞒和骗的文艺来，由这文艺，更令中国人更深地陷入瞒入骗的大泽中，甚而至于已经自己不觉得。"（《坟·论睁了眼看》）这种思想其实反映着中国的最黑暗的压迫和剥削制度，反映着当时的经济政治关系。科举式的封建等级制度，给每一个"田舍郎"以"暮登天子堂"的幻想；租佃式的农奴制度给每一个农民以"独立经济"的幻影和"爬上社会的上层"的迷梦。这都是几百年来的"空前伟大的"烟幕弹。而另一方面，在极端重压的没有出路的情形之下，散漫的剥夺了取得智识文化的可能的小百姓，只有一厢情愿的找些"巧妙"的方法去骗骗皇帝官僚甚至于鬼神。大家在欺人和自欺之中讨生活。统治阶级的这种"文化遗产"甚至于象沉重的死尸一样，压在革命队伍的头上，使他们不能够迅速的摆脱。即使"到处听不见歌吟花月的声音了，代之而起的是铁和血的赞颂。然后倘以欺瞒的心，用欺瞒的嘴，则无论说 A 和〇，或 Y 和 Z，一样是虚假的"（同上）。鲁迅是竭力暴露黑暗的，他的讽刺和幽默，是最热烈最严正的对于人生的态度。那些笑他"三个冷静"的人，固然只是些嗡嗡嗡的苍蝇。就是嫌他冷嘲热讽的"不庄严"的，也还是不了解他，同时，也不了解自己的"空城计"式的夸张并不是真正的战斗。可是，鲁迅的现实主义决不是第三种人的超然的旁观的所谓"科学"态度。善于读他的杂感的人，都可感觉到他的燃烧着的猛烈的火焰在扫着猥劣腐烂的黑暗世界。"世界日日改变，我们的作家取下假面，真诚地，深入地，大胆地看取人生并且写出他的血和肉来的时候早到了；早就应该有一片崭新的文场，早就应该有几个凶猛的闯将！"（同上）

第二，是"韧"的战斗。"对于旧社会和旧势力的斗争，必须坚决，持久不断，而且注重实力。……我们急于要造出大群的新战士；但同时，在文学战线上的还要'韧'"。（《二心集·对于左翼作家联盟的意见》）"野牛成为家牛，野猪成为猪，狼成为狗，野性是消失了，但只是使牧人喜欢，于本身并无好处。……我以为还不如带兽性，如果合于下列的算式倒是不很有趣的：人＋家畜＝某一种人。"（《而已集·略论中国人的脸》）而兽性就在于有"咬筋"，一口咬住就不放，拼命的刻苦的干去，这才是韧的战斗。牧人们看见小猪忽然发一阵野性，等忽儿可驯服了，他们是不忧愁的。所以这种兽性和韧的战斗决不是歇斯底里地可以干得来的。一忽儿"绝望的狂跳"，一忽儿又"委靡而颓伤"，一忽儿是嚣张的狂热，一忽儿又捶着胸脯忏悔，那有什么用处。打仗就要象个打仗。这不是小孩子赌气，要结实的立定自己的脚跟，躲在壕沟里，沉着的作战，一步步的前进，——这是鲁迅所谓"壕堑战"的战术。这是非合法主义的战术。如果敌人用"激将"的办法说谎："你敢走出来"，而你居然走了出来，那么，就象许褚的赤膊上前阵，中了箭是活该。而笨到会中敌人的这一类的奸计的人，总是不肯，也不会韧战的。

第三，是反自由主义。鲁迅的著名的"打落水狗"（《坟·论费厄泼赖应该缓行》），真正是反自由主义，反妥协主义的宣言。旧势力的虚伪的中庸，说些鬼话来羼杂在科学里，调和一下，鬼混一下，这正是它的诡计。其实这斗争的世界，有些原则上的对抗事实上是决不会有调和的。所谓调和只是敌人的缓兵之计。狗可怜到落水，可是它爬出来仍旧是狗，仍旧要咬你一口，只要有可能的话。所以"要打就得打到底"——对于一切种种黑暗的旧势力都应当这样。但是死气沉沉的市侩，——其实他们对于在自己手下讨生活的人一点儿也不死气沉沉，——表面上往往会对所谓弱者"表同情"，事实上他们有意的无意的总在维持着剥削制度。市侩，这是一种狭隘的浅薄的东西，它们的头脑（如果可以说这是头脑的话），被千百年来的现成习惯的和思想圈住了，而在这个圈子里自动机似的"思想"着。家庭，私塾，学校，中西"人道主义"的文学的影响，一切所谓"法律精神"和"中庸之道"的影响，把市侩的脑筋造成了一种简单机器，碰见什么样"新奇"的，"过激"的事情，立刻就会象留声机似的"啊呀呀"的叫起来。这种"叭儿狗""虽然是狗，又很象猫，折中，公允，调和，平正之状可掬，悠悠然摆出别个无不偏激，唯独自己得了'中庸之道'似的脸来"。鲁迅这种暴露市侩的锐利的笔锋，充分的表现他的反中庸的，反自由主义的精神。

第四，是反虚伪的精神。这是鲁迅——文学家的鲁迅，思想家的鲁迅的最主要的精神。他的现实主义，他的打硬仗，他的反中庸的主张，都是用这种真实，这种反虚伪做基础。他的神圣的憎恶就是针对着这个地主资产阶级的虚伪社会，这个帝国主义的虚伪世界的。他的杂感简直可以说全是反虚伪的战书，譬如别人不大注意的《华盖集续编》就是许多猛烈而锐利的攻击虚伪的文字，久不再版的《坟》里的好些长篇也是这样。而中国的统治阶级特别善于虚伪，他们有意的无意的要把虚伪笼罩群众的意识；他们的虚伪是超越了全世界的记录了。"中国的一些人，至少是上等人，他们的对于神，宗教，传统的权威，是'信'和'从'呢，还是'怕'和'利用'？只要看他们的善于变化，毫无持操，是什么也不信从的，便总要摆出和内心两样的架子来。要寻虚无党，在中国实在很不少；……"他们什么都不信，但是他们"虽然这样想，却是那么说，在后台这么做，到前台那么做"……这叫做"做戏的虚无党"（《华盖集续编·马上支日记》）。虚伪到这地步，其实是顶老实了。西洋资产阶级的民族主义或者民权主义者，或者改良妥协的所谓社会主义者，至少在最初黎明期的时候，自己也还蒙在鼓里，一本正经的信仰着什么，或者理论，或者宗教，或者道德——这种客观上的欺骗作用比较的强些。——而中国的是明明知道什么都是假的，不过偏要这么说说，做做，骗骗人，或者简直武断地乱吹一通，拿来做杀人的理论。自然，自从西洋发明了法西斯主义，他们那里也开始中国化了。呜呼，"先进的"中国呵。

自然，鲁迅的杂感的意义，不是这些简单的叙述所能够完全包括得了的。我们不过为着文艺战线的新的任务，特别指出杂感的价值和鲁迅在思想斗争史上的重要地位，我们应当向他学习，我们应当同着他前进。

一九三三，四，八，北平。

（署名何凝。选自何凝（瞿秋白）选编：《鲁迅杂感选集》，上海青光书局，1933 年 7 月版）

【作品导读】

1933 年前后，日军在山海关外的侵略活动越发猖獗，利用伪满洲国政府的名目作为掩护，在东北占领区实施残酷的殖民统治。而另一方面，蒋介石政权仍置民族危亡于不顾，大肆捕杀中国共产党人，迫害革命进步群众。此时，瞿秋白身处上海，与鲁迅保持着十分密切的关系。为了唤醒民众，同时宣传无产阶级革命文学思想和传统，瞿秋白以笔名"何凝"编选出版了《鲁迅杂感选集》，并亲自作序。本文不仅是鲁迅知交好友对其杂文文学特征和成就的总结与阐释，也是一名无产阶级理论家、批评家站在理论和历史的高度上，对鲁迅杂文及其思想所做出的精确评价。

本文出现的重要理论背景，是瞿秋白对世界无产阶级文学发展，中国政治、文化革命进程等宏大命题的深刻认识，以及他对鲁迅思想形成、发展、转变过程的总体观点。瞿秋白并没有将鲁迅描绘成一名与世隔绝的精神独异者，相反，他所关注的是孕育了鲁迅及其思想的社会土壤。鲁迅生长在旧中国的文化传统中，他独有的敏感神经无时无刻不在与"吃人"的封建思想和奴隶意识发生碰撞。在这种碰撞中所产生的刺痛，使鲁迅意识到革命的重要性和必然性。而辛亥革命的失败、青年的转变与沉沦又使鲁迅发现了社会进化论观点的缺陷，并自觉地在思想上完成了从进化论到阶级论的转变。在瞿秋白看来，鲁迅并非生而为一名革命文学家，而是带着革命文学的传统加入了中国无产阶级革命的大潮当中，并以其卓越成就成为引领革命文学发展方向的旗手。鲁迅的犀利批判来自于他对封建传统的深刻了解，而正因为此，瞿秋白对鲁迅的转变给予了"从绅士阶级的逆子贰臣进到无产阶级和劳动群众的真正的友人"的评价，并认为鲁迅的方向是正确的，"我们应当同着他前进"。

瞿秋白基本厘清了鲁迅思想发展的总体历程，他站在历史高度上对鲁迅杂文的价值进行了评定。瞿秋白认为，鲁迅的杂文是其生命体验、情感变化的真实流露，是其见证革命斗争，参与社会变革而留下的忠实记录，因而利于后来者借鉴、反思，具有较强的参考作用；另一方面，鲁迅不同时期的杂文，包含了对中国历史进程极具预见性的论断，对国民性、新文化引入、青年的转变与分化等问题有着植根实践、关注未来的眼光，因而具有较强的启示作用。综观这两种作用，可以看出瞿秋白在时间的双向度上对鲁迅杂文的价值作出了判断，而其本质是高度肯定了鲁迅对中国历史、政治、文化规律的认识和把握，充分诠释鲁迅杂文的历史价值和品质。

同时，瞿秋白也提炼出了鲁迅杂文最核心的特征——集体主义照耀下的"革命传统"，并从写作手法、精神气质和价值观念等方面归纳了这一特征在鲁迅杂文中的表现形式，即批判现实、坚持战斗，反对妥协与虚伪，提倡解放与真实。瞿秋白认为，这一特征不仅是鲁迅作为"战士"的力量核心，也是革命文学的本质要求和发展方向；而其中最为重要的，是反对虚假，崇尚真实的精神。瞿秋白指出，虚伪是地主资产阶级社会最为深重的弊病。鲁迅对虚伪所表现出的"神圣的憎恶"，是其作为文学家和思想家"最主要的精神"。这一论断，不仅是对鲁迅创作特点和思想精神的深刻解读，也是在纵观世界无产阶级革命文艺——尤其是俄国相关作品的基础上，对世界现实主义潮流审美观点的准确定位，这也显示了瞿秋白作为卓越的无产阶级革命者的理论素养。

总的来说，瞿秋白在《〈鲁迅杂感选集〉序言》中，结合时代背景，论述了鲁迅思想变化发展的历程，肯定和强化了鲁迅杂文的"革命传统"；本文不仅是一篇优秀的鲁迅作品选集序言，也是珍贵的史料文献和精辟的文学评论作品，对鲁迅思想和创作等方面的研究有极高的价值。

【思考与练习】

1. "从绅士阶级的逆子贰臣进到无产阶级和劳动群众的真正的友人"，瞿秋白认为鲁迅的思想经历了怎样的变化？其原因是什么？

2. 瞿秋白认为鲁迅杂文有怎样的历史价值？

3. 瞿秋白认为鲁迅杂文最突出的特征是什么？表现在哪些方面？

（撰稿：李俊尧）

伤　逝

——涓生的手记

鲁　迅

　　鲁迅（1881—1936），浙江绍兴人，原名周树人，字豫才，小名樟寿。20 世纪中国伟大的思想家和文学家。1918 年在《新青年》杂志上发表第一篇白话短篇小说《狂人日记》，以"表现的深切和格式的特别"显示了文学革命的实际成果。他的文学作品除了杂文创作之外，主要有短篇小说集《呐喊》（1923 年）、《彷徨》（1926 年）、《故事新编》（1936 年），散文诗集《野草》（1927 年），散文集《朝花夕拾》（1928 年），书信集《两地书》（1933 年）。

　　如果我能够，我要写下我的悔恨和悲哀，为子君，为自己。

　　会馆里的被遗忘在偏僻里的破屋是这样地寂静和空虚。时光过得真快，我爱子君，仗着她逃出这寂静和空虚，已经满一年了。事情又这么不凑巧，我重来时，偏偏空着的又只有这一间屋。依然是这样的破窗，这样的窗外的半枯的槐树和老紫藤，这样的窗前的方桌，这样的败壁，这样的靠壁的板床。深夜中独自躺在床上，就如我未曾和子君同居以前一般，过去一年中的时光全被消灭，全未有过，我并没有曾经从这破屋子搬出，在吉兆胡同创立了满怀希望的小小的家庭。

　　不但如此。在一年之前，这寂静和空虚是并不这样的，常常含着期待；期待子君的到来。在久待的焦躁中，一听到皮鞋的高底尖触着砖路的清响，是怎样地使我骤然生动起来呵！于是就看见带着笑涡的苍白的圆脸，苍白的瘦的臂膊，布的有条纹的衫子，玄色的裙。她又带了窗外的半枯的槐树的新叶来，使我看见，还有挂在铁似的老干上的一房一房的紫白的藤花。

　　然而现在呢，只有寂静和空虚依旧，子君却决不再来了，而且永远，永远地！……

　　子君不在我这破屋里时，我什么也看不见。在百无聊赖中，随手抓过一本书来，科学也好，文学也好，横竖什么都一样；看下去，看下去，忽而自己觉得，已经翻了十多页了，但是毫不记得书上所说的事。只是耳朵却分外地灵，仿佛听到大门外一切往来的履声，从中便有子君的，而且橐橐地逐渐临近，——但是，往往又逐渐渺茫，终于消失在别的步声的杂沓中了。我憎恶那不像子君鞋声的穿布底鞋的长班的儿子，我憎恶那太像子君鞋声的常常穿着新皮鞋的邻院的搽雪花膏的小东西！

　　莫非她翻了车么？莫非她被电车撞伤了么？……

　　我便要取了帽子去看她，然而她的胞叔就曾经当面骂过我。

　　蓦然，她的鞋声近来了，一步响于一步，迎出去时，却已经走过紫藤棚下，脸上带着微笑的酒窝。她在她叔子的家里大约并未受气；我的心宁帖了，默默地相视片时之后，破屋里便渐渐充满了我的语声，谈家庭专制，谈打破旧习惯，谈男女平等，谈伊孛生，谈泰戈尔，谈雪莱……。她总是微笑点头，两眼里弥漫着稚气的好奇的光泽。壁上就钉着一张铜板的雪莱半身像，是从杂志上裁下来的，是他的最美的一张像。当我指给她看时，她却只草草一看，便低了头，似乎不好意思了。这些地方，子君就大概还未脱尽旧思想的束缚，——我后来也想，倒不如换一张雪莱淹死在海里的记念像或是伊孛生的罢；但也终于没有换，现在是连这一张也不知那里去了。

　　"我是我自己的，他们谁也没有干涉我的权利！"

　　这是我们交际了半年，又谈起她在这里的胞叔和在家的父亲时，她默想了一会之后，分明地，坚决地，沉静地说了出来的话。其时是我已经说尽了我的意见，我的身世，我的缺点，很少隐瞒；她也完全了解的了。这几句话很震动了我的灵魂，此后许多天还在耳中发响，而且说不出的狂喜，知道中国女性，并不如厌世家所说那样的无法可施，在不远的将来，便要看见辉煌的曙色的。

送她出门，照例是相离十多步远；照例是那鲇鱼须的老东西的脸又紧帖在脏的窗玻璃上了，连鼻尖都挤成一个小平面；到外院，照例又是明晃晃的玻璃窗里的那小东西的脸，加厚的雪花膏。她目不邪视地骄傲地走了，没有看见；我骄傲地回来。

"我是我自己的，他们谁也没有干涉我的权利！"这彻底的思想就在她的脑里，比我还透澈，坚强得多。半瓶雪花膏和鼻尖的小平面，于她能算什么东西呢？

我已经记不清那时怎样地将我的纯真热烈的爱表示给她。岂但现在，那时的事后便已模胡，夜间回想，早只剩了一些断片了；同居以后一两月，便连这些断片也化作无可追踪的梦影。我只记得那时以前的十几天，曾经很仔细地研究过表示的态度，排列过措辞的先后，以及倘或遭了拒绝以后的情形。可是临时似乎都无用，在慌张中，身不由己地竟用了在电影上见过的方法了。后来一想到，就使我很愧恧，但在记忆上却偏只有这一点永远留遗，至今还如暗室的孤灯一般，照见我含泪握着她的手，一条腿跪了下去……。

不但我自己的，便是子君的言语举动，我那时就没有看得分明；仅知道她已经允许我了。但也还仿佛记得她脸色变成青白，后来又渐渐转作绯红，——没有见过，也没有再见的绯红；孩子似的眼里射出悲喜，但是夹着惊疑的光，虽然力避我的视线，张皇地似乎要破窗飞去。然而我知道她已经允许我了，没有知道她怎样说或是没有说。

她却是什么都记得：我的言辞，竟至于读熟了的一般，能够滔滔背诵；我的举动，就如有一张我所看不见的影片挂在眼下，叙述得如生，很细微，自然连那使我不愿再想的浅薄的电影的一闪。夜阑人静，是相对温习的时候了，我常是被质问，被考验，并且被命复述当时的言语，然而常须由她补足，由她纠正，像一个丁等的学生。

这温习后来也渐渐稀疏起来。但我只要看见她两眼注视空中，出神似的凝想着，于是神色越加柔和，笑窝也深下去，便知道她又在自修旧课了，只是我很怕她看到我那可笑的电影的一闪。但我又知道，她一定要看见，而且也非看不可的。

然而她并不觉得可笑。即使我自己以为可笑，甚而至于可鄙的，她也毫不以为可笑。这事我知道得很清楚，因为她爱我，是这样地热烈，这样地纯真。

去年的暮春是最为幸福，也是最为忙碌的时光。我的心平静下去了，但又有别一部分和身体一同忙碌起来。我们这时才在路上同行，也到过几回公园，最多的是寻住所。我觉得在路上时时遇到探索，讥笑，猥亵和轻蔑的眼光，一不小心，便使我的全身有些瑟缩，只得即刻提起我的骄傲和反抗来支持。她却是大无畏的，对于这些全不关心，只是镇静地缓缓前行，坦然如入无人之境。

寻住所实在不是容易事，大半是被托辞拒绝，小半是我们以为不相宜。起先我们选择得很苛酷，——也非苛酷，因为看去大抵不像是我们的安身之所；后来，便只要他们能相容了。看了二十多处，这才得到可以暂且敷衍的处所，是吉兆胡同一所小屋里的两间南屋；主人是一个小官，然而倒是明白人，自住着正屋和厢房。他只有夫人和一个不到周岁的女孩子，雇一个乡下的女工，只要孩子不啼哭，是极其安闲幽静的。

我们的家具很简单，但已经用去了我的筹来的款子的大半；子君还卖掉了她唯一的金戒指和耳环。我拦阻她，还是定要卖，我也就不再坚持下去了；我知道不给她加入一点股分去，她是住不舒服的。

和她的叔子，她早经闹开，至于使他气愤到不再认她做侄女；我也陆续和几个自以为忠告，其实是替我胆怯，或者竟是嫉妒的朋友绝了交。然而这倒很清静。每日办公散后虽然已近黄昏，车夫又一定走得这样慢，但究竟还有二人相对的时候。我们先是沉默的相视，接着是放怀而亲密的交谈，后来又是沉默。大家低头沉思着，却并未想着什么事。我也渐渐清醒地读遍了她的身体，她的灵魂，不过三星期，我似乎于她已经更加了解，揭去许多先前以为了解而现在看来却是隔膜，即所谓真的隔膜了。

子君也逐日活泼起来。但她并不爱花，我在庙会时买来的两盆小草花，四天不浇，枯死在壁角了，我又没有照顾一切的闲暇。然而她爱动物，也许是从官太太那里传染的罢，不一月，我们的眷属便骤然加得很多，四只小油鸡，在小院子里和房主人的十多只在一同走。但她们却认识鸡的相貌，各知道那一只是自家的。还有一只花白的叭儿狗，从庙会买来，记得似乎原有名字，子君却给它另起了一个，叫作阿随。我就叫它阿随，但我不喜欢这名字。

这是真的，爱情必须时时更新，生长，创造。我和子君说起这，她也领会地点点头。

唉唉，那是怎样的宁静而幸福的夜呵！

安宁和幸福是要凝固的，永久是这样的安宁和幸福。我们在会馆里时，还偶有议论的冲突和意思的误会，自从到吉兆胡同以来，连这一点也没有了；我们只在灯下对坐的怀旧谭中，回味那时冲突以后的和解的重生一般的乐趣。

子君竟胖了起来，脸色也红活了；可惜的是忙。管了家务便连谈天的工夫也没有，何况读书和散步。我们常说，我们总还得雇一个女工。

这就使我也一样地不快活，傍晚回来，常见她包藏着不快活的颜色，尤其使我不乐的是她要装作勉强的笑容。幸而探听出来了，也还是和那小官太太的暗斗，导火线便是两家的小油鸡。但又何必硬不告诉我呢？人总该有一个独立的家庭。这样的处所，是不能居住的。

我的路也铸定了，每星期中的六天，是由家到局，又由局到家。在局里便坐在办公桌前钞，钞，钞些公文和信件；在家里是和她相对或帮她生白炉子，煮饭，蒸馒头。我的学会了煮饭，就在这时候。

但我的食品却比在会馆里时好得多了。做菜虽不是子君的特长，然而她于此却倾注着全力；对于她的日夜的操心，使我也不能不一同操心，来算作分甘共苦。况且她又这样地终日汗流满面，短发都粘在脑额上；两只手又只是这样地粗糙起来。

况且还要饲阿随，饲油鸡，……都是非她不可的工作。

我曾经忠告她：我不吃，倒也罢了；却万不可这样地操劳。她只看了我一眼，不开口，神色却似乎有点凄然；我也只好不开口。然而她还是这样地操劳。

我所豫期的打击果然到来。双十节的前一晚，我呆坐着，她在洗碗。听到打门声，我去开门时，是局里的信差，交给我一张油印的纸条。我就有些料到了，到灯下去一看，果然，印着的就是——

奉

局长谕史涓生着毋庸到局办事

秘书处启　十月九号

这在会馆里时，我就早已料到了；那雪花膏便是局长的儿子的赌友，一定要去添些谣言，设法报告的。到现在才发生效验，已经要算是很晚的了。其实这在我不能算是一个打击，因为我早就决定，可以给别人去钞写，或者教读，或者虽然费力，也还可以译点书，况且《自由之友》的总编辑便是见过几次的熟人，两月前还通过信。但我的心却跳跃着。那么一个无畏的子君也变了色，尤其使我痛心；她近来似乎也较为怯弱了。

"那算什么。哼，我们干新的。我们……。"她说。

她的话没有说完；不知怎地，那声音在我听去却只是浮浮的；灯光也觉得格外黯淡。人们真是可笑的动物，一点极微末的小事情，便会受着很深的影响。我们先是默默地相视，逐渐商量起来，终于决定将现有的钱竭力节省，一面登"小广告"去寻求钞写和教读，一面写信给《自由之友》的总编辑，说明我目下的遭遇，请他收用我的译本，给我帮一点艰辛时候的忙。

"说做，就做罢！来开一条新的路！"

我立刻转身向了书案，推开盛香油的瓶子和醋碟，子君便送过那黯淡的灯来。我先拟广告；其次是选定可译的书，迁移以来未曾翻阅过，每本的头上都满漫着灰尘了；最后才写信。

我很费踌躇，不知道怎样措辞好，当停笔凝思的时候，转眼去一瞥她的脸，在昏暗的灯光下，又很见得凄然。我真不料这样微细的小事情，竟会给坚决的，无畏的子君以这么显著的变化。她近来实在变得很怯弱了，但也并不是今夜才开始的。我的心因此更缭乱，忽然有安宁的生活的影像——会馆里的破屋的寂静，在眼前一闪，刚刚想定睛凝视，却又看见了昏暗的灯光。

　　许久之后，信也写成了，是一封颇长的信；很觉得疲劳，仿佛近来自己也较为怯弱了。于是我们决定，广告和发信，就在明日一同实行。大家不约而同地伸直了腰肢，在无言中，似乎又都感到彼此的坚忍崛强的精神，还看见从新萌芽起来的将来的希望。

　　外来的打击其实倒是振作了我们的新精神。局里的生活，原如鸟贩子手里的禽鸟一般，仅有一点小米维系残生，决不会肥胖；日子一久，只落得麻痹了翅子，即使放出笼外，早已不能奋飞。现在总算脱出这牢笼了，我从此要在新的开阔的天空中翱翔，趁我还未忘却了我的翅子的扇动。

　　小广告是一时自然不会发生效力的；但译书也不是容易事，先前看过，以为已经懂得的，一动手，却疑难百出了，进行得很慢。然而我决计努力地做，一本半新的字典，不到半月，边上便有了一大片乌黑的指痕，这就证明着我的工作的切实。《自由之友》的总编辑曾经说过，他的刊物是决不会埋没好稿子的。

　　可惜的是我没有一间静室，子君又没有先前那么幽静，善于体帖了，屋子里总是散乱着碗碟，弥漫着煤烟，使人不能安心做事，但是这自然还只能怨我自己无力置一间书斋。然而又加以阿随，加以油鸡们。加以油鸡们又大起来了，更容易成为两家争吵的引线。

　　加以每日的"川流不息"的吃饭；子君的功业，仿佛就完全建立在这吃饭中。吃了筹钱，筹来吃饭，还要喂阿随，饲油鸡；她似乎将先前所知道的全都忘掉了，也不想到我的构思就常常为了这催促吃饭而打断。即使在坐中给看一点怒色，她总是不改变，仍然毫无感触似的大嚼起来。

　　使她明白了我的作工不能受规定的吃饭的束缚，就费去五星期。她明白之后，大约很不高兴罢，可是没有说。我的工作果然从此较为迅速地进行，不久就共译了五万言，只要润色一回，便可以和做好的两篇小品，一同寄给《自由之友》去。只是吃饭却依然给我苦恼。菜冷，是无妨的，然而竟不够；有时连饭也不够，虽然我因为终日坐在家里用脑，饭量已经比先前要减少得多。这是先去喂了阿随了，有时还并那近来连自己也轻易不吃的羊肉。她说，阿随实在瘦得太可怜，房东太太还因此嗤笑我们了，她受不住这样的奚落。

于是吃我残饭的便只有油鸡们。这是我积久才看出来的，但同时也如赫胥黎的论定"人类在宇宙间的位置"一般，自觉了我在这里的位置：不过是叭儿狗和油鸡之间。

后来，经多次的抗争和催逼，油鸡们也逐渐成为肴馔，我们和阿随都享用了十多日的鲜肥；可是其实都很瘦，因为它们早已每日只能得到几粒高粱了。从此便清静得多。只有子君很颓唐，似乎常觉得凄苦和无聊，至于不大愿意开口。我想，人是多么容易改变呵！

但是阿随也将留不住了。我们已经不能再希望从什么地方会有来信，子君也早没有一点食物可以引它打拱或直立起来。冬季又逼近得这么快，火炉就要成为很大的问题；它的食量，在我们其实早是一个极易觉得的很重的负担。于是连它也留不住了。

倘使插了草标到庙市去出卖，也许能得几文钱罢，然而我们都不能，也不愿这样做。终于是用包袱蒙着头，由我带到西郊去放掉了，还要追上来，便推在一个并不很深的土坑里。

我一回寓，觉得又清静得多多了；但子君的凄惨的神色，却使我很吃惊。那是没有见过的神色，自然是为阿随。但又何至于此呢？我还没有说起推在土坑里的事。

到夜间，在她的凄惨的神色中，加上冰冷的分子了。

"奇怪。——子君，你怎么今天这样儿了？"我忍不住问。

"什么？"她连看也不看我。

"你的脸色……。"

"没有什么，——什么也没有。"

我终于从她言动上看出，她大概已经认定我是一个忍心的人。其实，我一个人，是容易生活的，虽然因为骄傲，向来不与世交来往，迁居以后，也疏远了所有旧识的人，然而只要能远走高飞，生路还宽广得很。现在忍受着这生活压迫的苦痛，大半倒是为她，便是放掉阿随，也何尝不如此。但子君的识见却似乎只是浅薄起来，竟至于连这一点也想不到了。

我拣了一个机会，将这些道理暗示她；她领会似的点头。然而看她后来的情形，她是没有懂，或者是并不相信的。

天气的冷和神情的冷，逼迫我不能在家庭中安身。但是往那里去呢？大道上，公园里，虽然没有冰冷的神情，冷风究竟也刺得人皮肤欲裂。我终于在通俗图书馆里觅得了我的天堂。

那里无须买票；阅书室里又装着两个铁火炉。纵使不过是烧着不死不活的煤的火炉，但单是看见装着它，精神上也就总觉得有些温暖。书却无可看：旧的陈腐，新的是几乎没有的。

好在我到那里去也并非为看书。另外时常还有几个人，多则十余人，都是单薄衣裳，正如我，各人看各人的书，作为取暖的口实。这于我尤为合式。道路上容易遇见熟人，得到轻蔑的一瞥，但此地却决无那样的横祸，因为他们是永远围在别的铁炉旁，或者靠在自家的白炉边的。

那里虽然没有书给我看，却还有安闲容得我想。待到孤身枯坐，回忆从前，这才觉得大半年来，只为了爱，——盲目的爱，——而将别的人生的要义全盘疏忽了。第一，便是生活。人必生活着，爱才有所附丽。世界上并非没有为了奋斗者而开的活路；我也还未忘却翅子的扇动，虽然比先前已经颓唐得多……。

屋子和读者渐渐消失了，我看见怒涛中的渔夫，战壕中的兵士，摩托车中的贵人，洋场上的投机家，深山密林中的豪杰，讲台上的教授，昏夜的运动者和深夜的偷儿……。子君，——不在近旁。她的勇气都失掉了，只为着阿随悲愤，为着做饭出神；然而奇怪的是倒也并不怎样瘦损……。

冷了起来，火炉里的不死不活的几片硬煤，也终于烧尽了，已是闭馆的时候。又须回到吉兆胡同，领略冰冷的颜色去了。近来也间或遇到温暖的神情，但这却反而增加我的苦痛。记得有一夜，子君的眼里忽而又发出久已不见的稚气的光来，笑着和我谈到还在会馆时候的情形，时时又很带些恐怖的神色。我知道我近来的超过她的冷漠，已经引起她的忧疑来，只得也勉力谈笑，想给她一点慰藉。然而我的笑貌一上脸，我的话一出口，却即刻变为空虚，这空虚又即刻发生反响，回向我的耳目里，给我一个难堪的恶毒的冷嘲。

子君似乎也觉得的，从此便失掉了她往常的麻木似的镇静，虽然竭力掩饰，总还是时时露出忧疑的神色来，但对我却温和得多了。

我要明告她，但我还没有敢，当决心要说的时候，看见她孩子一般的眼色，就使我只得暂且改作勉强的欢容。但是这又即刻来冷嘲我，并使我失却那冷漠的镇静。

她从此又开始了往事的温习和新的考验，逼我做出许多虚伪的温存的答案来，将温存示给她，虚伪的草稿便写在自己的心上。我的心渐被这些草稿填满了，常觉得难于呼吸。我在苦恼中常常想，说真实自然须有极大的勇气的；假如没有这勇气，而苟安于虚伪，那也便是不能开辟新的生路的人。不独不是这个，连这人也未尝有！

子君有怨色，在早晨，极冷的早晨，这是从未见过的，但也许是从我看来的怨色。我那时冷冷地气愤和暗笑了；她所磨练的思想和豁达无畏的言论，到底也还是一个空虚，而对于这空虚却并未自觉。她早已什么书也不看，已不知道人的生活的第一着是求生，向着这求生的道路，是必须携手同行，或奋身孤往的了，倘使只知道捶着一个人的衣角，那便是虽战士也难于战斗，只得一同灭亡。

我觉得新的希望就只在我们的分离；她应该决然舍去，——我也突然想到她的死，然而立刻自责，忏悔了。幸而是早晨，时间正多，我可以说我的真实。我们的新的道路的开辟，便在这一遭。

我和她闲谈，故意地引起我们的往事，提到文艺，于是涉及外国的文人，文人的作品：《诺拉》，《海的女人》。称扬诺拉的果决……。也还是去年在会馆的破屋里讲过的那些话，但现在已经变成空虚，从我的嘴传入自己的耳中，时时疑心有一个隐形的坏孩子，在背后恶意地刻毒地学舌。

她还是点头答应着倾听，后来沉默了。我也就断续地说完了我的话，连余音都消失在虚空中了。

"是的。"她又沉默了一会，说，"但是，……涓生，我觉得你近来很两样了。可是的？你，——你老实告诉我。"

我觉得这似乎给了我当头一击，但也立即定了神，说出我的意见和主张来：新的路的开辟，新的生活的再造，为的是免得一同灭亡。

临末，我用了十分的决心，加上这几句话——

"……况且你已经可以无须顾虑，勇往直前了。你要我老实说；是的，人是不该虚伪的。我老实说罢：因为，因为我已经不爱你了！但这于你倒好得多，因为你更可以毫无挂念地做事……。"

我同时豫期着大的变故的到来，然而只有沉默。她脸色陡然变成灰黄，死了似的；瞬间便又苏生，眼里也发了稚气的闪闪的光泽。这眼光射向四处，正如孩子在饥渴中寻求着慈爱的母亲，但只在空中寻求，恐怖地回避着我的眼。

我不能看下去了，幸而是早晨，我冒着寒风径奔通俗图书馆。

在那里看见《自由之友》，我的小品文都登出了。这使我一惊，仿佛得了一点生气。我想，生活的路还很多，——但是，现在这样也还是不行的。

我开始去访问久已不相闻问的熟人，但这也不过一两次；他们的屋子自然是暖和的，我在骨髓中却觉得寒洌。夜间，便蜷伏在比冰还冷的冷屋中。

冰的针刺着我的灵魂，使我永远苦于麻木的疼痛。生活的路还很多，我也还没有忘却翅子的扇动，我想。——我突然想到她的死，然而立刻自责，忏悔了。

在通俗图书馆里往往瞥见一闪的光明，新的生路横在前面。她勇猛地觉悟了，毅然走出这冰冷的家，而且，——毫无怨恨的神色。我便轻如行云，漂浮空际，上有蔚蓝的天，下是深山大海，广厦高楼，战场，摩托车，洋场，公馆，晴明的闹市，黑暗的夜……。

而且，真的，我豫感得这新生面便要来到了。

我们总算度过了极难忍受的冬天，这北京的冬天；就如蜻蜓落在恶作剧的坏孩子的手里一般，被系着细线，尽情玩弄，虐待，虽然幸而没有送掉性命，结果也还是躺在地上，只争着一个迟早之间。

写给《自由之友》的总编辑已经有三封信，这才得到回信，信封里只有两张书券：两角的和三角的。我却单是催，就用了九分的邮票，一天的饥饿，又都白挨给于己一无所得的空虚了。

然而觉得要来的事,却终于来到了。

这是冬春之交的事,风已没有这么冷,我也更久地在外面徘徊;待到回家,大概已经昏黑。就在这样一个昏黑的晚上,我照常没精打采地回来,一看见寓所的门,也照常更加丧气,使脚步放得更缓。但终于走进自己的屋子里了,没有灯火;摸火柴点起来时,是异样的寂寞和空虚!

正在错愕中,官太太便到窗外来叫我出去。

"今天子君的父亲来到这里,将她接回去了。"她很简单地说。

这似乎又不是意料中的事,我便如脑后受了一击,无言地站着。

"她去了么?"过了些时,我只问出这样一句话。

"她去了。"

"她,——她可说什么?"

"没说什么。单是托我见你回来时告诉你,说她去了。"

我不信;但是屋子里是异样的寂寞和空虚。我遍看各处,寻觅子君;只见几件破旧而黯淡的家具,都显得极其清疏,在证明着它们毫无隐匿一人一物的能力。我转念寻信或她留下的字迹,也没有;只是盐和干辣椒,面粉,半株白菜,却聚集在一处了,旁边还有几十枚铜元。这是我们两人生活材料的全副,现在她就郑重地将这留给我一个人,在不言中,教我借此去维持较久的生活。

我似乎被周围所排挤,奔到院子中间,有昏黑在我的周围;正屋的纸窗上映出明亮的灯光,他们正在逗着孩子玩笑。我的心也沉静下来,觉得在沉重的迫压中,渐渐隐约地现出脱走的路径:深山大泽,洋场,电灯下的盛筵,壕沟,最黑最黑的深夜,利刃的一击,毫无声响的脚步⋯⋯。

心地有些轻松,舒展了,想到旅费,并且嘘一口气。

躺着,在合着的眼前经过的豫想的前途,不到半夜已经现尽;暗中忽然仿佛看见一堆食物,这之后,便浮出一个子君的灰黄的脸来,睁了孩子气的眼睛,恳托似的看着我。我一定神,什么也没有了。

但我的心却又觉得沉重。我为什么偏不忍耐几天,要这样急急地告诉她真话的呢?现在她知道,她以后所有的只是她父亲——儿女的债主——

的烈日一般的严威和旁人的赛过冰霜的冷眼。此外便是虚空。负着虚空的重担，在严威和冷眼中走着所谓人生的路，这是怎么可怕的事呵！而况这路的尽头，又不过是——连墓碑也没有的坟墓。

我不应该将真实说给子君，我们相爱过，我应该永久奉献她我的说谎。如果真实可以宝贵，这在子君就不该是一个沉重的空虚。谎语当然也是一个空虚，然而临末，至多也不过这样地沉重。

我以为将真实说给子君，她便可以毫无顾虑，坚决地毅然前行，一如我们将要同居时那样。但这恐怕是我错误了。她当时的勇敢和无畏是因为爱。

我没有负着虚伪的重担的勇气，却将真实的重担卸给她了。她爱我之后，就要负了这重担，在严威和冷眼中走着所谓人生的路。

我想到她的死……。我看见我是一个卑怯者，应该被摈于强有力的人们，无论是真实者，虚伪者。然而她却自始至终，还希望我维持较久的生活……。

我要离开吉兆胡同，在这里是异样的空虚和寂寞。我想，只要离开这里，子君便如还在我的身边；至少，也如还在城中，有一天，将要出乎意表地访我，像住在会馆时候似的。

然而一切请托和书信，都是一无反响；我不得已，只好访问一个久不问候的世交去了。他是我伯父的幼年的同窗，以正经出名的拔贡，寓京很久，交游也广阔的。

大概因为衣服的破旧罢，一登门便很遭门房的白眼。好容易才相见，也还相识，但是很冷落。我们的往事，他全都知道了。

"自然，你也不能在这里了，"他听了我托他在别处觅事之后，冷冷地说，"但那里去呢？很难。——你那，什么呢，你的朋友罢，子君，你可知道，她死了。"

我惊得没有话。

"真的？"我终于不自觉地问。

"哈哈。自然真的。我家的王升的家，就和她家同村。"

"但是，——不知道是怎么死的？"

"谁知道呢。总之是死了就是了。"

我已经忘却了怎样辞别他，回到自己的寓所。我知道他是不说谎话的；子君总不会再来的了，像去年那样。她虽是想在严威和冷眼中负着虚空的重担来走所谓人生的路，也已经不能。她的命运，已经决定她在我所给与的真实——无爱的人间死灭了！

自然，我不能在这里了；但是，"那里去呢?"

四围是广大的空虚，还有死的寂静。死于无爱的人们的眼前的黑暗，我仿佛一一看见，还听得一切苦闷和绝望的挣扎的声音。

我还期待着新的东西到来，无名的，意外的。但一天一天，无非是死的寂静。

我比先前已经不大出门，只坐卧在广大的空虚里，一任这死的寂静侵蚀着我的灵魂。死的寂静有时也自己战栗，自己退藏，于是在这绝续之交，便闪出无名的，意外的，新的期待。

一天是阴沉的上午，太阳还不能从云里面挣扎出来，连空气都疲乏着。耳中听到细碎的步声和咻咻的鼻息，使我睁开眼。大致一看，屋子里还是空虚；但偶然看到地面，却盘旋着一匹小小的动物，瘦弱的，半死的，满身灰土的……。

我一细看，我的心就一停，接着便直跳起来。

那是阿随。它回来了。

我的离开吉兆胡同，也不单是为了房主人们和他家女工的冷眼，大半就为着这阿随。但是，"那里去呢?"新的生路自然还很多，我约略知道，也间或依稀看见，觉得就在我面前，然而我还没有知道跨进那里去的第一步的方法。

经过许多回的思量和比较，也还只有会馆是还能相容的地方。依然是这样的破屋，这样的板床，这样的半枯的槐树和紫藤，但那时使我希望，欢欣，爱，生活的，却全都逝去了，只有一个虚空，我用真实去换来的虚空存在。

新的生路还很多，我必须跨进去，因为我还活着。但我还不知道怎样跨出那第一步。有时，仿佛看见那生路就像一条灰白的长蛇，自己蜿蜒地向我奔来，我等着，等着，看看临近，但忽然便消失在黑暗里了。

初春的夜，还是那么长。长久的枯坐中记起上午在街头所见的葬式，前面是纸人纸马，后面是唱歌一般的哭声。我现在已经知道他们的聪明了，这是多么轻松简截的事。

然而子君的葬式却又在我的眼前，是独自负着虚空的重担，在灰白的长路上前行，而又即刻消失在周围的严威和冷眼里了。

我愿意真有所谓鬼魂，真有所谓地狱，那么，即使在孽风怒吼之中，我也将寻觅子君，当面说出我的悔恨和悲哀，祈求她的饶恕；否则，地狱的毒焰将围绕我，猛烈地烧尽我的悔恨和悲哀。

我将在孽风和毒焰中拥抱子君，乞她宽容，或者使她快意……。

但是，这却更虚空于新的生路；现在所有的只是初春的夜，竟还是那么长。我活着，我总得向着新的生路跨出去，那第一步，——却不过是写下我的悔恨和悲哀，为子君，为自己。

我仍然只有唱歌一般的哭声，给子君送葬，葬在遗忘中。

我要遗忘；我为自己，并且要不再想到这用了遗忘给子君送葬。

我要向着新的生路跨进第一步去，我要将真实深深地藏在心的创伤中，默默地前行，用遗忘和说谎做我的前导……。

一九二五年十月二十一日毕。

（选自《彷徨》，北京：北新书局，1926 年 8 月版）

【作品导读】

毛泽东在《新民主主义论》中给予了鲁迅极高的评价，认为"鲁迅是中国文化革命的主将，他不但是伟大的文学家，而且是伟大的思想家和革命家"。鲁迅早先是学医的，他想要借助西医来医治国人的病，但是"幻灯片事件"让他明白"凡是愚弱的国民，即使体格如何健全，如何茁壮，也只能做毫无意义的示众的材料和看客"。于是，他决定医治国民的精神，弃医从文。在后来的五四运动中，鲁迅是斗争最彻底和影响最大的作家。他的小说集中描写了农民和知识分子这两类人物，他以革命民主主义者的深厚情感关注着农民和知识分子的境遇。因此，他的小说成为观照中国社会从辛亥革命到第一次国内革命战争时期的一面镜子。

《伤逝》选自鲁迅的短篇小说集《彷徨》。小说以20世纪20年代的北京城为背景，采用涓生手记的形式，描写了一对年轻情侣背离家庭追求自由恋爱的故事，揭露了当时社会对于青年人自由恋爱和青年知识分子的人生追求的压抑。

小说采用涓生手记的形式记述了涓生与子君之间的爱情始末。小说首句写到"如果我能够，我要写下我的悔恨和悲哀，为子君，为自己"，此句奠定了小说的感情基调，后文全部围绕"悔恨和悲哀"进行抒写。同时点明了中心人物即"我"（涓生）与子君的关系。子君作为新时代的女性，勇敢冲破了传统封建家族宗法制的枷锁走出家庭寻找自己的爱情，发出了自己的声音"我是我自己的，他们谁也没有干涉我的权力！"子君要求个性解放的呼声是坚决的，但是个性解放却不能离开社会解放而单独解放。同样"爱情必须时时更新，生长，创造。"子君在获得幸福和安宁的生活之后，沉湎在日常琐事之中。而涓生对日常琐事感到厌烦。当失业的打击威胁着他们的生活时，他明白到："大半年来，只为了爱，——盲目的爱，——而将别的人生的要义全盘疏忽了。"他没有能力去粉碎来自社会的巨大压力，只是将自己的困境归咎于子君，归咎于家庭，急于从中逃离。实质上，无论是子君还是涓生都无法逃脱社会的大网。

在艺术上，鲁迅的小说富有创造性，具有非常突出的个人风格：细腻而又洗练，隽永而又舒展，诙谐而又峭拔。作者在小说中采用细腻的笔触描写涓生与子君爱情的始末，以涓生充满个人情感的手记作为展示二人爱情故事的道具。同时作者又运用涓生手记中语言上的漏洞与涓生真情流露的自白刻画了在感情上虚伪、生活中自私的涓生的形象。同时作者对子君也并未单纯地予以肯定，涓生对于子君的态度在某种意义上就是作者对子君的看法。借由涓生和子君，作者将批判的矛头指向了当时复杂黑暗的社会，指出青年知识分子在追求自由、追求爱情时必然会面临重重阻隔，暗

示要想获得自由、爱情必须推翻压抑人性的封建礼教传统和封建腐朽的社
会制度。

　　小说脉络清晰明了，结构紧凑。全文语言诗化，情真意切。

【思考与练习】

1. 这篇小说表现了鲁迅小说创作怎样的艺术风格？
2. 请具体分析鲁迅小说的语言特色。
3. 思考导致涓生与子君爱情破灭的原因。

（撰稿：严晓虎）

林家铺子

茅　盾

茅盾（1896—1981），原名沈德鸿，字雁冰，浙江桐乡人。中国现代著名作家、文学评论家、文化活动家和社会活动家。曾用茅盾、郎损、玄珠、方璧、止敬、蒲牢、微明、沈仲方、沈明甫等笔名。代表作品有小说《子夜》、《蚀》三部曲、农村三部曲、《林家铺子》《腐蚀》《霜叶红似二月花》，剧本《清明前后》和文学评论集《夜读偶记》等。新中国成立后，茅盾曾任中国文联副主席、中国作协主席、文化部部长，主编《人民文学》和《译文》。

一

林小姐这天从学校回来就撅起着小嘴唇。她掼下了书包，并不照例到镜台前梳头发搽粉，却倒在床上看着帐顶出神。小花噗的也跳上床来，挨着林小姐的腰部摩擦，咪呜咪呜地叫了两声。林小姐本能地伸手到小花头上摸了一下，随即翻一个身，把脸埋在枕头里，就叫道：

"妈呀！"

没有回答。妈的房就在间壁，妈素常疼爱这唯一的女儿，听得女儿回来就要摇摇摆摆走过来问她肚子饿不饿，妈留着好东西呢，——再不然，就差吴妈赶快去买一碗馄饨。但今天却作怪，妈的房里明明有说话的声音，并且还听得妈在打呃，却是妈连回答也没一声。

林小姐在床上又翻一个身，翘起了头，打算偷听妈和谁谈话，是那样悄悄地放低了声音。

然而听不清，只有妈的连声打呃，间歇地飘到林小姐的耳朵。忽然妈的嗓音高了一些，似乎很生气，就有几个字很听得分明：

——这也是东洋货，那也是东洋货，呃！……

林小姐猛一跳，就好像理发时候颈脖子上粘了许多短头发似的浑身都烦躁起来了。正也是为了这东洋货问题，她在学校里给人家笑骂，她回家来没好气。她一手推开了又挨到她身边来的小花，跳起来就剥下那件新制的翠绿色假毛葛驼绒旗袍来，拎在手里抖了几下，叹一口气。据说这怪好看的假毛葛和驼绒都是东洋来的。她撩开这件驼绒旗袍，从床下拖出那口小巧的牛皮箱来，赌气似的扭开了箱子盖，把箱子底朝天向床上一撒，花花绿绿的衣服和杂用品就滚满了一床。小花吃了一惊，噗的跳下床去，转一个身，却又跳在一张椅子上蹲着望住它的女主人。

林小姐的一双手在那堆衣服里抓捞了一会儿，就呆呆地站在床前出神。这许多衣服和杂用品越看越可爱，却又越看越像是东洋货呢！全都不能穿了么？可是她——舍不得，而且她的父亲也未必肯另外再制新的！林小姐忍不住眼圈儿红了。她爱这些东洋货，她又恨那些东洋人；好好儿的发兵打东三省干么呢？不然，穿了东洋货有谁来笑骂。

"呃——"

忽然房门边来了这一声。接着就是林大娘的摇摇摆摆的瘦身形。看见那乱丢了一床的衣服，又看见女儿只穿着一件绒线短衣站在床前出神，林大娘这一惊非同小可。心里愈是着急，她那个"呃"却愈是打得多，暂时竟说不出半句话。

林小姐飞跑到母亲身边，哭丧着脸说：

"妈呀！全是东洋货，明儿叫我穿什么衣服？"

林大娘摇着头只是打呃，一手扶往了女儿的肩膀，一手揉磨自己的胸脯，过了一会儿，她方才挣扎出几句话来：

"阿囡，呃，你干么脱得——呃，光落落？留心冻——呃——我这毛病，呃，生你那年起了这个病痛，呃，近来越发凶了！呃——"

"妈呀！你说明儿我穿什么衣服？我只好躲在家里不出去了，他们要笑我，骂我！"

但是林大娘不回答。她一路打呃，走到床前拣出那件驼绒旗袍来，就替女儿披在身上，又拍拍床，要她坐下。小花又挨到林小姐脚边，昂起了头，眯细着眼睛看看林大娘，又看看林小姐；然后它懒懒地靠到林小姐的脚背上，就林小姐的鞋底来磨擦它的肚皮。林小姐一脚踢开了小花，就势身子一歪，躺在床上，把脸藏在她母亲的身后。

暂时两个都没有话。母亲忙着打呃，女儿忙着盘算"明天怎样出去"；这东洋货问题不但影响到林小姐的所穿，还影响到她的所用；据说她那只常为同学们艳羡的化妆皮夹以及自动铅笔之类，也都是东洋货，而她却又爱这些小玩意儿比爱那小花更甚。

"阿囡，呃——肚子饿不饿？"

林大娘坐定了半晌以后，渐渐少打几个呃了，就又开始她日常的疼爱女儿的老功课。

"不饿。嗳，妈呀，怎么老是问我饿不饿呢，顶要紧是没有了衣服明天怎样去上学！"

林小姐撒娇说，依然那样拳曲着身体躺着，依然把脸藏在母亲背后。

自始就没弄明白为什么女儿尽嚷着没有衣服穿的林大娘现在第三次听得了这话儿，不能不再注意了，可是她那该死的打呃很不作美地又连连来了。恰在此时林先生走了进来，手里拿着一张字条儿，脸上乌霉霉地像是涂着一层灰。他看见林大娘不住地打呃，女儿躺在满床乱丢的衣服堆里，他就料到了几分，一双眉头就紧紧地皱起。他唤着女儿的名字说道：

"明秀，你的学校里有什么抗日会么？刚送来了这封信。说是明天你再穿东洋货的衣服去，他们就要烧呢——无法无天的话语，咳……"

"呃——呃——"

"真是岂有此理，哪一个人身上没有东洋货，却偏偏找定了我们家来生事！哪一家洋广货铺子里不是堆足了东洋货，偏是我的铺子就犯法，一定要封存！咄！"

林先生气愤愤地又加了这几句，就颓然坐在床边的一张椅子里。

"呃，呃，救苦救难观世音，呃——"

"爸爸，我还有一件老式的棉袄，光景不是东洋货，可是穿出去人家又要笑我。"

过了一会儿，林小姐从床上坐起来说，她本来打算进一步要求父亲制一件不是东洋货的新衣，但瞧着父亲的脸色不对，便又不敢冒昧。同时，她的想像中就展开了那件旧棉袄惹人讪笑的情形，她忍不住哭起来了。

"呃，呃——啊哟！——呃，莫哭，——没有人笑你——呃，阿囡……"

"阿秀，明天不用去读书了！饭快要没得吃了，还读什么书！"

林先生懊恼地说，把手里那张字条儿扯得粉碎，一边走出房去，一边叹气跺脚。然而没多几时，林先生又匆匆地跑了回来，看着林大娘的面孔说道：

"橱门上的钥匙呢，给我！"

林大娘的脸色立刻变成灰白，瞪出了眼睛望着她的丈夫；永远不放松她的打呃忽然静定了半晌。

"没有办法，只好去斋斋那些闲神野鬼了——"

林先生顿住了叹一口气，然后又接下去说：

"至多我花四百块。要是党部里还嫌少，我拼着不做生意，等他们来封！——我们对过的裕昌祥，进的东洋货比我多，足足有一万块钱的码子呢，也只花了五百块，就太平无事了。——五百块！算是吃了几笔倒账罢！——钥匙！咳！那一个金项圈，总可以兑成三百块……"

"呃，呃，真——好比强盗！"

林大娘摸出那钥匙来，手也颤抖了，眼泪扑簌簌地往下掉。林小姐却反不哭了，瞪着一对泪眼，呆呆地出神，她恍惚看见那个曾经到她学校里来演说而且饿狗似的盯住看她的什么委员，一个怪叫人讨厌的黑麻子，捧住了她家的金项圈在半空里跳，张开了大嘴巴笑。随后，她又恍惚看见这强盗似的黑麻子和她的父亲吵嘴，父亲被他打了，……

"啊哟！"

林小姐猛然一声惊叫，就扑在她妈的身上。林大娘慌得没有工夫尽打呃，挣扎着说：

"阿囡，呃，不要哭，——过了年，你爸爸有钱，就给你制新衣服，——呃，那些狠心的强盗！都咬定我们有钱，呃，一年一年亏空，你爸爸做做肥田粉生意又上当，呃——店里全是别人的钱了。阿囡，呃，呃，我这病，活着也受罪，——呃，再过两年，你十七岁，招得个好女婿，呃，我死也放心了！——救苦救难观世音菩萨！呃——"

二

第二天，林先生的铺子里新换过一番布置。将近一星期不曾露脸的东洋货又都摆在最惹眼的地位了。林先生又摹仿上海大商店的办法，写了许多"大廉价照码九折"的红绿纸条，贴在玻璃窗上。这天是阴历腊月二十三，正是乡镇上洋广货店的"旺月"。不但林先生的额外支出"四百元"指望在这时候捞回来，就是林小姐的新衣服也靠托在这几天的生意好。

十点多钟，赶市的乡下人一群一群的在街上走过了。他们臂上挽着篮，或是牵着小孩子，粗声大气地一边在走，一边在谈话。他们望到了林先生的花花绿绿的铺面，都站住了，仰起着脸，老婆唤丈夫，孩子叫爹娘，啧啧地夸羡那些货物。新年快到了，孩子们希望穿一双新袜子，女人们想到家里的面盆早就用破，全家合用的一条面巾还是半年前的老家伙，肥皂又断绝了一个多月，趁这里"卖贱货"，正该买一点。林先生坐在账台上，抖擞着精神，堆起满脸的笑容，眼睛望着那些乡下人，又带睄着自己铺子里的两个伙计，两个学徒，满心希望货物出去，洋钱进来。但是这些乡下人看了一会，指指点点夸羡了一会，竟自懒洋洋地走到斜对门的裕昌祥铺面前站住了再看。林先生伸长了脖子，望到那班乡下人的背影，眼睛里冒出火来。他恨不能拉他们回来！

"呃——呃——"

坐在账台后面那道分隔铺面与"内宅"的蝴蝶门旁边的林大娘把勉强忍住了半晌的"呃"放出来。林小姐倚在她妈的身边，呆呆地望着街上不作声，心头却是卜卜地跳；她的新衣服至少已经走脱了半件。

林先生赶到柜台前睁大了妒忌的眼睛看着斜对门的同业裕昌祥。那边的四五个店员一字儿摆在柜台前，等候做买卖。但是那班乡下人没有一个走近到柜台边，他们看了一会儿，又照样的走过去了。林先生觉得心头一松，忍不住望着裕昌祥的伙计笑了一笑。这时又有七八人一队的乡下人走到林先生的铺面前，其中有一位年青的居然上前一步，歪着头看那些挂着的洋伞。林先生猛转过脸来，一对嘴唇皮立刻嘻开了；他亲自兜揽这位意想中的顾客了：

"喂，阿弟，买洋伞么？便宜货，一只洋卖九角！看看货色去。"

一个伙计已经取下了两三把洋伞，立刻撑开了一把，热剌剌地塞到那年青乡下人的手里，振起精神，使出夸卖的本领来：

“小当家，你看！洋缎面子，实心骨子，晴天，落雨，耐用好看！九角洋钱一顶，再便宜没有了！……那边是一只洋一顶，货色还没这等好呢，你比一比就明白。”

那年青的乡下人拿着伞，没有主意似的张大了嘴巴。他回过头去望着一位五十多岁的老头子，又把手里的伞掂了一掂，似乎说：“买一把罢?”老头子却老大着急地吆喝道：

“阿大！你昏了，想买伞！一船硬柴，一古脑儿只卖了三块多钱，你娘等着量米回去吃，哪有钱来买伞！”

“货色是便宜，没有钱买！”

站在那里观望的乡下人都叹着气说，懒洋洋地都走了。那年青的乡下人满脸涨红，摇一下头，放了伞也就要想走，这可把林先生急坏了，赶快让步问道：

“喂，喂，阿弟，你说多少钱呢？——再看看去，货色是靠得住的！”

“货色是便宜，钱不够。”

老头子一面回答，一面拉住了他的儿子，逃也似的走了。林先生苦着脸，踱回到账台里，浑身不得劲儿。他知道不是自己不会做生意，委实是乡下人太穷了，买不起九毛钱的一顶伞。他偷眼再望斜对门的裕昌祥，也还是只有人站在那里看，没有人上柜台买。裕昌祥左右邻的生泰杂货店和万牲糕饼店那就简直连看的人都没有半个。一群一群走过的乡下人都挽着篮子，但篮子里空无一物；间或有花蓝布的一包儿，看样子就知道那是米：甚至一个多月前乡下人收获的晚稻也早已被地主们和高利贷的债主们如数逼光，现在乡下人不得不一升两升的量着贵米吃。这一切，林先生都明白，他就觉得自己的一份生意至少是间接的被地主们和高利贷者剥夺去了。

时间渐渐移近正午，街上走的乡下人已经很少了，林先生的铺子就只做成了一块多钱的生意，仅仅足够开销了“大廉价照码九折”的红绿纸条的广告费。林先生垂头丧气走进“内宅”去，几乎没有勇气和女儿老婆相见。林小姐含着一泡眼泪，低着头坐在屋角；林大娘在一连串的打呃中，挣扎着对丈夫说：

"花了四百块钱，——又忙了一个晚上摆设起来，呃，东洋货是准卖了，却又生意清淡，呃——阿囡的爷呀！……吴妈又要拿工钱——"

"还只半天呢！不要着急。"

林先生勉强安慰着，心里的难受，比刀割还厉害。他闷闷地踱了几步，所有推广营业的方法都想遍了，觉得都不是路。生意清淡，早已各业如此，并不是他一家呀；人们都穷了，可没有法子。但是他总还希望下午的营业能够比较好些。本镇的人家买东西大概在下午。难道他们过新年不买些东西？只要他们存心买，林先生的营业是有把握的。毕竟他的货物比别家便宜。

是这盼望使得林先生依然抖擞着精神坐在账台上守候他意想中的下午的顾客们。

这下午照例和上午显然不同：街上并没很多的人，但几乎每个人都相识，都能够叫出他们的姓名，或是他们的父亲和祖父的姓名。林先生靠在柜台上，用了异常温和的眼光迎送这些慢慢地走着谈着经过他那铺面的本镇人。他时常笑嘻嘻地迎着常有交易的人喊道：

"呵，××哥，到清风阁去吃茶么？小店里大放盘，交易点儿去！"

有时被唤着的那位居然站住了，走上柜台来，于是林先生和他的店员就要大忙而特忙，异常敏感地伺察着这位未可知的顾客的眼光，瞧见他的眼光瞥到什么货物上，就赶快拿出那种货物请他考较。林小姐站在那对蝴蝶门边看望，也常常被林先生唤出来对那位未可知的顾客叫一声"伯伯"。小学徒送上一杯便茶来，外加一枝小联珠。

在价目上，林先生也格外让步；遇到哪位顾客一定要除去一毛钱左右尾数的时候，他就从店员手里拿过那算盘来算了一会儿，然后不得已似的把那尾数从算盘上拨去，一面笑嘻嘻地说：

"真不够本呢！可是老主顾，只好遵命了。请你多作成几笔生意罢！"

整个下午就是这么张罗着过去了。连现带赊，大大小小，居然也有十来注交易。林先生早已汗透棉袍。虽然是累得那么着，林先生心里却很愉快。他冷眼偷看斜对门的裕昌祥，似乎赶不上他自己铺子的"热闹"。常在那对蝴蝶门旁边看望的林小姐脸上也有些笑意，林大娘也少打几个呃了。

快到上灯时候，林先生核算这一天的"流水账"；上午是等于零，下午卖进十六元八角五分，八块钱是赊账。林先生微微一笑，但立即皱紧了眉头了；他今天的"大放盘"确是照本出卖，开销都没着落，官利更说不上。他呆了一会儿，又开了账箱，取出几本账簿来翻着，打了半天算盘；账上"人欠"的数目共有一千三百余元，本镇六百多，四乡七百多；可是"欠人"的客账，单是上海的东升字号就有七百，合计不下二千哪！林先生低声叹一口气，觉得明天以后如果生意依然没见好，那他这年关就有点难过了。他望着玻璃窗上"大放盘照码九折"的红绿纸条，心里这么想："照今天那样当真放盘，生意总该会见好；亏本么？没有生意也是照样的要开销。只好先拉些主顾来再慢慢儿想法提高货码……要是四乡还有批发生意来，那就更好！——"

突然有一个人来打断林先生的甜蜜梦想了。这是五十多岁的一位老婆子，巍颤颤地走进店来，手里拿着一个小小的蓝布包。林先生猛抬起头来，正和那老婆子打一个照面，想躲避也躲避不及，只好走上前去招呼她道：

"朱三太，出来买过年东西么？请到里面去坐坐。——阿秀，来扶朱三太。"

林小姐早已不在那对蝴蝶门边了，没有听到。那朱三太连连摇手，就在铺面里的一张椅子上坐了，郑重地打开她的蓝布手巾包，——包里仅有一扣折子，她抖抖簌簌地双手捧了，直送到林先生的鼻子前，她的瘪嘴唇扭了几扭，正想说话，林先生早已一手接过那折子，同时抢先说道：

"我晓得了。明天送到你府上罢。"

"哦，哦；十月，十一月，十二月，一总是三个月，三三得九，是九块罢？——明天你送来？哦，哦，不要送，让我带了去。嗯！"

朱三太扭着她的瘪嘴唇，很艰难似的说。她有三百元的"老本"存在林先生的铺子里，按月来取三块钱的利息，可是最近林先生却拖欠了三个月，原说是到了年底总付，今天是送灶日，老婆子要买送灶的东西，所以亲自上林先生的铺子来了。看她那股扭起了一对瘪嘴唇的劲儿，光景是钱不到手就一定不肯走。

林先生抓着头皮不作声。这九块钱的利息，他何尝存心白赖，只是三个月来生意清淡，每天卖得的钱仅够开伙食，付捐税，不知不觉就拖欠下来了。然而今天要是不付，这老婆子也许会就在铺面上嚷闹，那就太丢脸，对于营业的前途很有影响。

"好，好，带了去罢，带了去罢！"

林先生终于斗气似的说，声音有点儿梗咽。他跑到账台里。把上下午卖得的现钱归并起来，又从腰包里掏出一个双毫，这才凑成了八块大洋，十角小洋，四十个铜子，支付了朱三太。当他看见那老婆子把这些银洋铜子郑重地数了又数，而且抖抖簌簌地放在那蓝布手巾上包了起来的时候，他忍不住叹一口气，异想天开地打算拉回几文来；他勉强笑着说：

"三阿太，你这蓝布手巾太旧了，买一块老牌麻纱白手帕去罢？我们有上好的洗脸手巾，肥皂，买一点儿去新年里用罢，价钱公道！"

"不要，不要；老太婆了，用不到。"

朱三太连连摇手说，把折子藏在衣袋里，捧着她的蓝布手巾包竟自去了。

林先生哭丧着脸，走回"内宅"去。因这朱三太的上门来讨利钱，他记起还有两注存款，桥头陈老七的二百元和张寡妇的一百五十元，总共十来块钱的利息，都是"不便"拖欠的，总得先期送去。他抢着指头算日子：二十四，二十五，二十六——到二十六，放在四乡的账头该可以收齐了，店里的寿生是前天出去收账的，极迟是二十六应该回来了；本镇的账头总得到二十八九方才有个数目。然而上海号家的收账客人说不定明后天就会到，只有再向恒源钱庄去借了。但是明天的门市怎样？……

他这么低着头一边走，一边想，猛听得女儿的声音在他耳边说：

"爸爸，你看这块大绸好么？七尺，四块二角，不贵罢？"

林先生心里蓦地一跳，站住了睁大着眼睛，说不出话。林小姐手里托着那块绸，却在那里憨笑。四块二角！数目可真不算大，然而今天店里总共只卖得十六块多，并且是老实照本贱卖的呀！林先生怔了一会儿，方才没精打采地问道：

"你哪来的钱呢？"

"挂在账上。"

林先生听得又是欠账，忍不住皱一下眉头。但女儿是自己宠惯了的，林大娘又抵死偏护着，林先生没奈何只有苦笑。过一会儿，他到底叹一口气，轻轻埋怨道：

"那么性急！过了年再买岂不是好！"

三

又过了两天，"大放盘"的林先生的铺子，生意果然很好，每天可以做三十多元的生意了。林大娘的打呃，大大减少，平均是五分钟来一次；林小姐在铺面和"内宅"之间跳进跳出，脸上红喷喷地时常在笑，有时竟在铺面帮忙招呼生意，直到林大娘再三唤她，方才跑进去，一边擦着额上的汗珠，一边兴冲冲地急口说：

"妈呀，又叫我进来干么！我不觉得辛苦呀！妈！爸爸累得满身是汗，嗓子也喊哑了！——刚才一个客人买了五块钱东西呢！妈！不要怕我辛苦，不要怕！爸爸叫我歇一会儿就出去呢！"

林大娘只是点头，打一个呃，就念"大慈大悲菩萨"。客堂里本就供奉着一尊瓷观音，点着一炷香，林大娘就摇摇摆摆走过去磕头，谢菩萨的保佑，还要祷请菩萨一发慈悲，保佑林先生的生意永远那么好，保佑林小姐易长易大，明年就得个好女婿。

但是在铺面张罗的林先生虽然打起精神做生意，脸上笑容不断，心里却像有几根线牵着。每逢卖进了一块钱，看见顾客欣然挟着纸包而去，林先生就忍不住心里一顿，在他心里的算盘上就加添了五分洋钱的血本的亏折。他几次想把这个"大放盘"时每块钱的实足亏折算成三分，可是无论如何，算来算去总得五分。生意虽然好，他却越卖越心疼了。在柜台上招呼主顾的时候，他这种矛盾的心理有时竟至几乎使他发晕。偶尔他偷眼望望斜对门的裕昌祥，就觉得那边闲立在柜台边的店员和掌柜嘴角上都带着讥讽的讪笑，似乎都在说："看这姓林的傻子呀，当真亏本放盘哪！看着罢，他的生意越好，就越亏本，倒闭得越快！"那时候，林先生便咬一下嘴唇，决定明天无论如何要把货码提高，要把次等货标上头等货的价格。

给林先生斡旋那"封存东洋货"问题的商会长当走过林先生铺子的时候，也微微笑着，站住了对林先生贺喜，并且拍着林先生的肩膀，轻声说：

"如何？四百块钱是花得不冤枉呢！——可是，卜局长那边，你也得稍稍点缀，防他看得眼红，也要来敲诈。生意好，妒忌的人就多；就是卜局长不生心，他们也要去挑拨呀！"

林先生谢商会长的关切，心里老大吃惊，几乎连做生意都没有精神。

然而最使他心神不宁的，是店里的寿生出去收账到现在还没回来，林先生是等着寿生收的钱来开销"客账"。上海东升字号的收账客人前天早已到镇，直催逼得林先生再没有话语支吾了。如果寿生再不来，林先生只有向恒源钱庄借款的一法，这一来，林先生又将多负担五六十元的利息，这在见天亏本的林先生委实比割肉还心疼。

到四点钟光景，林先生忽然听得街上走过的人们乱哄哄地在议论着什么，人们的脸色都很惶急，似乎发生了什么大事情了。一心惦念着出去收账的寿生是否平安的林先生就以为一定是快班船遭了强盗抢，他的心卜卜地乱跳。他唤住了一个过路人焦急地问道：

"什么事？是不是栗市快班遭了强盗抢？"

"哦！又是强盗抢么？路上真不太平！抢，还是小事，还要绑人去哪！"

那人，有名的闲汉陆和尚，含糊地回答，同时睐着半只眼睛看林先生铺子里花花绿绿的货物。林先生不得要领，心里更急，丢开陆和尚，就去问第二个走近来的人，桥头的王三毛！

"听说栗市班遭抢，当真么？"

"那一定是太保阿书手下人干的！太保阿书是枪毙了，他的手下人多么厉害！"

王三毛一边回答，一边只顾走。可是林先生却急坏了，冷汗从额角上钻出来。他早就估量到寿生一定是今天回来，而且是从栗市——收账程序中预定的最后一处，坐快班船回来；此刻已是四点钟，不见他来，王三毛又是那样说，那还有什么疑义么？林先生竟忘记了这所谓"栗市班遭强盗抢"乃是自己的发明了！他满脸急汗，直往"内宅"跑；在那对蝴蝶门边忘记跨门槛，几乎绊了一交。

"爸爸！上海打仗了！东洋兵放炸弹烧闸北——"

林小姐大叫着跑到林先生跟前。

林先生怔了一下。什么上海打仗，原就和他不相干，但中间既然牵连着"东洋兵"，又好像不能不追问一声了。他看着女儿的很兴奋的脸孔问道：

"东洋兵放炸弹么？你从哪里听来的？"

"街上走过的人全是那么说。东洋兵放大炮，掷炸弹，闸北烧光了！"

"哦，那么，有人说栗市快班强盗抢么？"

林小姐摇头，就像扑火的灯蛾似的扑向外面去了。林先生迟疑了一会儿，站在那蝴蝶门边抓头皮。林大娘在里面打呃，又是喃喃地祷告："菩萨保佑，炸弹不要落到我们头上来！"林先生转身再到铺子里，却见女儿和两个店员正在谈得很热闹。对门生泰杂货店里的老板金老虎也站在柜台外边指手划脚地讲谈。上海打仗，东洋飞机掷炸弹烧了闸北，上海已经罢市，全都证实了。强盗抢快班船么？没有听人说起过呀！栗市快班么？早已到了，一路平安。金老虎看见那快班船上的伙计刚刚背着两个蒲包走过的。林先生心里松一口气，知道寿生今天又没回来，但也知道好好儿的没有逢到强盗抢。

现在是满街都在议论上海的惨变了。小伙什们夹在闹里骂"东洋乌龟！"竟也有人当街大呼："再买东洋货就是忘八！"林小姐听着，脸上就飞红了一大片。林先生却还不动神色。大家都卖东洋货，并且大家花了几百块钱以后，都已经奉着特许："只要把东洋商标撕去了就行。"他现在满店的货物都已经称为"国货"，买主们也都是"国货，国货"地说着，就拿走了。在此满街人人为了上海的战事而没有心思想到生意的时候，林先生始终在筹虑他的正事。他还是不肯花重利去借庄款，他去和上海号家的收账客人情商，请他再多等这么一天两天。他的寿生极迟明天傍晚总该会到。

"林老板，你也是明白人，怎么说出这种话来呀！现在上海开了火，说不定明后天火车就不通，我是巴不得今晚上就动身呢！怎么再等一两天？请你今天把账款付清，明天一早我好走。我也是吃人家的饭，请你照顾照顾罢！"

上海客人毫无通融地拒绝了林先生的情商。林先生看来是无可商量了，只好忍痛去到恒源钱庄上商借。他还恐怕那"钱猢狲"知道他是急用，要趁火打劫，高抬利息。谁知钱庄经理的口气却完全不对了。那痨病鬼经理听完了林先生的申请，并没作答，只管捧着他那老古董的水烟筒卜落落卜落落的呼，直到烧完一根纸吹，这才慢吞吞地说：

"不行了！东洋兵开仗，上海罢市，银行钱庄都封关，知道他们几时弄得好！上海这路一断，敝庄就成了没脚蟹，汇划不通，比尊处再好些的户头也只好不做了。对不起，实在爱莫能助！"

林先生呆了一呆，还总以为这痨病鬼经理故意刁难，无非是为提高利息作地步，正想结结实实说几句恳求的话，却不料那经理又逼进一步道：

"刚才敝东吩咐过，他得的信，这次的乱子恐怕要闹大，叫我们收紧盘子！尊处原欠五百，二十三那天，又是一百，总共是六百，年关前总得扫数归清；我们也算是老主顾，今天先透一个信，免得临时多费口舌，大家面子上难为情。"

"哦——可是小店里也实在为难。要看账头收得怎样。"

林先生呆了半晌，这才呐出这两句话。

"嘿！何必客气！宝号里这几天来的生意比众不同，区区六百块钱，还为难么？今天是同老兄说明白了，总望扫数归清，我在敝东跟前好交代。"

痨病鬼经理冷冷地说，站起来了。林先生冷了半截身子，瞧情形是万难挽回，只好硬着头皮走出了那家钱庄。他此时这才明白原来远在上海的打仗也要影响到他的小铺子了。今年的年关当真是难过：上海的收账客人立逼着要钱，恒源里不许宕过年，寿生还没回来，知道他怎样了，镇上的账头，去年只收起八成，今年瞧来连八成都捏不稳——横在他前面的路，只有一条："暂停营业，清理账目"！而这条路也就等于破产，他这铺子里早已没有自己的资本，一旦清理，剩给他的，光景只有一家三口三个光身子！

林先生愈想愈闷，走过那座望仙桥时，他看着桥下的浑水，几乎想纵身一跳完事。可是有一个人在背后唤他道：

"林先生，上海打仗了，是真的罢？听说东栅外刚刚调来了一支兵，到商会里要借饷，开口就是二万，商会里正在开会呢！"

林先生急回过脸去看，原来正是那位存有两百块钱在他铺子里的陈老七，也是林先生的一位债主。

"哦——"

林先生打一个冷噤，只回答了这一声，就赶快下桥，一口气跑回家去。

四

这晚上的夜饭，林大娘在家常的一荤二素以外，特又添了一个碟子，是到八仙楼买来的红焖肉，林先生心爱的东西。另外又有一斤黄酒。林小姐笑不离口，为的铺子里生意好，为的大绸新旗袍已经做成，也为的上海竟然开火，打东洋人。林大娘打呃的次数更加少了，差不多十分钟只来一回。

只有林先生心里发闷到要死。他喝着闷酒，看看女儿，又看看老婆，几次想把那炸弹似的恶消息宣布，然而终于没有那样的勇气。并且他还不曾绝望，还想挣扎，至少是还想掩饰他的两下里碰不到头。所以当商会里议决了答应借饷五千并且要林先生摊认五十元的时候，他毫不推托，就答应下来了。他决定非到最后五分钟不让老婆和女儿知道那家道困难的真实情形。他的划算是这样的：人家欠他的账收一个八成罢，他还人家的账也是个八成，——反正可以借口上海打仗，钱庄不通；为难的是人欠我欠之间尚差六百光景，那只有用剜肉补疮的方法拼命放盘卖贱货，且捞几个钱来渡过了眼前再说。这年头儿，谁能够顾到将来呢？眼前得过且过。

是这么想定了方法，又加上那一斤黄酒的力量，林先生倒酣睡了一夜，恶梦也没有半个。

第二天早上，林先生醒来时已经是六点半钟。天色很阴沉。林先生觉得有点头晕。他匆匆忙忙吞进两碗稀饭，就到铺子里，一眼就看见那位上海客人板起了脸孔在那里坐守"回话"。而尤其叫林先生猛吃一惊的，是斜对门的裕昌祥也贴起红红绿绿的纸条，也在那里"大放盘照码九折"呢！林先生昨夜想好的"如意算盘"立刻被斜对门那些红绿纸条冲一个摇摇不定。

"林老板，你真是开玩笑！昨晚上不给我回音。轮船是八点钟开，我还得转乘火车，八点钟这班船我是非走不行！请你快点——"

上海客人不耐烦地说，把一个拳头在桌子上一放。林先生只有陪不是，请他原谅，实在是因为上海打仗，钱庄不通；彼此是多年的老主顾，务请格外看承。

"那么叫我空手回去么？"

"这，这，断乎不会。我们的寿生一回来，有多少就付多少，我要是藏落半个钱，不是人！"

林先生颤着声音说，努力忍住了滚到眼眶边的眼泪。

话是说到尽头了，上海客人只好不再噜苏，可是他坐在那里不肯走。林先生急得什么似的，心是卜卜地乱跳。近年来他虽然万分拮据，面子上可还遮得过；现在摆一个人在铺子里坐守，这件事要是传扬开去，他的信用可就完了，他的债户还多着呢，万一群起傚尤，他这铺子只好立刻关门。他在没有办法中想办法，几次请这位讨账客人到内宅去坐，然而讨账客人不肯。

天又索索地下起冻雨来了。一条街上冷清清地简直没有人行。自有这条街以来，从没见过这样萧索的腊尾岁尽。朔风吹着那些招牌，叹叹地响。渐渐地冻雨又有变成雪花的模样。沿街店铺里的伙计们靠在柜台上仰起了脸发怔。

林先生和那位收账客人有一句没一句的闲谈着。林小姐忽然走出蝴蝶门来站在街边看那索索的冻雨。从蝴蝶门后送来的林大娘的呃呃的声音又渐渐儿加勤。林先生嘴里应酬着，一边看看女儿，又听听老婆的打呃，心里一阵一阵酸上来，想起他的一生简直毫没幸福，然而又不知道坑害他到这地步的，究竟是谁。那位上海客人似乎气平了一些了，忽然很恳切他说：

"林老板，你是个好人。一点嗜好都没有，做生意很巴结认真。放在二十年前，你怕不发财么？可是现今时势不同，捐税重，开销大，生意又清，混得过也还是你的本事。"

林先生叹一口气苦笑着，算是谦逊。

上海客人顿了一顿，又接着说下去：

"贵镇上的市面今年又比上年差些，是不是？内地全靠乡庄生意，乡下人太穷，真是没有法子，——呀，九点钟了！怎么你们的收账伙计还没来呢？这个人靠得住么？"

林先生心一跳，暂时回答不出来。虽然是七八年的老伙计，一向没有出过岔子，但谁能保到底呢！而况又是过期不见回来。上海客人看着林先生那迟疑的神气，就笑；那笑声有几分异样。忽然那边林小姐转脸对林先生急促地叫道：

"爸爸，寿生回来了！一身泥！"

显然林小姐的叫声也是异样的，林先生跳起来，又惊又喜，着急的想跑到柜台前去看，可是心慌了，两腿发软。这时寿生已经跑了进来，当真是一身泥，气喘喘地坐下了，说不出话来。林先生估量那情形不对，吓得没有主意，也不开口。上海客人在旁边皱眉头。过了一会儿，寿生方才喘着气说：

"好险呀！差一些儿被他们抓住了。"

"到底是强盗抢了快班船么？"

林先生惊极，心一横，倒逼出话来了。

"不是强盗。是兵队拉夫呀！昨天下午赶不上趁快班。今天一早趁航船，哪里知道航船听得这里要捉船，就停在东栅外了。我上岸走不到半里路，就碰到拉夫。西面宝祥衣庄的阿毛被他们拉去了。我跑得快，抄小路逃了回来。他妈的，性命交关！"

寿生一面说，一面撩起衣服，从肚兜里掏出一个手巾包来递给了林先生，又说道：

"都在这里了。栗市的那家黄茂记很可恶，这种户头，我们明年要留心！——我去洗一个脸，换件衣服再来。"

林先生接了那手巾包，捏一把，脸上有些笑容了。他到账台里打开那手巾包来，先看一看那张"清单"，打了一会儿算盘，然后点检银钱数目：是大洋十一元，小洋二百角，钞票四百二十元，外加即期庄票两张，一张是规元五十两，又一张是规元六十五两。这全部都付给上海客人，照账算也还差一百多元。林先生凝神想了半晌，斜眼偷看了坐在那里吸烟的上海客人几次，方才叹一口气，割肉似的拿起那两张庄票和四百元钞票捧到上海客人跟前，又说了许多话，方才得到上海客人点一下头，说一声"得啦"。

但是上海客人把庄票看了两遍，忽又笑着说道：

"对不起，林老板，这庄票，费神兑了钞票给我罢！"

"可以，可以。"

林先生没口回答，慌忙在庄票后面盖了本店的书柬图章，派一个伙计到恒源庄去取现，并且叮嘱了要钞票。又过了半晌，伙计却是空手回来。恒源庄把票子收了，但不肯付钱；据说是扣抵了林先生的欠款。天是在当真下雪了。林先生也没张伞，冒雪到恒源庄去亲自交涉。结果是徒然。

"林老板，怎样了呢？"

看见林先生苦着脸跑回来，那上海客人很不耐烦地问了。

林先生几乎想哭出来，没有话回答，只是叹气。除了央求那上海客人再通融，还有什么别的办法？寿生也来了，帮着林先生说。他们赌咒：下欠的三百多元，赶明年初十边一定汇到上海。是老主顾了，向来三节清账，从没半句话，今儿实在是意外之变，大局如此，没有办法，非是他们刁赖。

然而不添一些，到底是不行的。林先生忍痛又把这几天内卖得的现款凑成了五十元，算是总共付了四百五十元，这才把那位叫人头痛的上海收账客人送走了。

此时已有十一点了，天还是飘飘扬扬落着雪。买客没有半个。林先生纳闷了一会儿，和寿生商量本街的账头怎样去收讨。两个人的眉头都皱了，都觉得本镇的六百多元账头收起来真没有把握。寿生挨着林先生的耳朵悄悄地说道：

"听说南栅的聚隆，西栅的和源，都不稳呢！这两处欠我们的，就有三百光景，这两笔倒账倒要预先防着，吃下了，可不是玩的！"

林先生脸色变了，嘴唇有点抖。不料寿生把声音再放低些，支支吾吾地说出了更骇人的消息来：

"还有，还有讨厌的谣言，是说我们这里了。恒源庄上一定听得了这些风声，这才对我们逼得那么急。说不定上海的收账客人也有点晓得——只是，谁和我们作对呢？难道就是斜对门么？

寿生说着，就把嘴向裕昌祥那边呶了一呶。林先生的眼光跟着寿生的嘴也向那边瞥了一眼，心里直是乱跳，哭丧着脸，好半天说不出话来。他的又麻又痛的心里感到这一次他准是毁了！——不毁才是作怪：党老爷敲诈他，钱庄压迫他，同业又中伤他，而又要吃倒账；凭谁也受不了这样重重的磨折罢？而究竟为了什么他应该活受罪呀！他，从父亲手里继承下这小小的铺子，从没敢浪费；他，做生意多么巴结；他，没有害过人，没有起过歹心！就是他的祖上，也没害过人，做过歹事呀！然而他直如此命苦！天老爷没有眼睛！

"不过，师傅，随他们去造谣罢，你不要发急。荒年传乱话，听说是镇上的店铺十家有九家没法过年关。时势不好，市面清得不成话，素来硬朗的铺子今年都打饥荒，也不是我们一家困难！天塌压大家，商会里总得议个办法出来；总不能大家一齐拖倒，弄得市面更加不像市面。"

看见林先生急苦了，寿生姑且安慰着，忍不住也叹了一口气。

雪是愈下愈密了，街上已经见白。偶尔有一条狗垂着尾巴走过，抖一抖身体，摇落了厚积在毛上的那些雪，就又悄悄地夹着尾巴走了。自从有这条街以来，从没见过这样冷落凄凉的年关！而此时，远在上海，日本军的重炮正在发狂地轰毁那边繁盛的市廛。

五

凄凉的年关，终于也过去了。镇上的大小铺子倒闭二十八家。内中有一家"信用素著"的绸庄。欠了林先生三百元货账的聚隆与和源也毕竟倒了。大年夜的白天，寿生到那两个铺子里磨了半天，也只拿了二十多块来；这以后，就听说没有一个收账员拿到半文钱，两家铺子的老板都躲得不见面了。林先生自己呢，多亏商会长一力斡旋，还无须往乡下躲，然而欠下恒源钱庄的四百多元非要正月十五以前还清不可；并且又订了苛刻的条件：从正月初五开市那天起，恒源就要派人到林先生铺子里"守提"，卖得的钱，八成归恒源扣账。

新年那四天，林先生家里就像一个冰窖。林先生常常叹气，林大娘的打呃像连珠炮。林小姐虽然不打呃，也不叹气，但是呆呆地好像害了多年的黄病。她那件大绸新旗袍，为的要付吴妈的工钱，已经上了当铺了；小学徒从清早七点钟就去那家唯一的当铺门前守候，直到九点钟方才从人堆里拿了两块钱挤出来。以后，当铺就止当了。两块钱！这已是最高价。随你值多少钱的贵重衣饰，也只能当得两块呢！叫做"两块钱封门"。乡下人忍着冷剥下身上的棉袄递上柜台去，那当铺里的伙计拿起来抖了一抖，就直丢出去，怒声喊道："不当！"

元旦起，是大好的晴天。关帝庙前那空场上，照例来了跑江湖赶新年生意的摊贩和变把戏的杂要。人们在那些摊子面前懒懒地拖着腿走，两手扪着空的腰包，就又懒懒地走开了。孩子们拉住了娘的衣角，赖在花炮摊前不肯走，娘就给他一个老大的耳光。那些特来赶新年的摊贩们连伙食都开销不了，白赖在"安商客寓"里，天天和客寓主人吵嘴。

只有那班变把戏的出了八块钱的大生意：党老爷们唤他们去点缀了一番"升平气象"。

初四那天晚上，林先生勉强筹措了三块钱，办一席酒请铺子里的"相好"吃照例的"五路酒"，商量明天开市的办法。林先生早就筹思过熟透：这铺子开下去呢，眼见得是亏本的生意；不开呢，他一家三口儿简直没有生计，而且到底人家欠他的货账还有四五百，他一关门就更难讨取；惟一的办法是减省开支，但捐税派饷是逃不了的，"敲诈"尤其无法躲避，裁去一两个店员罢，本来他只有三个伙计，寿生是他的左右手，其余的两位也是怪可怜见的，况且辞歇了到底也不够招呼生意。家里呢，也无可再省；吴妈早已辞歇。他觉得只有硬着头皮做下去，或者靠菩萨的保佑，乡下人春蚕熟，他的亏空还可以补救。

但要开市，最大的困难是缺乏货品。没有现钱寄到上海去，就拿不到货。上海打得更厉害了，赊账是休转这念头。卖底货罢，他店里早已淘空，架子上那些装卫生衣的纸盒就是空的，不过摆在那里装幌子。他铺子里就剩了些日用杂货，脸盆毛巾之类，存底还厚。

大家喝了一会闷酒，抓腮挖耳地想不出好主意。后来谈起闲天来，一个伙计忽然说：

"乱世年头，人比不上狗！听说上海闸北烧得精光，几十万人都只逃得一个光身子。虹口一带呢，烧是还没烧，人都逃光了，东洋人凶得很，不许搬东西。上海房钱涨起几倍，逃出来的人都到乡下来了。昨天镇上就到了一批，看样子都是好好的人家，现在却弄得无家可归！"

林先生摇头叹气。寿生听了这话，猛的想起了一个好办法；他放下了筷子，拿起酒杯来一口喝干了，笑嘻嘻对林先生说道：

"师傅，听得阿四的话么？我们那些脸盆，毛巾，肥皂，袜子，牙粉，牙刷，就可以如数销清了。"

林先生瞪出了眼睛，不懂得寿生的意思。

"师傅，这是天大的机会。上海逃来的人，总还有几个钱，他们总要买些日用的东西，是不是？这笔生意，我们赶快去张罗。"

寿生接着又说，再筛出一杯酒来喝了，满脸是喜气。两个伙计也省悟过来了，哈哈大笑。只有林先生还不很了然。近来的逆境已经把他变成糊涂。他惘然问道：

"你拿得稳么？脸盆，毛巾，别家也有，——"

"师傅，你忘记了！脸盆毛巾一类的东西只有我们存底独多！裕昌祥里拿不出十只脸盆，而且都是拣剩货。这笔生意，逃不出我们的手掌心的了！我们赶快多写几张广告到四栅去分贴，逃难人住的地方——嗳，阿四，他们住在什么地方？我们也要去贴广告。"

"他们有亲戚的住到亲戚家里去了，没有的，还借住在西栅外茧厂的空房子。"

叫做阿四的伙计回答，脸上发亮，很得意自己的无意中立了大功。林先生这时也完全明白了，心里一快乐，就又灵活起来。他马上拟好了广告的底稿，专拣店里有的日用品开列上去，约莫也有十几种。他又摹仿上海大商店卖"一元货"的方法，把脸盆，毛巾，牙刷，牙粉配成一套卖一块钱，广告上就大书"大廉价一元货"。店里本来还有余剩下的红绿纸，寿生大张的裁好了，拿笔就写。两个伙计和学徒就乱哄哄地拿过脸盆，毛巾，牙刷，牙粉来装配成一组。人手不够，林先生叫女儿出来帮着写，帮着扎配，另外又配出几种"一元货"，全是零星的日用必需品。

这一晚上，林家铺子里直忙到五更左右，方才大致就绪。第二天清早，开门鞭炮响过，排门开了，林家铺子布置得又是一新。漏夜赶起来的广告早已漏夜分头贴出去。西栅外茧厂一带是寿生亲自去布置，哄动那些借住在茧厂里的逃难人，都起来看，当做一件新闻。

"内宅"里，林大娘也起了个五更，瓷观音面前点了香，林大娘爬着磕了半天响头。她什么都祷告全了，就只差没有祷告菩萨要上海的战事再扩大再延长，好多来些逃难人。

一切都很顺利，一切都不出寿生的预料，新正开市第一天就只林家铺子生意很好，到下午四点多钟，居然卖了一百多元，是这镇上近十年来未有的新纪录。销售的大宗，果然是"一元货"，然而洋伞橡皮雨鞋之类却也带起了销路，并且那生意也做的干脆有味。虽然是"逃难人"，却毕竟住在上海，见过大场面，他们不像乡下人或本镇人那么小格式，他们买东西很爽利，拿起货来看了一眼，现钱交易，从不拣来拣去，也不硬要除零头。

林大娘看见女儿兴冲冲地跑进来夸说一回，就爬到瓷观音面前磕了一回头。她心里还转了这样的念头：要不是岁数相差一半多，把寿生招做女婿倒也是好的！说不定在寿生那边也时常用半只眼睛看望着这位厮熟的十五岁"师妹"。

只有一点，使林先生扫兴；恒源庄毫不顾面子地派人来提取了当天营业总数的八成。并且存户朱三阿太，桥头陈老七，还有张寡妇，不知听了谁的怂恿，都借了"要量米吃"的借口，都来预支息金；不但支息金，还想拔提一点存款呢！但也有一个喜讯，听说又到了一批逃难人。

晚餐时，林先生特添了两碟荤菜，酬劳他的店员。大家称赞寿生能干。林先生虽然高兴，却不能不惦念着朱三阿太等三位存户要提存款的事情。大新年碰到这种事，总是不吉利。寿生愤然说：

"那三个懂得什么呢！还不是有人从中挑拨！"

说着，寿生的嘴又向斜对门呶了一呶。林先生点头。可是这三位不懂什么的，倒也难以对付；一个是老头子，两个是孤苦的女人，软说不肯，硬来又不成。林先生想了半天觉得只有去找商会长，请他去和那三位宝贝讲开。他和寿生说了，寿生也竭力赞成。

于是晚饭后算过了当天的"流水账"，林先生就去拜访商会长。

林先生说明了来意后，那商会长一口就应承了，还夸奖林先生做生意的手段高明，他那铺子一定能够站住，而且上进。摸着自己的下巴，商会长又笑了一笑，侃过身体来说道：

"有一件事，早就想对你说，只是没有机会。镇上的卜局长不知在哪里见过令爱来，极为中意；卜局长年将四十，还没有儿子，屋子里虽则放着两个人，都没生育过；要是令爱过去，生下一男半女，就是现成的局长太太。呵，那时，就连我也沾点儿光呢！"

林先生做梦也想不到会有这样的难题，当下怔住了做不得声。商会长却又郑重地接着说：

"我们是老朋友，什么话都可以讲个明白。论到这种事呢，照老派说，好像面子上不好听；然而也不尽然。现在通行这一套，令爱过去也算是正的。——况且，卜局长既然有了这个心，不答应他，有许多不便之处；答应了，将来倒有巴望。我是替你打算，才说这个话。"

"咳，你怕不是好意劝我仔细！可是，我是小户人家，小女又不懂规矩，高攀卜局长，实在不敢！"

林先生硬着头皮说，心里卜卜乱跳。

"哈，哈，不是你高攀，是他中意。——就这么罢，你回去和尊夫人商量商量，我这里且搁着，看见卜局长时，就说还没机会提过，行不行呢？可是你得早点给我回音！"

"嗯——"

筹思了半晌，林先生勉强应着，脸色像是死人。

回到家里，林先生支开了女儿，就一五一十对林大娘说了。他还没说完，林大娘的呃就大发作，光景邻舍都很听得清。她勉强抑住了那些涌上来的呃，喘气着说道：

"怎么能够答应，呃，就不是小老婆，呃，呃——我也舍不得阿秀到人家去做媳妇。"

"我也是这个意思，不过——"

"呃，我们规规矩矩做生意，呃，难道我们不肯，他好抢了去不成！呃——"

"不过他一定要来找讹头生事！这种人比强盗还狠心！"

林先生低声说，几乎落下眼泪来。

"我拼了这条老命！呃！救苦救难观世音呀！"

林大娘颤着声音站了起来，摇摇摆摆想走。林先生赶快拦住，没口地叫道：

"往哪里去？往哪里去？"

同时林小姐也从房外来了，显然已经听见了一些，脸色灰白，眼睛死瞪瞪地。林大娘看见女儿，就一把抱住了，一边哭，一边打呃，一边喃喃地挣扎着喘着气说：

"呃，阿囡，呃，谁来抢你去，呃，我同他拼老命！呃，生你那年我得了这个——病，呃，好容易养到十五岁，呃，呃，死也死在一块儿！呃，早给了寿生多么好呢！呃！强盗，不怕天打的！"

林小姐也哭了，叫着"妈！"林先生搓着手叹气。看看哭得不像样，窄房浅屋的要惊动邻舍，大新年也不吉利，他只好忍着一肚子气来劝母女两个。

这一夜，林家三口儿都没有好生睡觉。第二天一早，林先生还得起来做生意，在一夜的转侧愁思中，他偶尔听得屋面上一声响，心就卜卜地跳，以为是卜局长来寻他生事来了；然而定了神仔细想起来，自家是规规矩矩的生意人，又没犯法，只要生意好，不欠人家的钱，难道好无端生事，白诈他不成？而他的生意呢，眼前分明有一线生机。生了个女儿长的还端正，却又要招祸！早些定了亲，也许不会出这岔子？——商会长是不是肯真心帮忙呢？只有恳求他设法——可是林大娘又在打呃了，咳，她这病！

天刚发白，林先生就起身，眼圈儿有点红肿，头里发昏。可是他不能不打起精神招呼生意。铺面上靠寿生一个到底不行，这小伙子近几天来也就累得够了。

林先生坐在账台里，心总不定。生意虽然好，他却时时浑身的肉发抖。看见面生的大汉子上来买东西，他就疑惑是卜局长派来的人，来侦察他，来寻事；他的心直跳得发痛。

却也作怪，这天生意之好，出人意料。到正午，已经卖了五六十元，买客们中间也有本镇人，那简直不像买东西，简直像是抢东西；只有倒闭了铺子拍卖底货的时候才有这种光景。林先生一边有点高兴，一边却也看着心惊，他估量起来是"这样的好生意气色不正"。果然在午饭的时候，寿生就悄悄告诉道：

"外边又有谣言，说是你拆烂污卖一批贱货，捞到几个钱，就打算逃走！"

林先生又气又怕，开不得口。突然来了两个穿制服的人，直闯进来问道：

"谁是林老板？"

林先生慌忙站了起来，还没回答，两个穿制服的拉住他就走。寿生追上去，想要拦阻，又想要探询，那两个人厉声吆喝道：

"你是谁？滚开！党部里要他去问话！"

六

那天下午，林先生就没有回来。店里生意忙，寿生又不能抽空身子尽自去探听。里边林大娘本来还被瞒着，不防小学徒漏了嘴，林大娘那一急几乎一口气死去。她又死不放林小姐出那对蝴蝶门儿，说是：

"你的爸爸已经被他们捉去了，回头就要来抢你！呃——"

她只叫寿生进来问底细，寿生瞧着情形不便直说，只含糊安慰了几句道：

"师母，不要着急，没有事的！师傅到党部里去理直那些存款呢。我们的生意好，怕什么的！"

背转了林大娘的面，寿生悄悄告诉林小姐，"到底为什么，还没得个准信儿，"他叮嘱林小姐且安心伴着"师母"，外边事有他呢。林小姐一点主意也没有；寿生说一句，她就点一下头。

这样又要招顾外面的生意，又要挖空心思找出话来对付林大娘不时的追询，寿生更没有工夫去探听林先生的下落。直到上灯时分，这才由商会长来给他一个信：林先生是被党部扣住了，为的外边谣言林先生打算卷款逃走，然而林先生除有庄款和客账未清外，还有朱三阿太，桥头陈老七，张寡妇三位孤苦人儿的存款共计六百五十元没有保障，党部里是专替这些孤苦人儿谋利益的，所以把林先生扣起来，要他理直这些存款。

寿生吓得脸都黄了，呆了半晌，方才问道：

"先把人保出来，行么？人不出来，哪里去弄钱来呢？"

"嘿！保出人来！你空手去，让你保么？"

"会长先生，总求你想想法子，做好事。师傅和你老人家向来交情也不差，总求你做做好事！"

商会长皱着眉头沉吟了一会儿，又端相着寿生半晌，然后一把拉寿生到屋角里悄悄说道：

"你师傅的事，我岂有袖手旁观之理。只是这件事现在弄僵了！老实对你说，我求过卜局长出面讲情，卜局长只要你师傅答允一件事，他是肯帮忙的；我刚才到党部里会见你的师傅，劝他答应，他也答应了，那不是事情完了么？不料党部里那个黑麻子真可恶，他硬不肯——"

"难道他不给卜局长面子？"

"就是呀！黑麻子反而噜哩噜苏说了许多，卜局长几乎下不得台。两个人闹翻了！这不是这件事弄得僵透？"

寿生叹了口气，没有主意；停一会儿，他又叹一口气说：

"可是师傅并没犯什么罪。"

"他们不同你讲理！谁有势，谁就有理！你去对林大娘说，放心，还没吃苦，不过要想出来，总得花点儿钱！"

商会长说着，伸两个指头一扬，就匆匆地走了。

寿生沉吟着，没有主意；两个伙计攒住他探问，他也不回答。商会长这番话，可以告诉"师母"么？又得花钱！"师母"有没有私蓄，他不知道；至于店里，他很明白，两天来卖得的现钱，被恒源提了八成去，剩下只有五十多块，济得什么事！商会长示意总得两百。知道还够不够呀！照这样下去，生意再好些也不中用。他觉得有点灰心了。

里边又在叫他了！他只好进去瞧光景再定主张。

林大娘扶住了女儿的肩头，气喘喘地问道：

"呃，刚才，呃——商会长来了，呃，说什么？"

"没有来呀！"

寿生撒一个谎。

"你不用瞒我，呃——我，呃，全知道了；呃，你的脸色吓得焦黄！阿秀看见的，呃！"

"师母放心，商会长说过不要紧。——卜局长肯帮忙——"

"什么？呃，呃——什么卜局长肯帮忙！——呃，呃，大慈大悲的菩萨，呃，不要他帮忙！呃，呃，我知道，你的师傅，呃呃，没有命了！呃，我也不要活了！呃，只是这阿秀，呃，我放心不下！呃，呃，你同了她去！呃，你们好好的做人家！呃，呃，寿生，呃，你待阿秀好，我就放心了！呃，去呀！他们要来抢！呃——狠心的强盗！观世音菩萨怎么不显灵呀！"

寿生睁大了眼睛，不知道怎样回话。他以为"师母"疯了，但可又一点不像疯。他偷眼看他的"师妹"，心里有点跳；林小姐满脸通红，低了头不作声。

"寿生哥，寿生哥，有人找你说话！"

小学徒一路跳着喊进来。寿生慌忙跑出去，总以为又是商会长什么的来了，哪里知道竟是斜对门裕昌祥的掌柜吴先生。"他来干什么？"寿生肚子里想，眼光盯住在吴先生的脸上。

吴先生问过了林先生的消息，就满脸笑容，连说"不要紧"。寿生觉得那笑脸有点异样。

"我是来找你划一点货色——"

吴先生收了笑容，忽然转了口气，从袖子里摸出一张纸来。是一张横单，写着十几行，正是林先生所卖"一元货"的全部。寿生一眼瞧见就明白了，原来是这个把戏呀！他立刻说：

"师傅不在，我不能作主。"

"你和你师母说，还不是一样！"

寿生踌躇着不能回答。他现在有点懂得林先生之所以被捕了。先是谣言林先生要想逃，其次是林先生被扣住了，而现在却是裕昌祥来挖货，这一连串的线索都明白了。寿生想来有点气，又有点怕。他很知道，要是答应了吴先生的要求，那么，林先生的生意，自己的一番心血，都完了。可是不答应呢，还有什么把戏来，他简直不敢想下去了。最后，他姑且试一试说：

"那么，我去和师母说，可是，师母女人家专要做现钱交易。"

"现钱么？哈，寿生，你是说笑话罢？"

"师母是这个脾气，我也是没法。最好等到明天再谈罢。刚才商会长说，卜局长肯帮忙讲情，光景师傅今晚上就可以回来了。"

寿生故意冷冷的说，就把那张横单塞还吴先生的手里。吴先生脸上的肉一跳，慌忙把横单又推回到寿生手里，一面没口应承道：

"好，好，现账就是现账。今晚上交货，就是现账。"

寿生皱着眉头再到里边，把裕昌祥要挖货的事情对林大娘说了，并且劝她：

"师母，刚才商会长来，确实说师傅好好的在那里，并没吃苦；不过总得花几个钱，才能出来。店里只有五十多块。现在裕昌祥来挖货，照这单子上看，总也有一百五十块光景，还是挖给他们罢，早点救师傅出来要紧！"

林大娘听说又要花钱，眼泪直淌；那一阵呃，当真打得震天响，她只是摇手，说不出话，头靠在桌子上，把桌子捶得怪响。寿生瞧来不是路，悄悄的退出去，但在蝴蝶门边，林小姐追上来了。她的脸色像死人一样白，她的声音抖而且哑，她急口地说：

"妈是气糊涂了！总说爸爸已经被他们弄死了！你，你赶快答应裕昌祥，赶快救爸爸，寿生哥，你——"

林小姐说到这里，忽然脸一红，就飞快地跑进去了。寿生望着她的后影，呆立了半分钟光景，然后转身，下决心担负这挖货给裕昌祥的责任，至少"师妹"是和他一条心要这么办了。

夜饭已经摆在店铺里了，寿生也没有心思吃，立等着裕昌祥交过钱来，他拿一百在手里，另外身边藏了八十，就飞跑去找商会长。

半点钟后，寿生和林先生一同回来了。跑进"内宅"的时候，林大娘看见了倒吓一跳。认明是当真活的林先生时，林大娘急急爬在瓷观音前磕响头，比她打呃的声音还要响。林小姐光着眼睛站在旁边，像是要哭，又像是要笑。寿生从身旁掏出一个纸包来，放在桌子上说：

"这是多下来的八十块钱。"

林先生叹了一口气，过一会儿，方才有声没气地说道：

"让我死在那边就是了，又花钱弄出来！没有钱，大家还是死路一条！"

林大娘突然从地下跳起来，着急的想说话，可是一连串的呃把她的话塞住了。林小姐忍住了声音，抽抽咽咽地哭。林先生却还不哭，又叹一口气，梗咽着说：

"货是挖空了！店开不成，债又逼的紧——"

"师傅！"

寿生叫了一声，用手指蘸着茶，在桌子上写了一个"走"字给林先生看。

林先生摇头，眼泪扑簌簌地直淌；他看看林大娘，又看看林小姐，又叹一口气。

"师傅，只有这一条路了。店里拼凑起来，还有一百块，你带了去，过一两个月也就够了；这里的事，我和他们理直。"

寿生低声说。可是林大娘却偏偏听得了，她忽然抑住了呃，抢着叫道：

"你们也去！你，阿秀。放我一个人在这里好了，我拼老命！呃！"

忽然异常少健起来，林大娘转身就跑到楼上去了。林小姐叫着"妈"，随后也追了上去。林先生望着楼梯发怔，心里感到有什么要紧的事，却又乱麻麻地总是想不起。寿生又低声说：

"师傅，你和师妹一同走罢！师妹在这里，师母不放心的！她总说他们要来抢——"

林先生淌着眼泪点头，可是打不起主意。

寿生忍不住眼圈儿也红了，叹一口气，绕着桌子走。

忽然听得林小姐的哭声。林先生和寿生都一跳。他们赶到楼梯头时，林大娘却正从房里出来，手里捧一个皮纸包儿。看见林先生和寿生都已在楼梯头了，她就缩回房去，嘴里说"你们也来，听我的主意"。她当着林先生和寿生的跟前，指着那纸包说道：

"这是我的私房，呃，光景有两百多块。分一半你们拿去。呃！阿秀，我做主配给寿生！呃，明天阿秀和她爸爸同走。呃，我不走！寿生陪我几天再说。呃，知道我还有几天活，呃，你们就在我面前拜一拜，我也放心！呃——"

林大娘一手拉着林小姐，一手拉着寿生，就要他们"拜一拜"。

都拜了，两个人脸上飞红，都低着头。寿生偷眼看林小姐，看见她的泪痕中含着一些笑意，寿生心头卜卜地乱跳了，反倒落下两滴眼泪。

林先生松一口气，说道：

"好罢，就是这样。可是寿生，你留在这里对付他们，万事要细心！"

七

林家铺子终于倒闭了。林老板逃走的新闻传遍了全镇。债权者中间的恒源庄首先派人到林家铺子里封存底货。他们又搜寻账簿。一本也没有了。问寿生。寿生躺在床上害病。又去逼问林大娘。林大娘的回答是连珠炮似的打呃和眼泪鼻涕。为的她到底是"林大娘",人们也没有办法。

十一点钟光景,大群的债权者在林家铺子里吵闹得异常厉害。恒源庄和其他的债权者争执怎样分配底货。铺子里虽然淘空,但连"生财"合计,也足够偿还债权者七成,然而谁都只想给自己争得九成或竟至于十成。商会长说得舌头都有点僵硬了,却没有结果。

来了两个警察,拿着木棍站在门口吆喝那些看热闹的闲人。

"怎么不让我进去?我有三百块钱的存款呀!我的老本!"

朱三阿太扭着瘪嘴唇和警察争论,巍颤颤地在人堆里挤。她额上的青筋就有小指头儿那么粗。她挤了一会儿,忽然看见张寡妇抱着五岁的孩子在那里哀求另一个警察放她进去。那警察斜着眼睛,假装是调弄那孩子,却偷偷地用手背在张寡妇的乳部揉摸。

"张家嫂呀——"

朱三阿太气喘喘地叫了一声,就坐在石阶沿上,用力地扭着她的瘪嘴唇。

张寡妇转过身来,找寻是谁唤她;那警察却用了亵昵的口吻叫道:

"不要性急!再过一会儿就进去!"

听得这句话的闲人都笑起来了。张寡妇装作不懂,含着一泡眼泪,无目的地又走了一步,却好看见朱三阿太坐在石阶沿上喘气。张寡妇跌撞似的也到了朱三阿太的旁边,也坐在那石阶沿上,忽然就放声大哭。她一边哭,一边喃喃地诉说着:

"阿大的爷呀,你丢下我去了,你知道我多么苦啊!强盗兵打杀了你,前天是三周年……绝子绝孙的林老板又倒了铺子,——我十个指头做出来的百几十块钱,丢在水里了,也没响一声!啊哟!穷人命苦,有钱人心狠——"

看见妈哭,孩子也哭了;张寡妇搂住了孩子,哭的更伤心。

朱三阿太却不哭，弩起了一对发红的已经凹陷的眼睛，发疯似的反复说着一句话：

"穷人是一条命，有钱人也是一条命；少了我的钱，我拼老命！"

此时有一个人从铺子里挤出来，正是桥头陈老七。他满脸紫青，一边挤，一边回过头去嚷骂道：

"你们这伙强盗！看你们有好报！天火烧，地火爆，总有一天现在我陈老七眼睛里呀！要吃倒账，就大家吃，分摊到一个边皮儿，也是公平，——"

陈老七正骂得起劲，一眼看见了朱三阿太和张寡妇，就叫着她们的名字说：

"三阿太，张家嫂，你们怎么坐在这里哭！货色，他们分完了！我一张嘴吵不过他们十几张嘴，这班狗强盗不讲理，硬说我们的钱不算账，——"

张寡妇听说，哭得更加苦了。先前那个警察忽然又踅过来，用木棍子拨着张寡妇的肩膀说：

"喂，哭什么？你的养家人早就死了，现在还哭哪一个！"

"狗屁！人家抢了我们的，你这东西也要来调戏女人家么？"

陈老七怒冲冲地叫起来，用力将那警察推了一把。那警察睁圆了怪眼睛，扬起棍子就想要打。闲人们都大喊，骂那警察。另一个警察赶快跑来，拉开了陈老七说：

"你在这里吵，也是白吵。我们和你无怨无仇，商会里叫来守门，吃这碗饭，没有办法。"

"陈老七，你到党部里去告状罢！"

人堆里有一个声音这么喊。听声音就知道是本街有名的闲汉陆和尚。

"去，去！看他们怎样说。"

许多声音乱叫了。但是那位作调人的警察却冷笑，扳着陈老七的肩膀道：

"我劝你少找点麻烦罢。到那边，中什么用！你还是等候林老板回来和你算账，他倒不好白赖。"

陈老七虎起了脸孔，弄得没有主意了。经不住那些闲人们都撺怂着

"去"，他就看着朱三阿太和张寡妇说道：

"去去怎样？那边是天天大叫保护穷人的呀！"

"不错。昨天他们扣住了林老板，也是说防他逃走，穷人的钱没有着落！"

又一个主张去的拉长了声音叫。于是不由自主似的，陈老七他们三个和一群闲人都向党部所在那条路去了。张寡妇一路上还是啼哭，咒骂打杀了她丈夫的强盗兵，咒骂绝子绝孙的林老板，又咒骂那个恶狗似的警察。

快到了目的地时，望见那门前排立着四个警察，都拿着棍子，远远地就吆喝道：

"滚开！不准过来！"

"我们是来告状的。林家铺子倒了，我们存在那里的钱都拿不到——"

陈老七走在最前排，也高声的说。可是从警察背后突然跳出一个黑麻子来，怒声喝打。警察们却还站着，只用嘴威吓。陈老七背后的闲人们大噪起来。黑麻子怒叫道：

"不识好歹的贱狗！我们这里管你们那些事么？再不走，就开枪了！"

他跺着脚喝那四个警察动手打。陈老七是站在最前，已经挨了几棍子。闲人们大乱。朱三阿太老迈，跌倒了。张寡妇慌忙中落掉了鞋子，给人们一冲，也跌在地下，她连滚带爬躲过了许多跳过的和踏上来的脚，站起来跑了一段路，方才觉到她的孩子没有了。看衣襟上时，有几滴血。

"啊哟！我的宝贝！我的心肝！强盗杀人了，玉皇大帝救命呀！"

她带哭带嚷的快跑，头发纷散；待到她跑过那倒闭了的林家铺面时，她已经完全疯了！

1932 年 6 月 18 日作完

（选自《申报月刊》1932 年 7 月第 1 卷第 1 期）

【作品导读】

《林家铺子》原名《倒闭》，是茅盾应《申报月刊》主编俞颂华约稿而作。因要刊登在创刊号上，原名"似乎不太吉利"，后经茅盾同意更名为《林家铺子》。

从篇幅上看该作品属于"长短篇",蕴含了较为丰富的思想内涵和社会历史内容,这与作者的创作原则和艺术追求紧密相关。小说以日本侵略者进攻上海的"一·二八"事变为背景,通过江南小镇一家林姓小杂货铺子在旧历新年前后,于动荡的时局中苦苦挣扎最终倒闭的故事,深刻反映了20世纪30年代的中国面临的深重的民族危机和经济危机,揭露了国民党政府黑暗统治的虚伪与残暴。

小说共有七节,情节跌宕、环环相扣,极富戏剧性和生活实感,体现了作者剪裁与布局的匠心、语言的表现力和塑造人物的深厚功力。作品开头呈现给读者的是一幅很生活化的画面:林小姐放学归来,因学校里抵制东洋货,不能穿自己喜欢的漂亮衣服、用喜欢的日用品,而在家中同父母撒娇赌气。林先生的洋广货铺子因售卖东洋货被党部敲诈。一个小商人家庭的噩梦从此开始,一家人切身感受到了战争的冲击、政治的黑暗和维持生意的艰难。

疏通关系后,林家铺子继续营业,并且用上了"大廉价照码九折"的促销手段,试图在年关"旺月"捞回本来。怎奈恶劣的经济环境已经使小镇居民和乡下农民的生活举步维艰,即便林先生精明能干,也只能"赔本赚吆喝"。年关将至,林先生感到了巨大的债务压力。"大放盘"带来表面的经营利好,而朱三太上门讨息、商会长的行贿暗示,让他既沮丧又心惊。寿生外出收账迟迟未归,街上乱哄哄的都在议论上海战事,东洋兵轰炸闸北,林先生更加心神不宁。为应付上海来收账的客人,林先生忍痛到恒源钱庄借款,谁知反而遭到钱庄催债,回家路上,差点儿就投河自尽。家中夫人和小姐觉得生意还不错,只有林先生备感煎熬。寿生收回的钱票仍不够还债,林先生不得不搭上几天的收入才勉强打发了收账客人。从寿生口中,他得知是裕昌祥背后煽风才使得钱庄施压。

凄凉的年关过去,小镇上倒闭了28家铺子,一派凋敝的景象。林先生不仅吃了倒账,还被恒源钱庄以"守提"的苛刻条件逼债。大批从上海逃难出来的人家带来了商机,林家铺子仿照上海大商店的方法,把日用品搭配出"一元货",果然招揽了不少生意,让林先生看到了希望。而卜局长意欲纳林小姐为妾,无异于一枚炸弹给了林家沉重一击。党部以防止卷款逃走为由抓走林先生,卜局长、商会长借机逼婚、索贿,裕昌祥乘机挖货，彻底令林家陷入了绝境。经过一番活动，林先生被放出来，林大娘悲愤之中仓促将林小姐许配寿生。林先生带着林小姐外出躲避，铺子终于倒闭。朱三太、陈老七、张寡妇三个小存户的存款眼看打了水漂，哭闹着到党部告状，被黑麻子和一干警察走狗连打带骂赶了出来。混乱中，张寡妇的孩子被踩踏而死，小说最终以张寡妇急疯收尾。

《林家铺子》最成功之处在于塑造了林先生这样一个半殖民地半封建社会中的乡镇小商人形象，并且真实地表现了动荡年代小资产阶级的心理状态。他胆小老实，待人和善，做生意"巴结认真"，有时也会耍些以次充好的小伎俩，朴实又不失精明与圆滑；于国家政治漠不关心，一心将家传的生意延续下去，却也不会被逼无奈出卖女儿。就是这样一个再普通不过的小商人，在民族危难、经济衰退、政治黑暗和同业中伤的多重压迫下最终难以生存。作者通过林家铺子的倒闭过程从多个层面呈现出中国社会的崩溃危机。此外，小说中还有一些值得深入思考的地方。比如同业竞争中的不择手段，卜局长、商会长的趁人之危，暗示出人性之恶。国民党党部借着抵制东洋货的名义，喊着"保护穷人"的口号，大行搜刮之道，揭示了当时国家政治的黑暗。小说以个人化的生活场景开端，以政治化的冲突场景结尾，隐约中暗合了潜在的社会斗争脉络。在民族危亡和独裁统治面前，个人命运与国家命运紧密相连，国家和社会没有改变，个人命运就看不到希望。小说以开放性的结局，给读者留下了充分的想象空间，虽然并未直接反映社会革命，却成为超越一般革命文学作品的存在。

【思考与练习】

1. 《林家铺子》与一般革命文学作品有什么不同？

2. 小说中林先生形象的塑造有哪些特点和不足？

（撰稿：佟　丞）

为奴隶的母亲

柔　石

　　柔石（1902—1931），浙江宁海人，原名赵平复，现代作家。1921 年柔石参加了文学社团"晨光文学社"，1923 年开始从事新文学创作活动。1928 年夏，他到了上海后与鲁迅往来密切，在鲁迅的帮助下译介东欧和北欧等外国文学作品，编辑《语丝》《朝花旬刊》等刊物，这些活动对他的创作《为奴隶的母亲》《二月》等作品起到了积极的影响。1931 年 2 月 7 日柔石、胡也频、殷夫、李伟森、冯铿五位左翼革命作家被国民党杀害，后被追评为"左翼五烈士"。

　　她底丈夫是一个皮贩，就是收集乡间各猎户底兽皮和牛皮，贩到大埠上出卖的人。但有时也兼做点农作，芒种的时节，便帮人家插秧，他能将每行插得非常直，假如有五人同在一个水田内，他们一定叫他站在第一个做标准，然而境况总是不佳，债是年年积起来了。他大约就因为境况的不佳。烟也吸了，酒也喝了，钱也赌起来了。这样，竟使他变做一个非常凶狠而暴躁的男子，但也就更贫穷下去。连小小的移借，别人也不敢答应了。

　　在穷底结果的病以后，全身便变成枯黄色，脸孔黄的和小铜鼓一样，连眼白也黄了。别人说他是黄疸病，孩子们也就叫他"黄胖"了。有一天，他向他底妻说：

　　"再也没有办法了。这样下去，连小锅子也都卖去了。我想，还是从你底身上设法罢。你跟着我挨饿，有什么办法呢？"

　　"我底身上？……"

　　他底妻坐在灶后，怀里抱着她刚满三周的男小孩——孩子还在啜着奶，她讷讷地低声地问。

"你，是呀，"她底丈夫病后的无力的声音，"我已经将你出典了……"

"什么呀?"她底妻几乎昏去似的。

屋内是稍稍静寂了一息。他气喘着说:

"三天前，王狼来坐讨了半天的债回去以后，我也跟着他去，走到了九亩潭边，我很不想要做人了。但是坐在那株爬上去一纵身就可落在潭里的树下，想来想去，总没有力气跳了。猫头鹰在耳朵边不住地哮，我底心被它叫寒起来，我只得回转身，但在路上，遇见了沈家婆，她问我，晚也晚了，在外做什么。我就告诉她，请她代我借一笔款，或向什么人家的小姐借些衣服或首饰去暂时当一当，免得王狼底狼一般的绿眼睛天天在家里照耀。可是沈家婆向我笑道:

"'你还将妻养在家里做什么呢? 你自己黄也黄到这个地步了。'

"我底着头站在她面前没有答，她又说:

"'儿子呢，你只有一个，舍不得。但妻——'

"我当时想:'莫非叫我卖去妻子么?'

"而她继续道:

"'但妻——虽然是结发的，穷了，也没有法。还养在家里做什么呢?'

"这样，她就直说出:'有一个秀才，因为没有儿子，年纪已五十岁了，想买一个妾;又因他底大妻不允许，只准他典一个，典三年或五年，叫我物色相当的女人:年纪约三十岁左右，养过两三个儿子的，人要沉默老实，又肯做事，还要对他底大妻肯低眉下首。这次是秀才娘子向我说的，假如条件合，肯出八十元或一百元的身价。我代她寻好几天，总没有相当的女人。'她说:现在碰到我，想起了你来，样样都对的。当时问我底怎样意见，我一边掉了几滴泪，一边却被她催的答应她了。"

说到这里，他垂下头，声音很低弱，停止了。他底妻简直痴似的，一句没有话。又静寂了一息，他继续说:

"昨天，沈家婆到过秀才底家里，她说秀才很高兴，秀才娘子也喜欢，钱是一百元，年数呢，假如三年养不出儿子是五年。沈家婆并将日子也拣定了——本月十八，五天后。今天，她写典契去了。"

这时，他底妻简直连腑脏都颠抖，吞吐着问:

"你为什么早不对我说？"

"昨天在你底面前旋了三个圈子，可是对你说不出。不过我仔细想，除出将你底身子设法外，再也没有办法了。"

"决定了么？"妇人战着牙齿问。

"只待典契写好。"

"倒霉的事情呀，我！——一点也没有别的方法了么？春宝底爸呀！"

春宝是她怀里的孩子底名字。

"倒霉，我也想到过，可是穷了，我们又不肯死，有什么办法？今年，我怕连插秧也不能插了。"

"你也想到过春宝么？春宝还只有五岁，没有娘，他怎么好呢？"

"我领他便了，本来是断了奶的孩子。"

他似乎渐渐发怒了。也就走出门外去了。她，却呜呜咽咽地哭起来。

这时，在她过去的回忆里，却想起恰恰一年前的事：那时她生下了一个女儿，她简直如死去一般地卧在床上。死还是整个的，她却肢体分作四碎与五裂。刚落地的女婴，在地上的干草堆上叫，"呱呀，呱呀，"声音很重的，手脚揪缩。脐带绕在她底身上，胎盘落在一边，她很想挣扎起来给她洗好，可是她底头昂起来，身子凝滞在床上。这样，她看见她底丈夫，这个凶狠的男子，飞红着脸，提了一桶沸水到女婴的旁边。她简单用了她一生底最后的力向他喊："慢！慢……"但这个病前极凶狠的男子，没有一分钟商量的余地，也不答半句话，就将"呱呀，呱呀，"声音很重地在叫着的女儿，刚出世的新生命，用他底粗暴的两手捧起来，如屠户捧将杀的小羊一般，扑通；投下在沸水里了！除出沸水的溅声和皮肉吸收沸水的嘶声以外，女孩一声也不喊——她疑问地想，为什么也不重重地哭一声呢？竟这样不响地愿意冤枉死去么？啊！——她转念，那是因为她自己当时昏过去的缘故，她当时剜去了心一般地昏去了。

想到这里，似乎泪竟干涸了。"唉！苦命呀！"她低低地叹息了一声。这时春宝拔去了奶头，向他底母亲的脸上看，一边叫：

"妈妈！妈妈！"

在她将离别底前一晚，她拣了房子底最黑暗处坐着。一盏油灯点在灶前，萤火那么的光亮。她，手里抱着春宝，将她底头贴在他底头发上。她底思想似乎浮漂在极远，可是她自己捉摸不定远在那里。于是慢慢地跑回来，跑到眼前，跑到她底孩子底身上。她向她底孩子低声叫：

"春宝，宝宝！"

"妈妈，"孩子含着奶头答。

"妈妈明天要去了……"

"唔，"孩子似不十分懂得，本能地将头钻进他母亲底胸膛。

"妈妈不回来了，三年内不能回来了！"

她擦一擦眼睛，孩子放松口子问：

"妈妈那里去呢？庙里么？"

"不是，三十里路外，一家姓李的。"

"我也去。"

"宝宝去不得的。"

"呃！"孩子反抗地，又吸着并不多的奶。

"你跟爸爸在家里，爸爸会照料宝宝的：同宝宝睡，也带宝宝玩，你听爸爸底话好了。过三年……"

她没有说完，孩子要哭似地说：

"爸爸要打我的！"

"爸爸不再打你了，"同时用她底左手抚摸着孩子底右额，在这上，有他父亲在杀死他刚生下的妹妹后第三天，用锄柄敲他，肿起而又平复了的伤痕。

她似要还想对孩子说话，她底丈夫踏进门了。他走到她底面前，一只手放在袋里，掏取着什么，一边说：

"钱已经拿来七十元了。还有三十元要等你到了后十天付。"

停了一息说，"也答应轿子来接。"

又停了一息，"也答应轿夫一早吃好早饭来。"

这样，他离开了她，又向门外走出去了。

这一晚，她和她底丈夫都没有吃晚饭。

第二天，春雨竟滴滴淅淅地落着。

轿是一早就到了。可是这妇人，她却一夜不曾睡。她先将春宝底几件破衣服都修补好；春将完了，夏将到了，可是她，连孩子冬天用的破烂棉袄都拿出来，移交给他底父亲——实在，他已经在床上睡去了。以后，她坐在他底旁边，想对他说几句话，可是长夜是迟延着过去，她底话一句也说不出。而且，她大着胆向他叫了几声，发了几个听不清楚的声音，声音在他底耳外，她也就睡下不说了。

等她朦朦胧胧地刚离开思索将要睡去，春宝又醒了，他就推叫他底母亲，要起来。以后当她给他穿衣服的时后。向他说：

"宝宝好好地在家里，不要哭，免得你爸爸打你。以后妈妈常买糖果来，买给宝宝吃，宝宝不要哭。"

而小孩子竟不知道悲哀是什么一回事，张大口子"唉，唉，"地唱起来了。她在他底唇边吻了一吻，又说：

"不要唱，你爸爸被你唱醒了。"

轿夫坐在门首的板凳上，抽着旱烟，说着他们自己要听的话。一息，邻村的沈家婆也赶到了。一个老妇人，熟悉世故的媒婆，一进门，就拍拍她身上的雨点，向他们说：

"下雨了，下雨了，这是你们家里此后会有滋长的预兆。"

老妇人忙碌似地在屋内旋了几个圈，对孩子底父亲说了几句话，意思是讨酬报。因为这件契约之能订的如此顺利而合算，实在是她底力量。"说实在话，春宝底爸呀，再加五十元，那老头子可以买一房妾了。"她说。于是又转向催促她——妇人却抱着春宝，这时坐着不动。老妇人声音很高地：

"轿夫要赶到他们家里吃中饭的，你快些预备走呀！"

可是妇人向她瞧了一瞧，似乎说：

"我实在不愿离开呢！让我饿死在这里罢！"

声音是在她底喉下，可是媒婆懂得了，走近到她前面，迷迷地向她笑说："你真是一个不懂事的丫头，黄胖还有什么东西给你呢？那边真是一份有吃有剩的人家，两百多亩田，经济很宽裕，房子是自己底，也雇着长工养着牛。大娘底性子是极好的，对人非常客气，每次看见人总给人一些吃的东西。那老头子——实在并不老，脸是很白白的，也没有留胡子，因为读了书，背有些偻偻的，斯文的模样。可是也不必多说，你一走下轿就看见的，我是一个从不说谎的媒婆。"

妇人拭一拭泪，极轻地：

"春宝……我怎么能抛开他呢！"

"不用想到春宝了，"老妇人一手放在她底肩上，脸凑近她和春宝。"有五岁了，古人说：'三周四岁离娘身，'可以离开你了。只要你肚子争气些，到那边，也养下一二个来，万事都好了。"

轿夫也在门首催起身了，他们噜嗦着说：

"又不是新娘子，啼啼哭哭的。"

这样，老妇人将春宝从她底怀里拉去，一边说：

"春宝让我带去罢。"

小小的孩子也哭了，手脚乱舞的，可是老妇人终于给他拉到小门外去。当妇人走进轿门的时候，向他们说：

"带进屋里来罢，外边有雨呢。"

她底丈夫用手支着头坐着，一动没有动，而且也没有话。

两村的相隔有三十里路，可是轿夫的第二次将轿子放下肩，就到了。春天的细雨，从轿子底布蓬里飘进，吹湿了她底衣衫。一个脸孔肥肥的，两眼很有心计的约摸五十四五岁的老妇人来迎她，她想：这当然是大娘了。可是只向她满面羞涩地看一看，并没有叫。她很亲昵似地将她牵上沿阶，一个长长的瘦瘦的而面孔圆细的男子就从房里走出来。他向新来的少妇，仔细地瞧了瞧，堆出满脸的笑容来，向她问：

"这么早就到了么？可是打湿你底衣裳了。"

而那位老妇人，却简直没有顾到他底说话，也向她问：

"还有什么在轿里么？"

"没有什么了，"少妇答。

几位邻舍的妇人站在大门外，探头张望的，可是她们走进屋里面了。

她自己也不知道这究竟为什么，她底心老是挂念着她底旧的家，掉不下她的春宝。这是真实而明显的，她应庆祝这将开始的三年的生活——这个家庭，和她所典给他的丈夫，都比曾经过去的要好，秀才确是一个温良和善的人，讲话是那么地低声，连大娘，实在也是一个出乎意料之外的妇人，她底态度之殷勤，和滔滔的一席话：说她和她丈夫底过去的生活之经过，从美满而漂亮的结婚生活起，一直到现在，中间的三十年。她曾做过一次的产，十五六年以前了，养下一个男孩子，据她说，是一个极美丽又极聪明的婴儿，可是不到十个月，竟患了天花死去了，这样，以后就没有再养过第二个。在她底意思中，似乎——似乎，——早就叫她底丈夫娶一房妾，可是他，不知是爱她呢，还是没有相当的人——这一层她并没有说清楚；于是，就一直到现在。这样，竟说得这个具着朴素的心地的她，一时酸，一会苦，一时甜上心头，一时又盐的压下去了。最后，这个老妇人并将她底希望也向她说出来了。她底脸是娇红的，可是老妇人说：

"你是养过三四孩子的女人了，当然，你是知道什么的，你一定知道的还比我多。"

这样，她说着走开了。

当晚，秀才也将家里底种种情形告诉她，实际，不过是向她夸耀或求媚罢了。她坐在一张橱子的旁边，这样的红的木橱，是她旧的家所没有的，她眼睛白晃晃地瞧着它。秀才也就坐到橱子底面前来，问她：

"你叫什么名子呢？"

她没有答，也并不笑，站起来，走在床底前面，秀才也跟到床底旁边，更笑地问她：

"怕羞么？哈，你想你底丈夫么？哈，哈，现在我是你底丈夫了。"声音是轻轻的，又用手去牵着她底袖子。"不要愁罢！你也想你底孩子的，是不是？不过——"

他没有说完，却又哈的笑了一声，他自己脱去他外面的长衫了。

她可以听见房外的大娘底声音在高声地骂着什么人，她一时听不出在骂谁，骂烧饭的女仆，又好象骂她自己，可是因为她底怨恨，仿佛又是为她而发的。秀才在床上叫道：

"睡罢，她常是这么噜噜嗦嗦的。她以前很爱那个长工，因为长工要和烧饭的黄妈多说话，她却常要骂黄妈的。"

日子是一天天地过去了。旧的家，渐渐地在她底脑子里疏远了，而眼前，却一步步地亲近她使她熟悉。虽则，春宝底哭声有时竟在她底耳朵边响，梦中，她也几次地遇到过他了。可是梦是一个比一个缥缈，眼前的事务是一天比一天繁多。她知道这个老妇人是猜忌多心的，外表虽则对她还算大方，可是她底嫉妒的心是和侦探一样，监视着秀才对她的一举一动。有时，秀才从外面回来，先遇见了她而同她说话，老妇人就疑心有什么特别的东西买给她了，非在当晚，将秀才叫到她自己底房内去，狠狠地训斥一番不可。"你给狐狸迷着了么？""你应该称一称你自己底老骨头是多少重！"像这样的话，她耳闻到不止一次了。这样以后，她望见秀才从外面回来而旁边没有她坐着的时候，就非得急忙避开不可。即使她在旁边，有时也该让开些，但这种动作，她要做的非常自然，而且不能让别人看出，否则，她又要向她发怒，说是她有意要在旁人的前面暴露她大娘底丑恶。而且以后，竟将家里的许多杂务都堆积在她底身上，同一个女仆那么样。她还算是聪明的，有时老妇人底换下来的衣服放着，她也给她拿去洗了，虽然她说：

"我底衣服怎么要你洗呢？就是你自己底衣服，也可叫黄妈洗的。"可是接着说：

"妹妹呀，你最好到猪栏里去看一看，那两只猪为什么这样喂喂叫的，或者因为没有吃饱罢，黄妈总是不肯给它们吃饱的。"

八个月了，那年冬天，她底胃却起了变化：老是不想吃饭，想吃新鲜的面，番薯等。但番薯或面吃了两餐，又不想吃，又想吃馄饨，多吃又要呕。而且还想吃南瓜和梅子——这是六月里的东西，真稀奇，向那里去找呢？秀才是知道在这个变化中所带来的预告了。他镇日地笑微微，能找到的东西，总忙着给她找来。他亲身给她到街上去买橘子，又托便人买了金柑来，他在廊沿下走来走去，口里念念有词的，不知说什么。他看她和黄妈磨过年的粉，但还没有磨了三升，就向她叫："歇一歇罢，长工也好磨的，年糕是人人要吃的。"

有时在夜里，人家谈着话，他却独自拿了一盏灯，在灯下，读起《诗经》来了：

> "关关雎鸠，
> 在河之洲，
> 窈窕淑女，
> 君子好逑——"

这时长工向他问：

"先生，你又不去考举人，还读它做什么呢？"

他却摸一摸没有胡子的口边，怡悦地说道：

"是呀，你也知道人生底快乐么？所谓：'洞房花烛夜，金榜挂名时。'你也知道这两句话底意思么？这是人生底最快乐的两件事呀！可是我对于这两件事都过去了，我却还有比这两件更快乐的事呢！"

这样，除出他底两个妻以外，其余的人们都大笑了。

这些事，在老妇人眼睛里是看得非常气恼了。她起初闻到她地受孕也欢喜，以后看见秀才的这样奉承她，她却怨恨她自己肚子底不会还债了。有一次，次年三月了，这妇人因为身体感觉不舒服，头有些痛，睡了三天。秀才呢，也愿她歇息歇息，更不时地问她要什么，而老妇人却着实地发怒了。她说她装娇，噜噜嗦嗦的也说了三天。她先是恶意地讥嘲她：说是一到秀才底家里就高贵起来了，什么腰酸呀，头痛呀，姨太太的架子也都摆出来了；以前在自己底家里，她不相信她有这样的娇养，恐怕竟和街头的母狗一样，肚皮里有着一肚子的小狗，临产了，还要到处地奔求着食物。现在呢，因为"老东西"——这是秀才的妻叫秀才的名字——趋奉了她，就装着娇滴滴的样子了。"儿子，"她有一次在厨房里对黄妈说："谁没有养过呢？我也曾怀过十个月的孕，不相信有这么的难受。而且，此刻的儿子，还在'阎罗王的簿里'，谁保的定生出来不是一只癞蛤蟆呢？也等到真的'鸟儿'从洞里钻出来看见了，才可在我底面前显威风，摆架子，此刻，不过是一块血的猫头鹰，就这么的装腔，也显得太早一点！"

当晚这妇人没有吃晚饭，这时她已经睡了，听了这一番婉转的冷嘲与热骂，她呜呜咽咽地低声哭泣了。秀才也带衣服坐在床上，听到浑身透着冷汗，发起抖来。他很想扣好衣服，重新走起来，去打她一顿，抓住她底头发狠狠地打她一顿，泄泄他一肚皮的气，但不知怎样，似乎没有力量，连指也颤动，臂也酸软了，一边轻轻地叹息着说：

"唉，一向实在太对她好了。结婚了三十年，没有打过她一掌，简直连指甲都没有弹到她底皮肤上过，所以今日，竟和娘娘一般地难惹了。"同时，他爬过到床底那端，她底身边，向她耳语说："不要哭罢，不要哭罢，随她吠去好了！她是阉过的母鸡，看见别人的孵卵是难受的。假如你这一次真能养出一男孩子来。我当送你两样宝贝——我有一只青玉的戒指，我有一只白玉的……"

他没有说完，可是他忍不住听下门外的他底大妻底喋喋的讥笑声音，他急忙地脱去了衣服，将头钻进被窝里去，凑向她底胸膛，一边说："我有白玉的……"

肚子一天天地膨胀的如斗那么大，老妇人终究也将产婆雇定了，而且在别人的面前，竟拿起花布来做婴儿用的衣服。

酷热的暑天到了尽头，旧历的六月，他们在希望的眼中过去了。秋开始，凉风也拂拂地乡镇上吹送。于是有一天，这全家的人们都到了希望底最高潮，屋里底空气完全地骚动起来，秀才底心更是异常地紧张，他在天井上不断地徘徊，手里捧着一本历书，好似要读它背诵那么地念去——"戊辰"，"甲戌"，"壬寅之年"，老是反复地轻轻的说着。有时他底焦急的眼光向一间关了窗的房子望去——在这间房子内是有产母底低声呻吟的声音；有时他向天上望一望被云笼罩着的太阳，于是又走走向房门口，向站在房门内的黄妈问：

"此刻如何？"

黄妈不住地点着头不做声响，一息，答：

"快下来了，快下来了。"

于是他又捧了那本历书，在廊下徘徊起来。

这样的情形，一直继续到黄昏底青烟在地面起来，灯火一盏盏的如春天的野花般在屋内开起，婴儿才落地了，是一个男的。婴儿底声音很重地在屋内叫，秀才却坐在屋角里，几乎快乐到流出泪来了。全家的人都没有心思吃晚饭，在平淡的晚餐席上，秀才底大妻向用人们说道：

"暂时瞒一瞒罢，给小猫头避避晦气；假如别人问起，也答养一个女的好了。"

他们都微笑地点点头。

一个月以后，婴儿底白嫩的小脸孔，已在秋天的阳光里照耀了。这位少妇给他哺着奶，邻舍的妇人围着他们瞧，有的称赞婴儿底鼻子好，有的称赞婴儿底口子好，有的称赞婴儿底两耳好；更有的称赞婴儿底母亲，也比以前好，白而且壮了。老妇人却和老祖母那么地吩咐着，保护着，这时开始说：

"够了，不要弄他哭了。"

关于孩子底名字，秀才是煞费苦心地想着，但总想不出一个相当的字来。据老妇人底意见，还是从"长命富贵"或"福禄寿喜"里拣一个字，最好还是"寿"字或"寿"同意义的字，如"其颐"，"彭祖"等。但秀才不同意，以为太通俗，人云亦云的名字。于是翻开了易经，书经，向这里面找，但找了半月，一月，还没有恰贴的字。在他底意思：以为在这个名字内，一边要祝福孩子，一边要包含他底老而得子底蕴义，所以竟不容易找。这一天，他一边抱着三个月的婴儿，一边又向书里找名字，戴着一副眼镜，将书递到灯底旁边去。婴儿底母亲呆呆地坐在房内底一边，不知思想着什么，却忽然开口说：

"我想，还是叫他'秋宝'罢。"屋内的人们底几对眼睛都转向她，注意地静听着："他不是生在秋天吗？秋天的宝贝——还是叫他'秋宝'罢。"

秀才立刻接着说道：

"是呀，我真极费心思了。我年过半百，实在到了人生的秋期；孩子也正养在秋天；'秋'是万物成熟的季节，秋宝，实在是很好的名字呀！而且书经里没有么？'乃亦有秋'，我真乃亦有秋了！"

接着，又称赞了一通婴儿底母亲：说是呆读书实在无用，聪明是天生的。这些话，说的这妇人连坐着都觉着局促不安，垂下头，苦笑地又含泪地想：

"我不过因'春宝'想到罢了。"

秋宝是天天成长的非常可爱地离不开他底母亲了。他有出奇的大的眼睛，对陌生人是不倦地注视地瞧着，但对他底母亲，却远远地一眼就知道了。他整天地抓住了他底母亲，虽则秀才是比她还爱他，但不喜欢父亲；秀才底大妻呢，表面也爱他，似爱她自己亲生的儿子一样，但在婴儿底大眼睛里，却看她似陌生人，也用奇怪的不倦的视法。可是他的执住他底母亲愈紧，而他底母亲离开这家的日子也愈近了。春天底口子咬住了冬天底尾巴；而夏天底脚又常是紧随着在春天底身后的；这样，谁都将孩子底母亲底三年快到的问题横放在心头上。秀才呢，因为爱子的关系，首先向他底大妻提出来了：他愿意再拿出一百元钱，将她永远买下来。可是他底大妻底回答是：

"你要买她，那先给药死罢!"

秀才听到这句话，气的只向鼻孔放出气，许久没有说；以后，他反而做着笑脸地：

"你想想孩子没有娘……"

老妇人也尖利地冷笑地说：

"我不好算是他底娘么?"

在孩子的母亲的心呢，却正矛盾着这两种的冲突了：一边，她底脑里老是有"三年"这两个字，三年是容易过去的，于是她底生活便变做在秀才家里底用人似的了。而且想象中的春宝，也同眼前的秋宝一样活泼可爱，她既舍不秋宝，怎么就能舍得掉春宝呢? 可是另一面边，她实在愿意永远在这新的家里住下去，她想，春宝的爸爸不是一个长寿的人，他底病一定是在三五年之内要将他带走到不可知的异国里去的，于是，她便要求她底第二个丈夫，将春宝也领过来，这样，春宝也在她底眼前。

有时，她倦坐在房外的沿廊下，初夏的阳光，异常地能令人昏朦地起幻想，秋宝睡在她底怀里，含着她底乳，可是她觉得仿佛春宝同时也站在她底旁边，她伸出手去也想将春宝抱近来，她还要对他们兄弟两人说几句话，可是身边是空空的，在身边的较远的门口，却站着这位脸孔慈善而眼睛凶毒的老妇人，目光注视着她。这样，她也恍恍惚惚地敏悟："还是早些脱离罢，她简直探子一样地监视着我了。"可是忽然怀内的孩子一叫，她却又什么也没有的只剩着眼前的事实来支配她了。

以后，秀才又将计划修改了一些：他想叫沈家婆来，叫她向秋宝底母亲底前夫去说，他愿否再拿进三十元——最多是五十元，将妻续典三年给秀才。秀才对他底大妻说：

"要是秋宝到五岁，是可以离开娘了。"

他底大妻正是手里捻着念佛珠，一边在念着"南无阿弥陀佛"，一边答：

"她家里也还有前儿在，你也应放她和她底结发夫妇团聚一下罢。"

秀才低着头，断断续续地仍然这样说：

"你想想秋宝两岁就没有娘……"

可是老妇人放下念佛珠说：

"我会养的，我会管理他的，你怕我谋害了他么？"

秀才一听到末一句话，就拔步走开了。老妇人仍在后面说：

"这个儿子是帮我生的，秋宝是我底；绝种虽然是绝了你家底种，可是我却仍然吃着你家底餐饭。你真被迷了，老昏了，一点也不会想了。你还有几年好活，却要拼命拉她在身边？双连牌位，我是不愿意坐的！"

老妇人似乎还有许多刻毒的锐利的话，可是秀才走远开听不见了。

在夏天，婴儿底头上生了一个疮，有时身体稍稍发些热，于是这位老妇人就到处地问菩萨，求佛药，给婴儿敷在疮上，或灌下肚里，婴儿底母亲觉得并不十分要紧，反而使这样小小的生命哭成一身的汗珠，她不愿意，或将吃了几口的药暗地里拿去倒掉。于是这位老妇人就高声叹息，向秀才说：

"你看她竟一点也不介意他底病，还说孩子是并不怎样瘦下去。爱在心里的是深的；专疼表面是假的。"

这样，妇人只有暗自挥泪，秀才也不说什么话了。

秋宝一周纪念的时候，这家热闹地排了一天的酒筵，客人也到了三四十，有的送衣服，有的送面，有的送银制的狮狃，给婴儿挂在胸前的，有的送镀金的寿星老头儿，给孩子钉在帽上的，许多礼物，都在客人底袖子里带来了。他们祝福着婴儿的飞黄腾达，赞颂着婴儿的长寿永生；主人底脸孔，竟是荣光照耀着，有如落日的云霞反映着在他底颊上似的。可是在这天，正当他们筵席将举行的黄昏时，来了一个客，从朦胧的暮光中向他们底天井走进，人们都注意他：一个憔悴异常的乡人，衣服补衲的，头发很长，在他底腋下，挟着一个纸包。主人骇异地迎上前去，问他是那里人，他口吃似地答了，主人一时糊涂的，但立刻明白了，就是那个皮贩。主人更轻轻地说：

"你为什么也送东西来了？你真不必的呀？"

来客胆怯地向四周看看，一边答说：

"要，要的……我来祝祝这个宝贝长寿千……"

他似没有说完，一边将腋下的纸包打开来了，手指颤动地打开了两三重的纸，于是拿出四只铜制镀银的字，一方寸那么大，是"寿比南山"四字。秀才底大娘走来了，向他仔细一看，似乎不大高兴。秀才却将他招待到席上，客人们互相私语着。

两点钟的酒与肉，将人们弄的胡乱与狂热了：他们高声猜着拳，用大碗盛着酒互相比赛，闹得似乎房子都被震动了。只有那个皮贩，他虽然也喝了两杯酒，可是仍然坐着不动，客人们也不招呼他。等到兴尽了，于是各人草草地吃了一碗饭，互祝着好话，从两两三三的灯笼光影中，走散了。而皮贩，却吃到最后，用人来收拾羹碗了，他才离开了桌，走到廊下的黑暗处。在那里，他遇见了他底被典的妻。

"你也来做什么呢？"妇人问，语气是非常凄惨的。

"我那里又愿意来，因为没有法子。"

"那末你为什么来的这样晚？"

"我那里来买礼物的钱呀?! 奔跑了一上午，哀求了一上午，又到城里买物，走得乏了，饿了，也迟了。"

妇人接着问：

"春宝呢？"

男子沉吟了一息答：

"所以，我是为春宝来的。……"

"为春宝来的？"妇人惊异地回音似地问。

男人慢慢地说：

"从夏天来，春宝是瘦的异样了。到秋天，竟病起来了。我又那里有钱给他请医生吃药，所以现在，病是更厉害了！再不想法救救他，眼见得要死！"静寂了一刻，继续说："现在，我是向你来借钱的……"

这时妇人底胸膛内，简直似有四五只猫在抓她，咬她，咀嚼着她底心脏一样。她恨不得哭出来，但在人们个个向秋宝祝颂的日子，她又怎么好跟在人们底声音后面叫哭呢？她吞下她底眼泪，向她底丈夫说：

"我又那里有钱呢？我在这里，每月只给我两角钱的另［零］用，我自己又那里要用什么，悉数补在孩子底身上了。现在，怎么好呢？"

他们一时没有话，以后，妇人又问：

"此刻有什么人照顾着春宝呢？"

"托了一个邻舍。今晚，我仍旧想回家，我就要走了。"

他一边说着，一边揩着泪。女的同时哽咽着说：

"你等一下罢，我向他去借借看。"

她就走开了。

三天以后的一天晚上，秀才忽然问这妇人道；

"我给你的那只青玉戒指呢？"

"在那天夜里，给了他了。给了他拿去当了。"

"没有借你五块钱么？"秀才愤怒地。

妇人低着头停了一息答：

"五块钱怎么够呢！"

秀才接着叹息说：

"总是前夫和前儿好，无论我对你怎么样！本来我很想再留你两年的，现在，你还是到明春就走罢！"

女人简直连泪也没有地呆着了。

几天后，他还向她那么地说：

"那只戒指是宝贝，我给你是要你传给秋宝的，谁知你一下就拿去当了！

幸得她不知道，要是知道了。有三个月好闹了！"

妇人是一天天地黄瘦了。没有精采的光芒在她底眼睛里起来，而讥笑与冷骂的声音又充塞在她底耳内了。她是时常记念着她底春宝的病的，探听着有没有从她底本乡来的朋友，也探听着有没有向她底本乡去的便客，她很想得到一个关于"春宝的身体已复原"的消息，可是消息总没有；她也想借两元钱或买些糖果去，方便的客人又没有，她不时地抱着秋宝在门首过去一些的大路边，眼睛望着来和去的路。这种情形却很使秀才底大妻不舒服了，她时常对秀才说：

"她那里愿意在这里呢？她是极想早些飞回去的。"

有几夜，她抱着秋宝在睡梦中突然喊起来，秋宝也被吓醒，哭起来了。秀才就追逼地问：

"你为什么？你为什么？"

可是女人拍着秋宝，口子哼哼的没有答。秀才继续说：

"梦着你底前儿死了么，那么地喊？连我都被你叫醒了。"

女人急忙地一边答：

"不，不，……好象我底前面有一圹坟呢！"

秀才没有再讲话，而悲哀的幻象更在女人底前面展现开来，她要走向这坟去。

冬末了，催离别的小鸟，已经到她底窗前不住地叫了。先是孩子断了奶，又叫道士们来给孩子度了一个关，于是孩子和他亲生的母亲的别离——永远的别离的运命就被决定了。

这一天，黄妈先悄悄地向秀才底大妻说：

"叫一顶轿子送他去么？"

秀才底妻子还是手里捻着念佛珠说：

"走走好罢，到那边轿钱是那边付的，她又那里有钱呢，听说她底亲夫连饭也没得吃，她不必摆阔了。路也不算远，我也是曾经走过三十里路的人，她的脚比较大，半天可以到了。"

这天早晨当她给秋宝穿衣服的时候，她的泪如溪水地流下，孩子向她叫："婶婶，婶婶"——因为老妇人要他叫自己是"妈妈"，只准叫她是"婶婶"——她向他咽咽地答应。她很想对他说几句话，意思是：

"别了，我底亲爱的儿子呀！你的妈妈待你是好的，你将来也好好地待还她罢，永远不要再记念我了！"

可是她无论怎样也说不出。她也知道一周半的孩子是不会了解的。秀才悄悄地走向她，从她背后的腋下伸进手来，在他底手内是十枚双毫角子，一边轻轻说："拿去罢，这两块钱。"

妇人扣好孩子底钮扣，就将角子塞在怀内的衣袋里。

老妇人又进来了，注意着秀才走出去的背后，又向妇人说：

"秋宝给我抱去罢，免得你走时他哭。"

妇人不做声响，可是秋宝总不愿意，用手不住地拍在老妇人底脸上，于是老妇人生气地又说：

"那末那同他去吃早饭去罢，吃了早饭交给我。"

黄妈拼命地劝她多吃饭，一边说：

"半月来你就这样了，你真比来的时候还瘦了。你没有去照照镜子。

今天，吃一碗下去罢，你还要走三十里路呢。"

她只不关紧要地说了一句：

"你对我真好！"

但是太阳是升的非常高了，一个很好的天气，秋宝还是不肯离开他的母亲，老妇人便狠狠地将他从她底怀里夺去，秋宝用小小的脚踢在老妇人底肚子上，用小小的拳头搔住她底头发，高声呼喊她。妇人在后面说：

"让我吃了中饭去罢。"

老妇人却转过头，汹汹地答：

"赶快打起你底包袱去罢，早晚总有一次的！"

孩子的哭声便在她底耳内渐渐远去了。

打包裹的时候，耳内是听着孩子底哭声。黄妈在旁边，一边劝慰着她，一边却看她打进什么去。终于，她挟着一只旧的包裹走了。

她离开他的大门时，听见她底秋宝的哭声；可是慢慢地远远地走了三里路了，还听见她底秋宝的哭声。

暖和的太阳所照耀的路，在她底面前竟和天一样无穷止地长。当她走到一条河边的时候，她很想停止她底那么无力的脚步，向明澈可以照见她自己底身子的水底跳下去了。但在水边坐了一会之后，她还得依前去的方向，移动她自己底影子。

太阳已经过午了，一个村里的一个年老的乡人告诉她，路还有十五里。于是她向那个老人说：

"伯伯，请你代我就近叫一顶轿子罢，我是走不回去了！"

"你是有病的么？"老人问。

"是的，"她那时坐在村口的凉亭里面。

"你从那里来？"

妇人静默了一时答：

"我是向那里去的；早晨我以为自己会走的。"

老人怜悯地也没有多说话，就给她两位轿夫，一顶没蓬的轿。因为那是下秧的时节。

下午三四时的样子，一条狭窄而污秽的乡村小街上，抬过了一顶没蓬的轿子，轿里躺着一个脸色枯萎如同一张干瘪的黄菜叶那么的中年妇人，两眼朦胧地颓唐地闭着。嘴里的呼吸只有微弱地吐出。街上的人们个个睁着惊异的目光，怜悯地凝视着过去。一群孩子们，争噪地跟在轿后，好象一件奇异的事情落到这沉寂小村镇里来了。

春宝也是跟在轿后的孩子们中底一个，他还在似赶猪那么地哗着轿走，可是当轿子一转一个弯，却是向他底家里去的路，他却伸直了两手而奇怪了，等到轿子到了他家里的门口，他简直呆似地远远地站在前面，背靠在一株柱子上面向着轿，其余的孩子们胆怯地围在轿的两边。妇人走出来了，她昏迷的眼睛还认不清站在前面的，穿着褴褛的衣服，头发蓬乱的，身子和三年前一样的短小，那个八岁的孩子是她底春宝。突然，她哭出来地高叫了：

"春宝呀！"

一群孩子们，个个无意地吃了一惊，而春宝简直吓的躲进屋里他父亲那里去了。

妇人在灰暗的屋内坐了许久许久，她和她底丈夫都没有一句话。夜色降落了，他下垂的头昂起来，向她说：

"烧饭吃罢！"

妇人就不得已地站起来，向屋角上旋转了一周，一点也没有气力地对她丈夫说：

"米缸内是空空的……"

男人冷笑了一声，答说：

"你真是大人家里生活过了！米，盛在那只香烟盒子内。"

当天晚上，男子向她底儿子说：

"春宝，跟你底娘去睡！"

而春宝却靠在灶边哭起来了。他的母亲走近他，一边叫：

"春宝，宝宝！"

可是当她底手去抚摸他的时候，他又躲闪开了。男子加上说：

"会生疏得那么快，一顿打呢！"

她眼睁睁地睡在一张龌龊的狭板床上，春宝陌生似地睡在她底身边。在她底已经麻木的脑内，仿佛秋宝肥白可爱地在她身边挣动着，她伸出两手想去抱，可是身边是春宝。这时，春宝睡着了，转了一个身，她底母亲紧紧地将他抱住，而孩子却从微弱的鼾声中，脸伏在她底胸膛上，两手抚摩着她底两乳。

沉静而寒冷的死一般的长夜，似无限地拖延着，拖延着……

一九三零年一月二十日

（原载于《萌芽》月刊 1 卷 3 期）

【作品导读】

中国新文学经过 20 世纪 20 年代的磨炼后，现代小说的创作在 30 年代逐步走向成熟。此时期出现了左翼小说的生力军，如萧军、萧红、沙汀、艾芜、张天翼、丁玲、胡也频、柔石等人，并且小说的创作数量之多、水平之高远远超过了 20 年代。柔石的创作也是随着新文学运动的进程不断进步，其作品与现实生活联系紧密，多取材于自己的生活经历。如《二月》表达的是大革命前夕社会的黑暗沉闷，同时反映了此时期知识分子找不到出路的苦恼与困境，细腻地表达了柔石对社会和人生的思考。

《为奴隶的母亲》创作于 1930 年左翼文学运动的发端期。作品着力刻画的是一个被压迫和蹂躏的贫苦妇女春宝娘的形象。一位可怜的母亲，一个酗酒赌博的丈夫，两个无辜的孩子，迂腐的秀才和善妒的大妻。春宝娘丈夫为换得 100 块大洋维持生活，竟将自己的妻子典给当地的秀才，而妻子最终不得不撇下 5 岁的儿子春宝，去为秀才生儿子。当这位母亲得知自己被典出去之后，回忆起了自己那个一出生就死去了的女儿——被她的丈夫扔进沸水、毫无挣扎地就被活活烫死的女儿。因为这个女儿不能为她的父亲带来利益，不能光宗耀祖，不能传宗接代，所以必须死。这种残忍的没有人性的思想与行为和春宝娘遭受到的封建"典妻"制度一样，都是建立在摧残女性身心、物化女性的剥削制度上。

这部小说中出现的另一个女性形象就是秀才的大妻，她一方面希望春宝娘能够生个儿子，另一方面又迫不及待地要赶她走。她吃斋念佛却又满腹心机。她强迫秋宝叫自己妈妈，而对于亲生母亲，她却只许秋宝叫婶婶。她不允许别人威胁她大妻的位置，这也是她赶走秋宝娘的主要原因。由于秀才惧内，她拥有较大的话语权，这使她的地位远远高于其他女性，也使她忘记了她和秋宝母亲其实是同一类人。"不孝有三，无后为大"本就是封建伦理纲常对女性的束缚与压榨，秀才的大妻本身作为封建社会的牺牲品却不自知，反而成为坚定维护封建社会的卫道士。

　　作者用冷峻细腻的笔触将旧社会惨无人道的"典妻"现象呈现在世人眼前，采用大量的白描将自己激愤的情绪蕴含在真切的生活描写中，带领读者从"触手可及"的生活画面里去思考人生命运与社会的重大课题，体现了深刻的现实主义批判精神。

【思考与练习】

1. 简析《为奴隶的母亲》中"秀才妻子"的形象及其意义。

2. 以柔石小说为中心思考左翼作家的底层关怀。

（撰稿：刘红茹）

山峡中

艾 芜

艾芜（1904—1992），四川省新繁县人。原名汤道耕，因受胡适"人要爱大我（社会）也要爱小我（自己）"主张的影响，遂取名"爱吾"，后逐渐衍变为"艾芜"。1925 年夏天，艾芜为逃避旧式包办婚姻而离家出走，漂泊于云南边境与缅甸等地，当过小学教师、杂役和报纸编辑，1932年加入中国左翼作家联盟，开始发表小说。艾芜是最早把西南边疆地区下层社会的风貌和异国人民在殖民地统治下的生活，带进现代文学创作中来的作家之一，对于开拓新文学创作的领域作出了贡献。小说创作主要有短篇小说集《山中牧歌》（1934）、《南国之夜》（1935）、《南行记》（1935）、《夜景》（1936）、《芭蕉谷》（1937）和中篇小说《春天》（1937），以及长篇小说《山野》（1948）、《百炼成钢》（1958）等。

江上横着铁链做成的索桥，巨蟒似的，现出顽强古怪的样子，终于渐渐吞蚀在夜色中了。

桥下凶恶的江水，在黑暗中奔腾着，咆哮着，发怒地冲打崖石，激起吓人的巨响。

两岸蛮野的山峰，好像也在怕着脚下的奔流，无法避开一样，都把头尽量地躲入疏星寥落的空际。

夏天的山中之夜，阴郁、寒冷、怕人。

桥头的神祠，破败而荒凉的，显然已给人类忘记了，遗弃了，孤零零地躺着，只有山风江流送着它的余年。

我们这几个被世界抛却的人们，到晚上的时候，趁着月色星光，就从远山那边的市集里，悄悄地爬了下来，进去和残废的神们，一块儿住着，作为暂时的自由之家。

黄黑斑驳的神龛面前，烧着一堆煮饭的野火，跳起熊熊的红光，就把伸手取暖的阴影，鲜明地绘在火堆的周遭。上面金衣剥落的江神，虽也在暗淡的红色光影中，显出一足踏着龙头的悲壮样子，但人一看见那只扬起的握剑的手，是那么的残破，危危欲坠了，谁也要怜惜他这位末路英雄的。锅盖的四围，呼呼地冒出白色的蒸气，咸肉的香味和着松柴的芬芳，一时到处弥漫起来。这是宜于哼小曲、吹口哨的悠闲时候，但大家都是静默地坐着，只在暖暖手。

另一边角落里，燃着一节残缺的蜡烛，摇曳地吐出微黄的光辉，展画出另一个黯淡的世界。没头的土地菩萨侧边，躺着小黑牛，污腻的上身完全裸露出来，正无力地呻唤着，衣和裤上的血迹，有的干了，有的还是湿渍渍的。夜白飞就坐在旁边，给他揉着腰杆，擦着背，一发现重伤的地方，便惊讶地喊：

"呵呀，这一处！"

接着咒骂起来：

"他妈的！这地方的人，真毒！老子走尽天下，也没碰见过这些吃人的东西！……这里的江水也可恶，像今晚要把我们冲走一样！"

夜愈静寂，江水也愈吼得厉害，地和屋宇和神龛都在震颤起来。

"小伙子，我告诉你，这算什么呢？对待我们更要残酷的人，天底下还多哩……苍蝇一样的多哩！"

这是老头子不高兴的声音，由那薄暗的地方送来，仿佛在责备着："你为什么要大惊小怪哪！"他躺在一张破烂虎皮的毯子上面，样子却望不清楚，只是铁烟管上的旱烟，现出一明一暗的红焰。复又吐出教训的话语：

"我么？人老了，拳头棍棒可就挨得不少。……想想看，吃我们这行饭，不怕挨打就是本钱哪！……没本钱怎么做生意呢？"

在这边烤火的鬼冬哥把手一张，脑袋一仰，就大声插嘴过去，一半是讨老人的好，一半是夸自己的狠。

"是呀，要活下去。我们这批人打断腿子倒是常有的事情，……像那回在鸡街，鼻血打出了，牙齿打脱了，腰杆也差不多伸不起来，我回来的时候，不是还在笑吗？……"

"对哪！"老头子高兴地坐了起来，"还有，小黑牛就是太笨了，嘴巴又不会扯谎，有些事情一说就说脱了的，……像今天，你说，也掉东西，谁还拉着你哩？……只晓得说'不是我，不是我'就是这一句，人家怎不搜你身上呢？……不怕挨打，也好嘛！……呻唤，呻唤，尽是呻唤！"

我虽是没有就着火光看书了，但却仍旧把书拿在手里的。鬼冬哥得了老头子的赞许，就动手动脚起来，一把抓着我的书喊道：

"看什么？书上的废话，有什么用呢？一个钱也不值……烧起来还当不得这一根干柴……听，老人家在讲我们的学问哪！"

一面就把一根干柴，送进火里。

老头子在砖上叩去了铁烟管上的余烬，很矜持地说道：

"我们的学问，没有写在纸上……写来给傻子读么？……第一……一句话，就是不怕和扯谎！……第二……我们的学问，哈哈哈。"

似乎一下子觉出了，我才同他合伙没多久的，便用笑声掩饰着更深一层的话了。

"烧了吧，烧了吧，你这本傻子才肯读的书！"

鬼冬哥作势要把书抛进火里去，我忙抢着喊：

"不行！不行！"

侧边的人就叫了起来：

"锅碰倒了！锅碰倒了！"

"同你的书一块去跳江吧！"

鬼冬哥笑着把书丢给了我。

老头子轻徐地向我说道：

"你高兴同我们一道走，还带那些书做什么呢？……那是没用的。小时候我也读过一两本。"

"用处是不大的，不过闲着的时候，看看罢了，像你老人家无事时吸烟一样。……"

我不愿同老头子引起争论，因为就有再好的理由也说不服他这顽强的人的，所以便这样客气地答复他。他得意地笑了，笑声在黑暗中散播着。至于说到要同他们一道走，我却没有如何决定，只是一路上给生活压来说气愤话的时候，老头子就误以为我真的要入伙了。今天去干的那一件事，无非由于他们的逼迫，凑凑角色罢了，并不是另一个新生活的开始。我打算趁此向老头子说明，也许不多几天，就要独自走我的，但却给小黑牛突然一阵猛烈的呻唤，打断了。

大家皱着眉头沉默着。

在这些时候，不息地打着桥头的江涛，仿佛要冲进庙来，扫荡一切似的。江风也比往天晚上大些，夹着尘沙，一阵阵地滚入，简直要连人连锅连火吹走一样。

残烛熄灭，火堆也闷着烟，全世界的光明，统给风带走了，一切重返于无涯的黑暗。只有小黑牛痛苦的呻吟，还表示出了我们悲惨生活的存在。

野老鸦拨着火堆，尖起嘴巴吹，闪闪的红光，依旧喜悦地跳起，周遭不好看的脸子。重又画出来了。大家吐了一口舒适的气。野老鸦却是流着眼泪了，因为刚才吹的时候，湿烟熏着了他的眼睛，他伸手揉揉之后，独自悠悠地说：

"今晚的大江，吼得这么大……又闪……像要吃人的光景哩，该不会出事吧……"

大家仍旧沉默着。外面的山风、江涛，不停地咆哮，不停地怒吼，好像诅咒我们的存在似的。

小黑牛突然大声地呻唤，发出痛苦的呓语：

"哎呀……哎……害了我了……害了我了……哎呀……哎呀……我不干了！我不……"

替他擦着伤处的夜白飞，点燃了残烛，用一只手挡着风，照映出小黑牛打坏了的身子——正痉挛地做出要翻身不能翻的痛苦光景，就赶快替他往腰部揉一揉，狠狠地抱怨他：

"你在说什么？你……鬼附着你哪！"

同时掉头回去，恐怖地望望黑暗中的老头子。

小黑牛突地翻过身，沙声嘶叫：

"你们不得好死的！你们！……菩萨！菩萨呀！"

已经躺下的老头子突然坐了起来，轻声说道：

"这样吗？……哦……"

忽又生气了，把铁烟管用力地往砖上叩了一下，说：

"菩萨，菩萨，菩萨也同你一样的倒霉！"

交闪在火光上面的眼光，都你望我，我望你地，现出不安的神色。

野老鸦向着黑暗的门外，看了一下，仍旧静静地说：

"今晚的江水实在吼得太大了！……我说嘛……"

"你说……你一开口，就是吉利的！"

鬼冬哥粗暴地盯了野老鸦一眼，狠狠地诅咒着。

一阵风又从破门框上刮了进来，激起点点红艳的火星，直朝鬼冬哥的身上溅射。他赶快退后几步，向门外黑暗中的风声，扬着拳头骂：

"你进来！你进来！……"

神祠后面的小门一开，白色鲜朗的玻璃灯光和着一位油黑蛋脸的年轻姑娘，连同笑声，挤进我们这个暗淡的世界里来了。黑暗、沉闷和忧郁，都悄悄地躲去。

"喂，懒人们！饭煮得怎样了？……孩子都要饿哭了哩！"

一手提灯，一手抱着一块木头人儿，亲昵地偎在怀里，做出母亲那样高兴的神情。

蹲着暖手的鬼冬哥把头一仰，手一张，高声哗笑起来：

"哈呀，野猫子，……一大半天，我说你在后面做什么？……你原来是在生孩子哪！……"

"呸，我在生你！"

接着"啵"的响了一声，野猫子生气了，鼓起原来就是很大的乌黑眼睛，把木人儿打在鬼冬哥的身旁；一下子冲到火堆边上，放下了灯，揭开锅盖，用筷子查看锅里翻腾滚沸的咸肉。白蒙蒙的蒸气，便在雪亮的灯光中，袅袅地上升着。

鬼冬哥拾起木人儿，做模作样地喊道：

"呵呀……尿都跌出来了！……好狠毒的妈妈！"

野猫子不说话，只把嘴巴一尖，头颈一伸，向他做个顽皮的鬼脸，就撕着一大块油腻腻的肉，有味地嚼她的。

小骡子用手肘碰碰我，斜起眼睛打趣说：

"今天不是还在替孩子买衣料吗?"

接着大笑起来:

"吓吓……酒鬼……吓吓酒鬼。"

鬼冬哥也突地记起了,哗笑着,向我喊:

"该你抱!该你抱!"

就把木人儿递在我的面前。

野猫子将锅盖骤然一盖,抓着木人儿,抓着灯,像风一样蓦地卷开了。

小骡子的眼珠跟着她的身子溜,点点头说:

"活像哪,活像哪,一条野猫子!"

她把灯、木人儿和她自己,一同蹲在老头子的面前,撒娇地说:

"爷爷,你抱抱!娃儿哭哩!"

老头子正生气地坐着,虎着脸,耳根下的刀痕,绽出红涨的痕迹,不搭理他的女儿。女儿却不怕爸爸的,就把木人儿的蓝色小光头,伸向短短的络腮胡上,顽皮地乱闯着,一面努起小嘴巴,娇声娇气地说:

"抱,嗯,抱,一定要抱!"

"不!"

老头子的牙齿缝里挤出这么一声。

"嗯,一定要抱,一定要,一定!"

老头子在各方面,都很顽强的,但对女儿却每一次总是无可如何地屈服了。接着木人儿,对在鼻子尖上,鼓大眼睛,粗声粗气地打趣道:

"你是哪个的孩子?……喊声外公吧!喊,蠢东西!"

"不给你玩!拿来,拿来!"

野猫子一把抓去了,气得翘起了嘴巴。

老头子却粗暴地哗笑起来。大家都感到了异常的轻松,因为残留在这个小世界里的怒气,这一下子也已完全冰消了。

我只把眼光放在书上,心里却另外浮起了今天那一件新鲜而有趣的事情。

早上,他们叫我装作农家小子,拿着一根长烟袋,野猫子扮成农家小媳妇,提着一只小竹篮,同到远山那边的市集里,假作去买东西。他们呢，两个三个地，远远尾在我们的后面，也装作忙忙赶市的样子。往日我只是留着守东西，从不曾伙同他们去干的，今天机会一到，便逼着扮演一位不重要的角色，可笑而好玩地登台了。

山中的市集，也很热闹的，拥挤着许多远地来的庄稼人。野猫子同我走到一家布摊子的面前，她就把竹篮子套在手腕上，乱翻起摊子上的布来，选着条纹花的说不好，选着棋盘格的也说不好，惹得老板也感到烦厌了。最后她扯出一匹蓝底白花的印花布，喜滋滋地叫道：

"呵呀，这才好看哪！"

随即掉转身来，鼓起乌溜溜的眼睛，对我说：

"爸爸……买一件给阿狗吧！"

我简直想笑起来——天呀，她怎么装得这样像！幸好始终板起了面孔，立刻记起了他们教我的话。

"不行，太贵了！……我没那样多的钱花！"

"酒鬼，我晓得！你的钱，是要喝马尿水的！"

同时在我的鼻子尖上，竖起一根示威的指头，点了两点。说完就一下子转过身去，气狠狠地把布丢在摊子上。

于是，两个人就小小地吵起嘴来了。

满以为狡猾的老板总要看我们这幕滑稽剧的，哪知道他才是见惯不惊了，眼睛始终照顾着他的摊子。

野猫子最后赌气说：

"不买了，什么也不买了！"

一面却向对面街边上的货摊子望去。突然做出吃惊的样子，低声地向我也是向着老板喊：

"呀！看，小偷在摸东西哪！"

我一望去，简直吓灰了脸，怎么野猫子会来这一着？在那边干的人不正是夜白飞、小黑牛他们吗？

然而，正因为这一着，事情却得手了。后来，小骡子在路上告诉我，就是在这个时候，狡猾的老板始把时时刻刻都在提防的眼光引向远去，他才趁势偷去一匹上好的细布的。当时我却不知道，只听得老板幸灾乐祸地袖着手说：

"好呀！好呀！王老三，你也倒霉了！"

我还呆着看，野猫子便揪了我一把，喊道：

"酒鬼，死了么？"

我便跟着她赶快走开，却听着老板在后面冷冷地笑着，说风凉话哩。

"年纪轻轻，就这样的泼辣！咳！"

野猫子掉回头来啐了一口。

……

"看进去了！看进去了！"

鬼冬哥一面端开炖肉的锅，一面打趣着我。

于是，我的回味便同山风刮着的火烟一道儿溜走了。

中夜，纷乱的足声和嘈杂的低语，惊醒了我；我没有翻爬起来，只是静静地睡着。像是野猫子吧？走到我所睡的地方，站了一会，小声说道：

"睡熟了，睡熟了。"

我知道一定有什么瞒我的事在发生着了，心里禁不住惊跳起来，但却不敢翻动，只是尖起耳朵凝神地听着。忽然听见夜白飞哀求的声音，在黑暗中颤抖地说着：

"这太残酷了，太，太残酷了……魏大爷，可怜他是……"

尾声低小下去，听着的只是夜深打岸的江涛。

接着老头子发出钢铁一样的高声，叱责着。

"天底下的人，谁可怜过我们？……小伙子，个个都对我们捏着拳头哪！要是心肠软一点，还活得到今天吗？你……哼，你！小伙子，在这里，懦弱的人是不配活的……他，又知道我们的……咳，那么多！怎好白白放走呢？"

那边角落里躺着的小黑牛，似乎被人抬了起来，一路带着痛苦的呻唤和着杂乱的脚步，流向神祠的外面去。一时屋里静悄悄的了，简直空洞得十分怕人。

我轻轻地抬起头，朝破壁缝中望去，外面一片清朗的月色，已把山峰的姿影，崖石的面部和林木的参差，或浓或淡地画了出来，更显着峡壁的阴森和凄郁，比黄昏时候看起来还要怕人些。山脚底，汹涌着一片蓝色的奔流，碰着江中的石礁，不断地在月光中，溅跃起、喷射起银白的水花。

白天，尤其黄昏时候。看起来像是顽强古怪的铁索桥呢，这时却在皎洁的月下，露出妩媚的身影了。

老头子和野猫子站在桥头。影子投在地上。江风掠飞着他们的衣裳。

另外抬着东西的几个阴影，走到索桥的中部，便停了下来。蓦地一个人那么样的形体，很快地，丢下江去。原先就是怒吼着的江涛，却并没有因此激起一点另外的声息，只是一霎时在落下处，跳起了丈多高亮晶晶的水珠，然而也就马上消灭了。

我明白了，小黑牛已经在这世界上，凭借着一只残酷的巨手，完结了他的悲惨的命运了。但他往天那样老实而苦恼的农民样子，却还遗留在我的心里，搅得我一时无法安睡。

他们回来了。大家都是默无一语地，悄然睡下，显见得这件事的结局是不得已的，谁也不高兴做的。

在黑暗中，野老鸦翻了一个身，自言自语地低声说道：

"江水实在吼得太大了！"

没有谁，答一句话，只有庙外的江涛和山风，鼓噪地应和着。

我回忆起小黑牛坐在坡上息气时，常常爱说的那一句话了。

"那多好呀！……那样的山地！……还有那小牛！"

随着他那忧郁的眼睛，瞭望去，一定会在晴明的远山上面，看出点点灰色的茅屋和正在缕缕升起的蓝色轻烟的。同伴们也知道，他是被那远处人家的景色，勾引起深沉的怀乡病了，但却没有谁来安慰他，只是一阵地瞎打趣。

小骡子每次都爱接着他的话说：

"还有那白白胖胖的女人啰！"

另一人插嘴道：

"正在张太爷家里享福哪，吃好穿好的。"

小黑牛呆住了，默默地低下了头。

"鬼东西，总爱提这些！……我们打几盘再走吧，牌嗬？牌嗬？……谁捡着？"

夜白飞始终祖护着小黑牛；众人知道小黑牛的悲惨故事，也是由他的嘴巴传达出来的。

"又是在想，又是在想！你要回去死在张太爷的拳头下才好的！……同你的山地牛儿一块去死吧！"

鬼冬哥在小黑牛的鼻子尖上，示威似的摇一摇拳头，就抽身到树荫下打纸牌去了。

小黑牛在那个世界里躲开了张太爷的拳击，掉过身来在这个世界里，却仍然又免不了江流的吞食。不禁就由这想起，难道穷苦人的生活本身，便原是悲痛而残酷的么？也许地球上还有另外的光明留给我们的吧？明天我终于要走了。

次晨醒来，只有野猫子和我留着。

破败凋残的神祠，尘灰满积的神龛，吊挂蛛网的屋角，俱如我枯燥的心地一样，是灰色的、暗淡的。

除却时时刻刻都在震人心房的江涛声而外，在这里简直可以说没有一样东西使人感到兴奋了。

野猫子先我起来，穿着青花布的短衣，大脚筒的黑绸裤，独自生着火，炖着开水，悠悠闲闲地坐在火旁边唱着：

> 江水呵，
> 慢慢流，
> 流呀流，
> 流到东边大海头。

我一面爬起来扣着衣纽，听着这样的歌声，越发感到岑寂。便没精打采地问（其实自己也是知道的）：

"野猫子，他们哪里去了？"

"发财去了！"

接着又唱她的。

那儿呀，没有忧！

那儿呀，没有愁！

她见我不时朝昨夜小黑牛睡的地方瞭望，便打探似的说道：

"小黑牛昨夜可真叫得凶，大家都吵来睡不着。"

一面闪着她乌黑的狡猾的眼睛。

"我没听见。"

打算听她再捏造些什么话，便故意这样地回答。

她便继续说：

"一早就抬他去医伤去了！……他真是个该死的家伙，不是爸爸估着他，说着好，他还不去呢！"

她比着手势，很出色地形容着，好像真有那么一回事一样。

刚在火堆边坐着的我简直感到愤怒了，便低下头去，用干枝拨着火冷冷地说：

"你的爸爸，太好了，太好了！……可惜我却不能多跟他老人家几天了。"

"你要走了吗？"她吃了一惊，随即生气地骂道，"你也想学小黑牛了！"

"也许……不过……"

我一面用干枝划着灰，一面犹豫地说。

"不过什么？不过！……爸爸说得好，懦弱的人，一辈子只有给人踏着过日子的。……伸起腰杆吧！抬起头吧！……羞不羞哪，像小黑牛那样子！"

"你的爸爸，说的话，是对的，做的事，却错了！"

"为什么？"

"你说为什么？……并且昨夜的事情，我通通看见了！"

我说着，冷冷的眼光浮了起来。看见她突然变了脸色，但又一下子恢复了原状，而且狡猾地说着："吓吓，就是为了这才要走吗？你这不中用的！"

马上揭开开水罐子看，气冲冲地骂：

"还不开！还不开！"

蓦地像风一样卷到神殿后面去，一会，抱了一抱干柴出来，一面拨大火，一面柔和地说：

"害怕吗？要活下去，怕是不行的。昨夜的事，多着哩，久了就会见惯了的……是吗？规规矩矩地跟我们吧……你这阿狗的爹，哈哈哈！"

她狂笑起来，随即抓着昨夜丢下了的木人儿，顽皮地命令我道：

“木头，抱，抱，他哭哩！”

我笑了起来，但却仍然去整顿我的衣衫和书。

“真的要走么？来来来，到后面去！”

她的两条眉峰一竖，眼睛露出恶毒的光芒，看起来，却是又美丽又可怕的。

她比我矮一个头，身子虽是结实，但却总是小小的，一种好奇的冲动作弄着我：于是无意识地笑了一下，便尾着她到后面去了。

她从柴草中抓出一把雪亮的刀来，半张不理地，递给我，斜睨着狡猾的眼睛，命令道：

“试试看，哪，你砍这棵树！”

我由她摆布，接着刀，照着面前的黄果树，用力砍去，结果只砍半寸多深。因为使刀的本事，我原是不行的。

“让我来！”

她突地活跃了起来，夺去了刀，做出一个侧面骑马的姿势，很结实地一挥，喳的一刀，便没入树身三四寸的光景，又毫不费力地拔了出来，依旧放在柴草里面，然后气昂昂地走来我的面前，两手插在腰上，微微地噘起嘴巴，笑嘻嘻地嘲弄我：

“你怎么走得脱呢？……你怎么走得脱呢？”

于是，在这无人的山中，我给这位比我小块的野女子，窘住了。正还打算这样地回答她：

“你的爸爸会让我走的！”

但她却忽然抽身跑开了，一面高声唱着，仿佛奏着凯旋一样：

这儿呀，也没有忧，

这儿呀，也没有愁。

我慢步走到江边去，无可奈何地徘徊着。

峰尖浸着粉红的朝阳。山半腰，抹着一两条淡淡的白雾。崖头苍翠的树丛，如同洗后一样的鲜绿。峡里面，到处都流溢着清新的晨光。江水仍旧发着吼声，但却没有夜来那样的怕人。清亮的波涛，碰在嶙峋的石上，溅起万朵灿然的银花，宛若江在笑着一样。谁能猜到这样美好的地方，曾经发生过夜来那样可怕的事情呢？

午后，在江流的澎湃中，迸裂出马铃子连击的声响，渐渐强大起来。野猫子和我都感到非常的诧异，赶快跑出去看。久无人行的索桥那面，从崖上转下来一小队人，正由桥上走了过来。为首的一个胖家伙，骑着马，十多个灰衣的小兵，尾在后面。还有两三个行李挑子，和一架坐着女人的滑竿。

"糟了！我们的对头呀！"

野猫子恐慌起来，我却故意喜欢地说道：

"那么，是我的救星了！"

野猫子狠狠地看了我一眼，把嘴唇紧紧地闭着，两只嘴角朝下一弯，傲然地说：

"我还怕么？……爸爸说的，我们原是在刀上过日子哪！迟早总有那么一天的。"

他们一行人来到庙前，便息了下来。老爷和太太坐在石阶上，互相温存地问询着。勤务兵似的孩子，赶忙在挑子里面，找寻着温水瓶和毛巾。抬滑竿的夫子，满头都是汗，走下江边去喝江水。兵士们把枪横在地上，从耳上取下香烟缓缓地点燃，吸着。另一个班长似的灰衣汉子，军帽挂在脑后，毛巾缠在颈上，走到我们的面前。枪兜子抵在我的脚边，眼睛盯着野猫子，盘问我们是做什么的，从什么地方来，到什么地方去。

野猫子咬着嘴唇，不作声。

我就从容地回答他，说我们是山那边的人，今天从丈母家回来，在此息息气的。同时催促野猫子说：

"我们走吧？——阿狗怕在家里哭哩！"

"是呀，我很担心的。……唉，我的足怪疼哩！"

野猫子做出焦眉愁眼的样子，一面就摸着她的足，叹气。

"那就再息一会吧。"

我们便开始讲起山那边家中的牛马和鸡鸭，竭力做出一副庄稼人的应有的风度。

他们息了一会，就忙着赶路走了。

野猫子欢喜得直是跳，抓着我喊：

"你怎么不叫他们抓我呢？怎么不呢？怎么不呢？"

她静下来叹一口气，说：

"我倒打算杀你哩，唉，我以为你是恨我们的……我还想杀了你，好在他们面前显显本事。……先前，我还不曾单独杀过一个人哩。"

我静静地笑着说：

"那么，现在还可以杀哩。"

"不，我现在为什么要杀你呢？……"

"那么，规规矩矩地让我走吧！"

"不！你得让爸爸好好地教导一下子！……往后再吃几个人血馒头就好了！"

她坚决地吐出这话之后，就重又唱着她那常常在哼的歌曲，我的话、我的祈求，全不理睬了。

于是，我只好待着黄昏的到来，抑郁地。

晚上，他们回来了，带着那么多的"财喜"，看情形，显然是完全胜利，而且不像昨天那样小干的了。老头子喝得泥醉，由鬼冬哥的背上放下，便呼呼地睡着。原来大家因为今天事事得手，就都在半路上的山家酒店里，喝过庆贺的酒了。

夜深都睡得很熟，神殿上交响着鼻息的鼾声。我却不能安睡下去，便在江流激湍中，思索着明天怎样对付老头子的话语，同时也打算趁此夜深人静，悄悄地离开此地。但一想到山中不熟悉的路径，和夜间出游的野物，便又只好等待天明了。

大约将近黎明的时候，我才昏昏地沉入梦中。醒来时，已快近午，发现出同伴们都已不见了，空空洞洞的破残神祠里，只我一人独自留着。江涛仍旧热心地打着崖石，不过比往天却显得单调些、寂寞些了。

我想着，这大概是我昨晚独自在这里过夜，做了一场荒诞不经的梦，今朝从梦中醒来，才有点感觉异常吧。

但看见躺在砖地上的灰堆，灰堆旁边的木人儿，与乎留在我书里的三块银圆时，烟霭也似的遐思和怅惘，便在我岑寂的心上缕缕地升起来了。

一九三三年冬　上海

（选自《青年界》1934 年第 5 卷第 3 期）

【作品导读】

艾芜于 1932 年加入"左联",是一位独具个性的左翼小说家。这位自称是"墨水瓶挂在颈子上写作的"作家,将自己的流浪生活化作素材融进小说创作,形成了别具一格的流浪汉小说。艾芜早期的作品,主要取材于其青年时期在西南边境与南洋的流浪经历,他选取的人物多为下层人民中的"弱小者"。在这些作品中,艾芜不仅肆意描绘了南国瑰奇的自然风光,也充分表现了下层人民的苦难、挣扎与反抗,讴歌了下层人民所固有的人性美和人情美。新中国成立后,他保持自身原有风格并汲取时代因子将其继续发展,从普通工人或农民的平凡生活中,揭示出他们的美好情怀和内心世界。

《山峡中》是艾芜的成名作《南行记》中的一篇,此篇能集中展现艾芜早期小说创作的风格,也能展现《南行记》的独特魅力。《山峡中》运用第一人称,记述了"我"在滇西怒江峡谷中与一群"被世界抛却"、因而不得不走私行窃的盗贼团伙的故事。小说以精彩的环境描写开篇,艾芜的独特之处在于他对自然的描写不是纯客观的描绘,而是糅进了自己的主观感受,用感情去统摄风景和心理。《山峡中》开头写景、中间插景、结尾带景,对自然景色的描写贯穿、渗透到情节发展的全过程,而且在对自然的描写中,饱含着作家的感情,甚至暗藏着作家的人生观,它不仅渲染了气氛,还起着调节人物情绪的作用,使读者时时感受到自然与人那种隐而不露的神秘关系,这使他的小说带有浓烈的浪漫主义气息。

在《山峡中》,作者想要表达的主题,一方面在于揭露社会的黑暗无道、逼人成魔;另一方面想要尽力挖掘盗贼身上未泯的人性,在他们凶狠的外表下窥见其内心真、善、美的一面,即看到"他们性情中的纯金"(艾芜语)。对这一主题的表达,作者主要是通过塑造性格鲜明的人物形象来传达的。野猫子无疑是《山峡中》塑造得最为成功的一个人物形象,也是中国现代文学人物画廊中独一无二的女强盗形象。作为盗贼中的一员,野猫子身上必然具备盗匪的习性,如偷技娴熟、粗俗凶狠,等等。但对于野猫子这一形象,作者倾情全力表现的是作为一个情窦初开的花季少女对普通人生活的无限渴慕与向往。小说巧妙地通过一个木头娃娃的意象来表现：木头娃娃并不是野猫子的玩具，而是其理想的一种寄托和替代物。在正常的生活环境中，处在同样年龄的野猫子也许早已体会到作为母亲的幸福。然而，生活在盗贼这一另类的人群中，野猫子难以谈婚论嫁，为人母只能是野猫子心中难遂的奢望，把木头娃娃当作孩子这一情节不免打动人心。而魏大爷的本性也是善良的，他的沦落为盗，全是社会逼迫所致。着力揭示盗贼们凶残表象下未泯的人性，才是艾芜的真正意图所在。

《山峡中》以现实主义为基础，又带有浓郁浪漫主义色彩，无疑拓展了左翼文学的题材领域，丰富了革命文学的人物画廊，创造了别具一格的艺术风采，凸显了艾芜在现代文学史上的独特地位。

【思考与练习】

1. 在这篇小说中哪个人物形象给你留下最深刻的印象，为什么？

2. 请分析这篇小说中景物描写的作用。

3. 这篇小说是如何体现作者的浪漫主义风格的？

（撰稿：吉媛圆）

代理县长

沙 汀

沙汀（1904—1992），四川安县人，原名杨朝熙，现代作家。20 世纪 30 年代作为新人登上文坛，1932 年加入中国左翼作家联盟，之后创作日丰。沙汀擅长描写四川社会风习的小说，以现实主义创作方法和含蓄深沉的艺术气质描写中国农村，其小说具有极强的幽默感和浓郁的地方色彩，小说创作主要有：短篇小说集《法律外航线》（又名《航线》，1932 年）、《土饼》（1936 年）、《苦难》（1937 年）、《播种者》（1946 年）、《呼嚎》（1947 年）、《医生》（1951 年），中篇小说《奇异的旅程》（即《闯关》，1944 年），长篇小说《淘金记》（1943 年）、《困兽记》（1945 年）、《还乡记》（1948 年）、《堪察加小景》（1948 年）等。

在身分上虽然是县衙门，但在私人谈话间，即使是县长自己，也把它叫做标准"灵房。"因为这只是一排长五间的房屋，除掉柱头和檩子是道地的木料，其余都是用竹子扎成的。代替屋瓦的是茅草，周围栏着牛眼睛蔑笆。夜黑的时间最讨厌，山风从四面的山峡中兜灌下来，每每吹破蔑笆上的糊纸，于是老爷们就不能不尽量把头缩进被窝里去，睡做一团，做出那种乡下人叫作"狗撞对"的睡眠姿式。

县长到省城公干去了。他自己宣布的目的是请赈，但实际上是去活动政费的。他已经去了两月，起初时常给同僚来信，告诉他们一些接洽上的烦难，最近却少有信来了。他是军官出身，又住过半年县政训练班，所以当接到委任时，一看是灾区，便很热情地表示他要苦干一下。不过一走进这残破的城市，他却又立刻灰心了。用他自己的话来讲，他"马上冷了半截，"因为他"连做梦也没有梦到会这样的糟！"

现在，留在衙门里的只有第一科和第三科科长，以及代理县长职务的秘书。秘书名叫贺熙，是个年近四十的汉子，面孔白净，毛眼却极粗大。他当过小学教员，后来又在招安军队里混过很长的时间。本是有烟癖的，但早已只吞服一两颗泡子"吊瘾"了。他的动作活泼，脸上很会表情，简直是"要哭有哭，要笑有笑"的。他常常自夸他是一个老"跑滩匠，"见过很多稀奇古怪的场面。

他这时正在誊写禁止灾民出境的告示。第三科科长也在埋着头写，别一个却还摊在床上。这本甚健旺的老人已经弄出毛病来了，他紧裹在被窝里，只留有一张黄而打皱的大脸露在被外，头上缠着一条"祝君早安"的毛巾。他在唠唠叨叨地抱怨着，很不满意县长。他早年曾经做过一两度县衙门的收发员，是个肝火极旺的人。

"简直是胡涂虫，"他忽然认真地说，微微欠身起来；"胡涂虫还晓得爬一下！……才接到委任状我就对他讲，我说：要把政费靠稳呵！——本来地方就苦寒呵！——这个恍字号！"

他突地摇着头哼声叹气起来，重新躺下去了。跟着来的是一声沉重的叹息。他觉得这一次的出门太失策，倒是蹲在家里坐冷板凳好些。那第三科科长没有答理他，这是一个沉闷而少话说的青年人，油黑的面孔上生着几粒面疱。他便在清闲时候也只会挤出着面疱里的油脂消遣。到底秘书转过脸来，用笔管头搔着鼻翼，笑道：

"他是太相信苦干了呀！"他照例把一切都付之一笑。

但老头儿却是严肃的和认真的，这使他更加生气起来，他拍着床怒吼道：

"苦干个屁！麻我么？一来就清查这门款子，那门款子，看出没有指望，就溜了！真好意思得！"

秘书没有回答，仅只从鼻孔里嗤嗤地笑了两声。屋子里立刻沉静了。时钟滴搭地细语着，炖在火盆上的水罐发出幽微的声响。这时是早晨九点钟。为要赶忙把告示张贴出去，他们一起床就动手工作，所以屋子里还弄得乱七八糟的。地上散乱着口痰，谷草和火柴头，被盖毯子耸做一团。秘书甚至连脸也没有洗。末后他誊写好自己担任下的几分，大大地伸个懒腰，掷下笔站起来了。

"天底下那有那样多认得真的事呵！"他用叹气一般的声调说，两只手按着头发往后一拢。"我这个人就这样：没关系！到那匹山唱那个山歌，……"

他懒懒地自言自语着；一面校对着写好的告示，搔着头和肩膀，好像刚从灰堆里洗过澡来的鸡婆一样。这当中没有谁插他的嘴。他穿着一身灰布军服，只有三个黄铜钮扣，棉外套的领子高耸在肩头上。他随后走近火盆边去，拿食指在水罐里两搅，探探温度，于是动手洗起脸来。

他从床架上扯下一条毛巾，自负地叹息道：

"这种烂账日子我过得多哩！……"

他的洗脸是有一种特别的派头的。要滚锅的水洗，洗的时候把脸全浸进水里去，拿毛巾按着原是发痰的鼻子揉搓，息里呼哎，好像在水里搓洗衣服一样。随后还要打扫烟筒似的，用毛巾的一角尽量塞进鼻孔里去，不住地转动。"别的不要紧，"他常常这样愉快地说，"这帕脸非洗舒服不可！"

因为老头子又讲到要走的话，他就把水流水滴的脸略抬起来，打插他道：

"好好养你的病吧——既来之，则安之！"

"我没有什么安不安的！"老科长回答道，"住孤老院还比这里强得多！……我也登过一些衙门，从没有这样丧德！……真是做贼都要约一个好伙伴！……"

他说得很愤激，秘书继续收拾他的鼻子去了，息里呼哎的。那个年青科长也已誊好了自己担任的几分告示。他把它们叠在代理县长的台子上，用砚盒压好，便撅着厚嘴唇走向火盆边去，在一张没有背靠的大圈椅上坐下。他并不当心烤火，只是闷起脸呆想着，一只手弄着面疱。他出其不意地把眼射向老头儿毛茸茸的嘴上去，申诉道：

"他再不来信我们一道走！……"

"怎么！"秘书把毛巾从鼻孔里扯出来，故作惊异道，"你也想不开了么？……算了吧，老弟！这种生活就出十万元也买不到呢！

睡在床上都可以看山，还是雪景！又一点不受拘束，又可以随便把老百姓拖来打屁股，高兴的时候，……"

他的僚友正起面孔叫道：

"说正经话哇！"

"好，说正经话！"代理县长马上同意。"我敢向你们担保，这些告示一两天就会生效。索桥边给我派两个人守住，看还长得有翅膀么！一天平均拿十五个人计算吧！一个人五角，五的五，五五二块五，……"

老头子叹息说，"杯水车薪呵！"

"你难道一锄头就想挖一个金娃娃么？哈哈，所以呀！我给你说，不要慌：久坐必有一禅！"

他隔了好一会才收拾停妥。于是照例用手掌擦着脸，叹息了一句，"哎呀，这帕脸洗舒服了！"随即便推开那扇颇为别致的篾笆窗门。从这里望出去，便可以一眼看清那些俯瞰城市的山岭，一条黑狗在残缺的城墙上找死人吃。秘书凭着窗门呼叫了几声用人，但没有回声。几个一同跑来"发财"的随从，都陆续逃光了。现在为老爷们服役的是几名褴褛的壮丁。他们是从乡镇上征调来的，由当地居民凑集口粮喂养，下雪的时候还要供给柴火。

这些可怜人住的是一间小茅棚，好像赶鸭人的窝棚一样，每天就在那里吃喝睡眠，并且正正经经地为这全县最高机关服役。茅棚就建造在一段焚毁过的地基上，那原是县署头门的所在，现在只剩有四个石头门臼了，两根盘绕"猪矢练子"的石桩突出在地面上。秘书因为许久没人应声，趿起鞋子，拍达拍达的跑出去了。他张望了好一会，然后才发现出一个正在守卫着的公民。

这是一个十四五岁的青年，衣衫褴褛，黑布头帕上扣着一顶灰布军帽，已经睡着了。他蹲在门臼边的谷草上，头脸紧埋在膝头上，只有那根夹在腕里，饰着红布缨络的矛杆子还是挺立着的，看来倒像插在垃圾堆上的一样。秘书忍不住发笑了，他望那缠着牛毛袜子的腿杆踢了一脚，嚷叫道：

"吓，这才好看哩！……"

壮丁给立刻吵醒了，他怔了一下，随即右手在耳朵边一搁，赶紧挂着矛子撑起身来。

"敬礼！"他颤声说，又把手向耳朵边搁了一下。

"倒还没有忘记敬礼哩!"秘书作弄他说。"我问你,你们夜里是在做贼么?"

"没有睡,报告。"

"你听!唏,还说没有睡!"

"我只晕了一下,因为,——"

代理县长急急地打断他的解释,道:

"你们的道理总多的很呀!好吧,我下一次才同你讲:咦,你记着吧!我是说一句算一句的。"

他拿一串罗罗嗦嗦的谈话把壮丁支吾开去。原来他已猜到那"因为"后面跟来的照例的诉苦,口粮没有了,脚饿酸了,而接着便总是请给一点吃食的话:所以他不让他再说下去。本想追问另外几个人的下落,也就不再提起。他们大约是到城外山间找寻可吃的草类去了。他催促他赶快去请联保主任。待得壮丁阴缩缩地车开身去,他这才忍不住苦笑了两声,望着那褴褛的背影,摇摇头哼道:

"还要到那里去找告化儿呵!……"

当秘书正为病人炖好粥罐,联保主任走进来了。这人面貌黑瘦,浑身打扮得像寒暑表样,头戴雪帽,灰布单衫上罩着花缎马褂,下面是牛毛袜子的裹腿。他穷困了二十多年,现在才好容易找着一个替桑梓服务的机会。一进县衙门,他总要说几句坏话,生怕那些还在外乡亡命的绅士回来把他挤掉。他日夜都担心着这件意外。

他的眼睛是向外凸出的,在县长提起应该多邀几位正绅,回来帮忙地方上的"复兴"时,他就骨碌碌地转动着它们,佯笑道:

"他们肯给你回来呀?……哼,你怕是原先么!……说不得,县长!没钱的事只有我们这些傻子才肯干呀!……"

这一天他又找机会说了两三句坏话,随后秘书就同他谈起告示的事,以及禁止灾民出境的有效办法。代理县长说完过后,主任默默地想了一会,于是斯斯文文地站立起来,手背揩擦掉鼻尖上的水珠,强笑道:

"要报告秘书长,这个办法恐怕不行呢。"

"怎么不行?——只要你们肯办就行了呀:我懂得的!哈哈!"

"的确的!"主任认真地说,"秘书长出去看看就知道了。每个人至多只有一口烂锅，……"

"呵唷，难怪！你以为我们的目的是在筹款呀！……"

"不是不是！秘书长的意思是想为地方上保存点原气。这我是知道的；还消说么？……决不是！不过我试验过来，你一阻挡，他们就横扯，说，好呀！那你就供养我们：简直难缠得很！……"

秘书讽刺地插嘴道：

"完了，你都这讲，那只有让他们走好了！"

他说这话时，眼睛略略向上一闭，两手一摊，随即望枕头边找寻香烟去了。联保主任没有再说下去，好像突地失掉了记忆一样。他依旧呆立着，带着不甚自然的笑容，不时抿一抿嘴唇；病人从被盖边怒视着他，第三科科长一径在摸着面疱发愁。

待得秘书找出一枝压皱了的香烟，在炭火上吸燃，他这才又重新擦去鼻尖上的水珠，佯笑着说：

"我看根本要请点赈款来才行。……"

"你们这些人！"秘书装出不愉快的神气把颈项一偏；"我还要怎样说呢？康县长去省里就是请赈的，我们起码要叫他们拨五万元，……"

主任不大相信地笑道："有一万元都好了唷。……"

"五万！是一万么，我们就让他们自己来，请他们看看老百姓吃的是些什么东西！……"

"呵！我还没有报告，五狼沟又发现一家吃人肉的呵！"

"你详详细细写个报告来，姓名籍贯通写上，要不然又以为是我们骗人！……一定要他们拨五万；决无问题！……你像还不大相信呀？看你的神气，……"

"不是不相信，要快一点才好哩。嘻嘻！"

"快一点，又不是点火吃烟呀！……不要担空心，这只是一个时间问题。省赈会和总部里老康都有熟人，只要他去吹一声，就行了。"

"能够这样，那地方上就受福不浅了呵！可是我说在这里看，一听到赈款，许多人都会马上回来的！……"

主任摇了摇头，于是发着感慨，诉说起绅土们原早承办赈务的黑幕来了。

他们常是用八角的升子发赈，而且只有自己的亲族佃户有分。还有叫老百姓先出钱买了票据来领赈的。他在结末添说道：

"呵唷！他们的话都说得么？就只有没把大河里的水喝干！"

他的神气显得十分忧惧，但秘书却立刻给他保证，说是他决不能让这些"烂绅"染手。

"我们挨都不准他们挨，"他万分认真地说，"我们要自己办；你将来可以多出一点力。……"

"没有说的——秘书长是外乡人都这样热心哩！"

"不过这一件事呢，"代理县长指着告示说，"你得即刻就去办，最好一个都不要他们逃掉。"

"我总尽力就是了呀，没说的！白庙子安几个人，索桥边安几个人，看他还长得有翅膀么！哈哈！"

主任自负地挺了挺胸部，同时用手掌擦了一下清鼻涕，于是搓搓两手，挟起告示，很低地鞠躬几下，退出去了。秘书摇头摆脑地微笑起来，懒懒地吁出一口长气。老科长在床上叹息道：

"一说到赈款，就喉咙里都伸出手来了！……"

"你让他个舅子去蠢想呀，"秘书打着哈哈说。

十二点钟一敲过，那年青人伸伸懒腰，走出衙门午餐去了。自从厨子逃走以后，他就一径在邮政局搭火食；代理县长却是自己开锅。因为依照科长办法虽然方便，但这城里只有邮政局长的东西才敢放心大胆吃，而那里的空气却又十分拘谨。加之秘书对于口味很是考究，戒烟以后，他是更把精神集中到肠胃这方面来了。

和许多惯常出门的四川人一样，他自己也能够弄菜。那最得意的杰作是麻婆豆腐，回锅肉和烘蛋。但在这边地面兼灾区的地方，他却只好每天吃"猪骠"炒潼川豆豉。而且这还是他上任时准备就的。衙门里不大便于开火，所以每天餐饭时，他总得出街去临时借用老百姓家的锅灶。当作报酬，他每次给他们一个值银一分的大铜板，或者半碗剩饭。

他飘飘荡荡地从街面上经过着，一只手拧着包米的手帕，一手拧着穿挂猪骠的草绳，探出头脑，挨门挨户地问道：

"锅空么？——帮我烧一下子！"

倘若每一家人的锅灶都占用着在，他就坐在那家全城唯一无二的茶堂里等待一会。这城里现在只有临时搭凑的半段街道，一共不上三十户人，他全都和他们熟识；好像他自己的那只宝贝鼻子一样。所以要是什么人家的吃食下肚了，总不会忘记站在门首给他打一个招呼的。他们大都乐意给这清寒的老爷服役。

这一天帮他烧锅的是一个老年的孤孀。他吃过饭，打了两个略带烟熏气味的饱嗝，于是照例把猪膘提在眉毛边瞧瞧，自语道："看还吃得到一个礼拜么！"随即高高兴兴回衙门去了。因为当他正在挥动锅铲，而那一片一片的猪膘，也正在蜷缩，透油的时候，联保主任跑来报告他，说是索桥边已扣留下二十个以上的灾民了；所以他想回去夸耀一下他的智谋。

才一走进屋里，还来不及把猪膘挂向篱壁的竹钉上，他便撅起拇指笑道：

"如何？——说马上见效就马上见效！……"

"你看一下那里的信再高兴吧！"老科员捶着床嚷叫道，"真是岂有此理！"

"你又怎么了呵？老太爷！"秘书滑稽地瞪着眼睛问。

"又怎么了吗！"老头子继续道，"还不是那个混蛋！……真说得漂亮！叫我们再忍耐一两个月看！"

"呵唷，哈哈！我怕什么！……你让他个舅子去昏呀！横竖打饭平伙样，吃一节剥一节！"

"饭平伙也要打的匀称才好哩！……再这样下去真会连婆娘娃娃都对不住！……"

那第三科科长突地把手掌从面疱移开，嚷叫道：

"真太狗屎了！"

"我决定走，"老头子继续说，"难道我还要把几根老骨头送葬在这里么！……我明天就写信回去要盘川；自己垫钱就是了。……我不信会在这里拖得出什么好处来的。死了会连蓆折子都找不到一张哩。……"

他的声调忽然咽哽起来，于是秘书叹息道：

"不要瞎想吧，你又不是什么了不起的大病啦！……"停了一会，为要使得他的同僚振作起来，便又敞声道："呵唷，我先前还没有讲完呢，早上商量的事已经生效了呀，这个舅子！……"

他于是开始重述起联保主任的报告来。在应该使同僚宽心这一个道义的见地上，他还逐句夸张着，似乎那些灾民准定出钱无疑。但当他正在笑嚷道，"管他妈的，弄一个算一个呀！"而老头子也快已被说服下来的时候，联保主任走进来了。他已经改变了面目，满脸血痕，额头上粘贴着很厚的黑色灰烬；显然是乡下人医治生伤时常用的纸灰。

秘书呆了一下，站起来惊问道：

"你是怎么的！"他忍不住噗嗤一声笑出来了。

"怎么的吗！"主任喘着气说，"我才挡了一下，这些狗入的！……他们要强着过，我才挡了一下，他们就蛮干起来！……他们晓得几杆枪都是烂行头！……"

老头子突地从床上欠身起来，恳求道：

"请你们把墨盒子给我！"

他的脸色枯黄，声调略带颤抖，仿佛是在请求一件与生命有关的事情一样。秘书怔了一下，随即佯笑道，"好吧，我们一齐滚蛋！"于是他两手尽量一扬，直捷了当地向床上躺去了。……

然而秘书并没有决心走。联保主任去后，他又重新振作起来；把他的同僚也劝转来了。与其失业，他们不如再呆下去。这时是夜间，科长们都已睡着了，屋子里黑暗而静寂。代理县长还"团"在被窝里想心思。

他忽然为一种灵感所激动，觉得要是叫灾民买票候赈，这倒是一桩十分可靠的办法。他把老科长叫醒，急想告慰他。但那一个才应声，陡地一阵冷风灌来，他又赶快把头缩进被窝去了，一面嚷道：

"吓，你愁什么！——瘦狗还要炼它三斤油哩！……"他愈缩愈深，而当他重新蜷成一团时，他那新的计划也就愈加明确起来。

一九三六年十二月

（原载《苦难》，1937 年 7 月初版）

【作品导读】

《代理县长》是沙汀讽刺小说的代表作品之一。小说以 20 世纪 30 年代四川乡镇社会为背景，通过对某个县城一群基层官僚的描写与刻画，无情揭露了当时国民党基层政权的黑暗现实、政治腐败。

作者从他所熟悉的四川农村生活中精心选材，在大背景中选取几个小的生活片断和特定角度，经过精心剪裁充分挖掘所选生活片断的内在矛盾，进而透视社会历史的大背景和大主题，收到小中见大之奇效。小说通过一天时间内，代理县长挖空心思搜刮灾民钱财的几个生活片段，演绎了一段 20 世纪 30 年代国民党政权基层官僚的轻喜剧。县长以请赈的名义去省城活动政费，由县长秘书暂时代理县长行使职权。代理县长一方面"誊写禁止灾民出境的告示"，目的是为了能从出境逃荒的灾民身上捞些油水，填补政府公费；另一方面，他又以遥不可及的赈款为诱惑，让存有私心的联保主任死心踏地地为他办事。小说结尾，联保主任不但没有从灾民手里收到钱，还被愤怒的灾民打得满脸血痕，狼狈至极。但这些并没有让代理县长打消掉搜刮民财的念头，当晚躺在被窝里的代理县长又想出了新的办法。小说深刻揭示了国民党基层政权内部黑暗、腐败的现实。

在艺术上，这篇作品体现了沙汀小说艺术一贯的风格：幽默讽刺、含蓄深沉而富浓郁的地方生活气息，具有严谨、精细的艺术之美。作者严格遵循生活本身的逻辑，运用了大量真实精确、独特典型的细节描写刻画人物，冷峻客观而含蓄深沉。同时，作者又运用具有浓郁乡土气息而又极富个性化的讽刺语言和手法来展现人物性格内涵，精心塑造了一个贪婪油滑、极富心机而又不乏幽默的代理县长形象，个性鲜明，富有情趣。作者对代理县长们不置一词，但爱憎态度分明：既有对国民党基层政权官僚腐败黑暗的辛辣揭露和深刻批判，又包含着对处于苦难中农民的深切同情。

小说情节发展紧凑完整而富于张力，语言简洁洗练而又跌宕多姿。

【思考与练习】

1. 这篇小说表现了沙汀小说创作怎样的艺术风格？
2. 分析沙汀小说讽刺手法运用的特色。

（撰稿：李致）

嘱　咐

孙　犁

孙犁（1913—2002），原名孙树勋，河北省衡水市安平人，现当代著名小说家、散文家，"荷花淀派"的创始人，先后担任过《平原杂志》《天津日报》文艺副刊、《文艺通讯》等报刊的编辑，并著有关于编辑的作品。12岁开始接受新文学，受鲁迅和文学研究会影响很大。1927年开始进行文学创作。"孙犁"是他参加抗日战争后于1938年开始使用的笔名。孙犁、赵树理、周立波和柳青四位作家，被誉为描写农村生活的"四大名旦"和"四杆铁笔"。1944年在延安发表"白洋淀纪事之一《荷花淀》、之二《芦花荡》"等短篇小说，以其清新的艺术风格引起了文艺界的注意。此外，还有长篇小说《风云初记》（1980）、中篇小说《铁木前传》（1956）、文学评论集《文学短评》、叙事诗集《白洋淀之曲》、通讯报告集《农村速写》、散文集《津门小集》《晚华集》等。《白洋淀纪事》是作者最负盛名的一部小说和散文合集，其中的《荷花淀》《芦花荡》等作品，成为"荷花淀派"的主要代表作品。

水生斜背着一件日本皮大衣，偷过了平汉路，天刚大亮。家乡的平原景色，八年不见，并不生疏。这正是腊月天气，从平地上望过去，一直望到放射红光的太阳那里，他深深的吸了一口气。把身子一挺，十几天行军的疲累完全跑净，脚下轻飘飘的，眼有些晕，身子要飘起来。这八年，他走的多半是山路，他走过各式各样的山路，五台附近高山，黄河两岸的陡山，延安和塞北的大土圪塔山。那里有敌人就到那里去，枪背在肩上，拿在手里八年了。

水生是一个好战士，现在已经是一个副教导员。可是不瞒人说，八年里他也常常想到家，特别是在休息时间，这种想念，很使一个战士苦恼。这样的时候，他就拿起书来或是到操场去，或是到菜园子里去，藉游戏劳动和学习，好把这些事情忘掉。

他也曾有过一种热望，能有个机会再打到平原上去，到家看看就好了。

现在机会来了。他请了假，绕道家里看一下。因为地理熟，一过铁路他就不再把敌人放在心上。他悠闲的走着，四面八方观看着，为的是饱看一下八年不见的平原风景。铁路旁边并排的炮楼，有的已经拆毁，破墙上洒落了一片鸟粪。铁路两旁的柳树黄了叶子，随着铁轨伸展到远远的北方。一列火车正从那里慢慢的滚过来，惨叫，吐着白雾。

一时，强热的战斗要求和八年的战斗景象涌到心里来。他笑了一笑想，现在应该把这些事情暂时的忘记，集中精神看一看家乡的风土人情吧。他信步走着，想享受享受一个人在特别兴奋时候的愉快心情。他看看麦地，又看看天，看看周围那像深蓝淡墨涂成的村庄图画。这里离他的家不过九十里路，一天的路程。今天晚上，就可以到家了。

不久，他觉得这种感情有些做作。心里面并不那么激动。幼小的时候，离开家半月十天，当黄昏的时候，走近了自己的村庄，望见自己家里烟囱上冒起的袅袅的轻烟，心里就醉了。

现在虽然对自己的家乡还是这样爱好，崇拜，但是那样的一种感情没有了。

经过的村庄街道都很熟悉。这些村庄经过八年战争，满身创伤，许多被敌人烧毁的房子，还没有重新盖起来。村边的炮楼全拆了，砖瓦还堆在那里，有的就近利用起来，垒了个厕所。在形式上，村庄没有发展，没有添新的庄院和房屋。许多高房，大的祠堂，全拆毁修了炮楼，幼时记忆里的几块大坟地，高大的杨树和柏树，也砍伐光了，坟墓曝露出来，显的特别荒凉。但是村庄的血液，人民的心却壮大发展了。一种平原上特有的勃勃生气，更是强烈扑人。

水生的家在白洋淀边上。太阳平西的时候，他走上了通到他家去的那条大堤，这里离他的村庄十五里路。

堤坡已经破坏，两岸成阴的柳树砍伐了，堤里面现在还满是水。水生从一条小道上穿过，地势一变化，使他不能正确的估计村庄的方向。

太阳落到西边远远的树林里去了，远处的村庄迅速的变化着颜色。水生望着树林的疏密辨别自己的村庄，家近了，就进家了，家对他不是吸引，却是一阵心烦意乱。他想起许多事，父亲确实的年岁忘记了，是不是还活着？父亲很早就是有痰喘的病。还有自己女人，正在青春，一别八年，分离时她肚子里正有一个小孩子。房子烧了吗？

不是什么悲喜交加的情绪，这是一种沉重的压迫，对战士的心的有力的消耗。他在心里驱逐这种思想感情，他走的很慢，他决定坐在这里，抽袋烟休息休息。

他坐下来打火抽烟，田野里没有一个人，风有些冷了，他打开大衣披在身上。他从积满泥水和腐草的水洼望过去，微微的可以看见白洋淀的边缘。

晚色昏迷的时候，他走到了自己的村边，他家就住在村边上。他看见房屋并没烧，街里很安静，这正是人们吃完晚饭，准备上门的时候了。

他在门口遇见了自己的女人。她正在那里悄悄的关闭那外面的梢门。水生热情的叫了一声：

"你！"

女人一怔，睁开大眼睛，裂开嘴笑了笑，就转过身子去抽抽打打的哭了。水生看见她脚上那白布封鞋，就知道父亲准是不在了。两个人在那里站了一会。还是水生把门掩好说："不要哭了，家去吧！"他在前面走，女人在后面跟，走到院里，女人紧走两步赶到前面，到屋里去点灯。水生在院里停了停。他听着女人忙乱的打火，灯光闪在窗户上了，女人喊："进来吧！还做客吗？"

女人正在叫唤着一个孩子，他走进屋里，女人从炕上拖起一个孩子来，含着两眼泪水笑着说：

"来，这就是你爹，一天价看见人家有爹，自己没爹，这不现在回来了。"说着已经不成声音。水生说：

"来！我抱抱。"

老婆把孩子送到他怀里，他接过来，八九岁的女孩子竟有这么重。那孩子从睡梦里醒来，好奇的看着这个生人，这个"八路"。女人转身拾掇着炕上的纺车线子等等东西。

水生抱了孩子一会说：

"还睡去吧。"

女人安排着孩子睡下，盖上被子。孩子却圆睁着两眼，再也睡不着。水生在屋里转着，在那扑满灰尘的迎门橱上的大镜子里照看自己。

女人要端着灯到外间屋里去烧水做饭，望着水生说：

"从那里回来？"

"远了，你不知道的地方。"

"今天走了多少里？"

"九十。"

"不累吗？还在地下蹓达？"

水生靠在炕头上。外面起了风，风吹着院里那棵小槐树，月光射到窗纸上来。水生觉着这屋里是很暖和的，在黑影里问那孩子：

"你叫什么？"

"小平。"

"几岁了？"

女人在外边拉着风箱说：

"别告诉他，他不记的吗？"

孩子回答说：

"八岁。"

"想我吗？"

"想你。想你，你不来。"孩子笑着说。

女人在外边也笑了。说：

"真的！你也想过家吗？"

水生说：

"想过。"

"在什么时候？"

"闲着的时候。"

"什么时候闲着？……"

"打过仗以后，行军歇下来，开荒休息的时候。"

"你这几年不容易呀?"

"嗯,自然你们也不容易。"水生说。

"嗯?我容易,"她有些气愤的说着,把饭端上来,放在炕上:"爹是顶不容易的一个人,他不能看见你回来……"她坐在一边看着水生吃饭,看不见他吃饭的样子八年了。水生想起父亲,胡乱吃了一点,就放下了。

"怎么?"她笑着问,"不如你们那小米饭好吃?"

水生没答说。他拾掇了出去。

回来,插好了隔山门;院子里那挤在窝里的鸡们,有时转动扑腾。孩子睡着了,睡得是那么安静,那呼吸就像泉水,在春天的阳光里冒起的小水泡,愉快的升起,又幸福的降落。女人爬到孩子身边去,她一直呆望着孩子的脸。她好像从来没有见过这个孩子,孩子好像是从别人家借来。孩子好像不是她生出,不是她在那潮湿闷热的高粱地,在那残酷的"扫荡"里奔跑喘息,丢鞋甩袜抱养大的,她好像不曾在这孩子身上寄托了一切,并且在孩子的身上祝福了孩子的爹。那走得远远的人:"早一天胜利回来吧!一家团聚。"好像她并没有常常在深深的夜晚醒来,向着那不懂事的孩子,诉说着翻来覆去的题目:

"你爹哩,他到那里去了?打鬼子去了……他拿着大枪骑着大马……就要回来了,把宝贝放在马上……多好啊!"

现在,丈夫像从天上掉下来一样。她好像是想起了过去的一切,还编排那准备了好几年的话,要向回来了的,已经坐到她身边的丈夫诉说了。

水生看着她。离别了八年,她好像并没有老多少。她今天二十九岁了,头发虽然乱些,可还是那么黑。脸孔苍白了一些,可是那两只眼睛里的光,还是那么强烈。

他望着她身上那自纺自织的棉衣,和屋里的陈设。不论是人的身上,人的心里,都表现:是叫一种深藏的志气支撑,闯过了无数艰难的关口。

"还不睡吗?"过了一会,水生问。

"你困你睡吧,我睡不着。"女人慢慢的说。

"我也不困。"水生把大衣盖在身上:"我是有点冷。"

女人看着他那日本皮大衣笑着问:

"说真的,这八九年,你想起过我吗?"

"不是说过了吗？想过。"

"怎么想法？"她逼着问。

"临过平汉路的那天夜里。我宿在一家小店，小店里有个鱼贩子是咱们乡亲。我买了一包小鱼下饭，吃着那鱼，就想起了你。"

"胡说。还有吗？"

"没有了。你知道我是出门打仗去了，不是专门想你去了。"

"我们可常常想你，黑夜白日。"她支着身子坐起来："你能猜一猜我们想你的那段苦情吗？"

"猜不出来。"水生笑了笑。

"我们想你，我们可没有想叫你回来。那时候日本人，就在咱村边。可是在黑夜，一觉醒了，我就想：你如果能像天上的星星，在我眼前晃一晃就好了。可是能够吗！"

从窗户上那块小小的玻璃上结起来的冰花，知道夜已经深了，大街的高房上有人高声广播：

"民兵自卫队注意！明天，鸡叫三遍集合。带好武器，和一天的干粮！"

那声音转动着，向四面八方有力的传送。在这样降落霜雪严寒的夜里，一只粗大的喇叭在热情的呼喊。

"他们要到那里去？"水生照战争习惯，机警的直起身子来问。

"准是到胜芳。这两天，那里很紧！"女人一边细心着，一边小声的说。

"他们知道我们来了。"

"你们来了？你要上那里去。"

"我们是调来保卫冀中平原，打退进攻的敌人的！"

"你能在家住几天？"

"就是这一晚上。我是请假绕道来看望你。"

"为什么不早些说？"

"还没顾着啊！"

女人呆了。她低下头去，又无力的仄在炕上。过了好半天，她说：

"那么就赶快休息休息吧，明天我撑着冰床子去送你。"

　　鸡叫三遍，女人就先起来给水生做了饭吃。这是一个大雾天，地上堆满了霜雪。女人把孩子叫醒，穿得暖暖的，背上冰牀，锁了梢门，送丈夫上路。出了村她要丈夫到爹的坟上去看看。水生说等以后回来再说，女人不肯。她说：

　　"你去看看，爹一辈子为了我们。八年，你只在家里待了一个晚上。爹叫你出去打仗了，是他一个老年人照顾了咱们全家。这是什么太平日子呀？整天价东逃西窜。因为你不在家，爹对我们娘俩，照顾的惟恐不到。只怕一差二错，对不起在外抗日的儿子。每逢夜里一有风声，他老人家就先在院里把我叫醒，说：水生家起来吧，给孩子穿上衣裳。不管是风里雨里，多么冷，多么热，他老人家背着孩子逃跑，累的痰喘咳嗽。是这个苦日子，遭难的日子，担惊受怕的日子，把他老人家累死。还有那年大饥荒……"

　　在河边，他们上了冰牀。水生坐上去，抱着孩子，用大衣给她包好脚。女人站在牀子后尾，撑起了竿。女人是撑冰牀的好手，她逗着孩子说：

　　"看你爹没出息，当了八年八路军，还得叫我撑冰牀子送他！"她轻轻的跳上冰牀子后尾，像一只雨后的蜻蜓爬上草叶。轻轻用竿子向后一点，冰床子前进了。大雾笼罩着水淀，只有眼前几丈远的冰道可以望见。河两岸残留的芦苇上的霜花飒飒飘落，人的衣服上立时变成银白色。她用一块长的黑布紧紧把头发包住，冰牀像飞一样前进，好像离开了冰面行走。她的围巾的两头飘到后面去，风正从她的前面吹来。她连撑几竿，然后直起身子来向水生一笑。她的脸冻得通红，嘴里却冒着热气。小小的冰床像离开了强弩的箭，摧起的冰屑，在它前面打起团团的旋花。前面有一窄窄的水沟，水在冰缝里汹汹的流，她只说了一声"小心"，两脚轻轻的一用劲，冰牀就像受了惊的小蛇一样，抬起头来，窜过去了。

　　水生警告她说：

　　"你慢一些，疯了？"

　　女人擦一擦脸上的冰雪和汗，笑着说：

　　"同志！我们送你到战场上去呀，你倒说慢一些！"

　　"擦破了鼻子就不闹了。"

"不会。这是从小玩熟了的东西。今天更不会。在这八年里面，你知道我用这牔子，送过多少次八路军？"

冰牔在霜雾里，在冰上飞行。

"你把我送到丁家坞，"水生说，"到那里，我就可以找到队伍了。"

女人没有言语。她呆望着丈夫。停了一会，才说。

"你给孩子再盖一盖，你看她的手露着。"她轻轻的喘了两口气。又说："你知道，我现在心里很乱。八年我才见到你，你只在家里待了不到多半夜的工夫。我为什么撑的这么快？为什么着急把你送到战场上去？我是想，你快快去，快快打走了进攻我们的敌人，你才能再快快的回来，和我见面。

"你知道，我们，我们这些留在家里当媳妇的，最盼望胜利。我们在地洞里，在高粱地里等着这一天。这一天来了，我们那高兴，是不能和别人说的。

"进攻胜芳的敌人，是坐飞机来的。他们躺在后方，妻子团聚了八九年。国民党反动派来打破了这个幸福。国民党反动派打破了我们的心。他们造的罪孽是多么重！要把他们完全消灭！"

冰牔跑进水淀中央，这里是没有边际的冰场。太阳从冰面上升出来，冲开了雾，成一条红色的胡同，扑到这里来，照在冰牔上。女人说：

"爹活着的时候常说，敌人在这里，水生出去是打开一条活路，打开了这条活路，我们就得活，不然我们就活不了。八年，他老人家焦愁死了。国民党反动派又要和日本一样，想来把我们活着的人完全逼死！

"你应该记着爹的话，向上长进，不要为别的事情分心，好好打仗。八年过去了，时间不算不长。只要你还在前方，我等你到死！"

在被大雾笼罩，杨柳树环绕的丁家坞村边，水生下了冰牔。他望着呆呆站在冰上的女人说：

"你们也到村里去暖和暖和吧。"

女人忍着眼泪，笑着说：

"快去你的吧！我们不冷。记着，好好打仗，快回来，我们等着你的胜利消息。"

一九四六年河间

（选自《嘱咐》，天下图书公司，1949 年 8 月版）

【作品导读】

以 1942 年延安文艺整风为界，解放区文学的发展可划分为两个阶段。抗战初期，抗战文学掀起了一股热潮，大批作家奔赴延安，用自己独特的文艺理念为解放区文艺带来了多元化发展。延安文艺整风后，在"工农兵文艺"方针的指引下，解放区文学整体上呈现出与现实革命斗争紧密结合的态势。为适应大众的审美情趣与接受水平，通俗明朗、积极乐观的文学基调由此奠定。《荷花淀》与《嘱咐》可以称得上是孙犁描写战争生活的姊妹篇，前者概述了抗战时期的状况，后者描绘了解放战争时期的全貌，这是孙犁积极响应 20 世纪 40 年代时代号召的结果，将"战争"纳入自己的文学写作范畴。但与大多数作家不同的是，孙犁的战争题材小说展现着一种清新别致的风格，没有复杂的战争描写，没有血与火的激烈场景，融入小说的是一股股"白洋淀风情"，用质朴脱俗的语言将人物的性格、风俗民情娓娓道出，尤其是在对农村青年妇女的形象塑造上，将其美好的品性、坚韧的性格以及崇高的觉悟在艰难的战争岁月里展现得淋漓尽致。

本篇小说的主题是展现冀中地区白洋淀一带的人民奋勇抵抗国民党反动派的乐观精神。小说中男主角水生，是一名奔赴前线、抗战八年未归家的战士，携着对家人的思念与故乡的眷恋而请假探亲，面对老父亲早已离世的现实，妻子养育孩子的艰辛，只能陪伴妻儿一晚的无奈令他心生愧疚，基于革命的召唤，水生不得不奔赴战场。此刻，妻子"大爱"的思想觉悟，点燃了夫妻俩对胜利的殷切期盼……

孙犁对农村青年妇女的关注与刻画，一直是其行文风格的亮点。在本篇小说中，他对水生嫂形象的塑造，无疑透露着对战争背后默默付出、极具思想觉悟的妇女的歌颂。坚强刚毅的水生嫂独自扛过了八年的风风雨雨，在丈夫到来的那一刻，没有吐露无尽的辛酸和苦恋的委屈，平淡的问候里处处夹杂着对水生的关心。一句"在这八年里面，你知道我用这床子，送过多少次八路军？"成为水生嫂最为坚强刚毅性格最有力的写照。深明大义这一性格特征主要是通过水生嫂得知丈夫只能住一天后的言语与行为表露出来的。"女人呆了。她低下头去，又无力的仄在炕上。过了半天，她说那么就赶快休息休息吧，明天我撑着冰床子去送你"，一个女人的理性思维战胜了其应有的柔弱与依赖，再如后来的"为什么着急把你送到战场上去？我是想，你快快去，快快打走了进攻我们的敌人，你才能再快快的来，和我见面"，以及之后的内心袒露，将一个目光长远、深明大义的农村妇女的政治素养和思想觉悟用平白质朴的言语呈现了出来。

在小说的艺术风格上，这篇作品依然展现了孙犁清新明快的意境、质朴自然的语言风格。虽然这是一部战争题材的小说，作者却以战后家乡的现状来侧面烘托战争带来的灾难，没有直接描绘血流成河的惨况，使得读者心中产生不可名状的悲凉。作者在描绘白洋淀的水乡风貌时，散发着浓郁的地方生活气息，尤其是细述水生嫂在撑冰床子熟稔的动作时，可见作者基于实际生活、精心挖掘生活片段的良苦用心。同时，在夫妻的问答间，也透露着作者朴素写实的文风。久别重逢后的夫妻，没有对八年来的酸楚进行诉说，用不经意的问答关心着彼此的现状，尤其是夫妻二人即将分别的那一幕，没有浓烈的不舍与留恋之情，取而代之的是水生嫂爽朗直率、积极乐观的态度，并以胜利后的美好希冀树立起水生战斗中必胜的决心。

【思考与练习】

1. 《嘱咐》分为几个层次？每个层次分别讲述的是什么内容？

2. 《嘱咐》情节上有什么特点？

3. 为什么水生嫂这一形象在孙犁笔下塑造的如此血肉丰满？

（撰稿：张新宇）

新儿女英雄传（节选）

孔　厥　袁　静

　　孔厥（1914—1966），江苏吴县人，原名郑志万。出身贫寒、深受旧社会压迫，受新文化影响，青年时期曾自发闹学潮、办报纸、成立文艺社，并写文抨击国民党统治。抗战爆发后，孔厥积极参加抗战文艺工作，1938 年到延安鲁艺学习并下乡体验生活，同时从事专业创作反映工农兵生活，成为解放区文学的代表作家之一。代表作有长篇小说《新儿女英雄传》（1949）、中篇小说《血尸案》（1947）、短篇小说集《生死缘》（1950）等。

　　袁静（1914—1999），江苏武进人，原名袁行规。袁静自幼生活优裕，受到良好教育，在新文化思想熏陶下积极追求进步，1930 年参加革命，1937 年投入抗日热潮，1940 年春赴陕北公学学习，新中国成立后在中国作协和作协天津分会从事创作。其代表作有戏剧《刘巧儿告状》（1946），长篇小说《新儿女英雄传》（1949）、《红色交通线》（1959），儿童小说《小黑马的故事》（1958）、《伏虎记》（1981）等。

第八回　大扫荡

二

　　小梅心疼的别转了脸。又听见，村子里妇女的声音凄惨的嚎，叫人身上起鸡皮疙瘩。小梅想："落到鬼子手里，真不得了！这可怎么好啊？"暗里把反绑着的手儿扭动，幸亏女人家绑得不紧，她一边走，一边摩撑，慢慢儿绳子松了；她可照旧反背着手，好像绑住似的。一会儿，天擦黑了。又走了一阵，都进了村。正在拐弯的时候，小梅瞅汉奸没在跟前，脱出手，出溜钻进个茅厕里，蹲下来就解手，心咚咚的跳。

一直等到大队走远，天黑透了，还听见鬼子们大笑大叫，乱嚷乱喊；街上大皮鞋的声音咯喳咯喳的走过。小梅想，这村也有敌人住下啦。可是老呆在毛厕里也不是个事儿，只好瞅个机会，硬硬头皮，从茅厕里钻出来，沿墙根溜出村，蹿到野地里去了。

小梅想起高屯儿老排长几个死得太惨，牛大水他们又是不知死活，心里又难受又着急，独个儿坐在地里，偷偷的痛哭了一场。这一带，地生，路不熟；黑洞洞的，连东西南北也分不出来。她在庄稼地里熬磨了一夜一天，实在饿得不行了。

后半晌，小梅转到一个村子边上，听一听，村里没什么动静，就偷偷溜进去。看得见到处都有烧塌了的房；破砖烂瓦里，有的还冒着烟，焦煳的臭味儿刺鼻子。街上，淌着大滩的血。有的地方，扔着许多罐头筒儿，和鸡骨头、猪骨头；鸡毛儿乱飞……小梅闪进胡同里，轻轻敲开一家的门，要口吃儿。

这家老大娘看小梅孤吊伶仃的一个妇女，就开了门，让进屋里，拿出饽饽给她吃。小梅一面吃，一面问敌人多会儿来的。老大娘叹气说："一大早就来了，直折腾到过晌午才走，可吓死人啦！我们都给圈回来，开了会，谁家也不准藏八路，连环保！要不，'砍头烧房子的干活！'唉！……唉！当街挑死了仨，村边上砍死了俩，高老盆家的小锁才三岁，好小子啊！鬼子耍弄他，拉住两条小腿儿，就这么一劈两半叉，血糊流拉的死了！你看这日子可怎么过！跑也不敢跑，呆在家里吓也吓个半死啊！"

小梅拿着饽饽，才咬了两口，就吃不下了。她安慰老大娘说："慢慢儿熬吧。过了这个劲头儿，准有翻个儿的时候！"说着说着，大娘就看出她是干部来了，心里很嘀咕，说："好闺女，这儿待不住，你快拿上几个饽饽逃命吧。"小梅说："大娘啊！你看，哪儿也有敌人，我往哪儿跑呢？既是来到你这儿，怎么着你也得留我过一夜。我们出来搞工作，也是为了老百姓啊。你就说，我是你的外甥女儿探望你来了，准没事儿。"

老大娘又害怕，又疼她，拿不定主意。小梅流着眼泪说："咱们军民是一家，我要给敌人糟害了，大娘你不心疼我啊？"大娘一探身子，拉着她的胳膊说："好闺女，别么说；怪叫人难受的！你就呆在这儿吧！"小梅问大娘，家里有些什么人。大娘说：小子在外面作买卖，媳妇走娘家去了，家里光有老两口子，没外人，叫她放心。

忽然，她们听见大街上车轮子轰隆隆的，还有过队伍的声音。老大娘忙去顶上大门，回来脸色都变了，对小梅说："鬼子又进村了！你这么着不行，快藏到里间屋去！"到了里面，可没个藏处。老大娘手忙脚乱的把小梅推在炕上，拉过一条破被子给她盖了，拐着小脚到外间屋，舀了一勺泔水来，洒在炕跟前，上面撒些灰，随手拿个破嘴壶和一个碗儿，放在小梅枕头边，又把她媳妇的一双臭鞋放在炕沿上。

听得见邻舍家的门，砸得咚咚咚的，又是吼，又是骂。小梅正惊慌，这家老头儿从隔壁跳墙回来了，说："来查门啦！"他走进来，一见小梅，就愣住了，瞪着眼儿说："你是干什么的？"小梅一时答不上。老头儿急得跳脚拍屁股，低声的喝着："赶快给我出去！惹出祸来怎么办？把我们杀了，烧了，可怎么着？"

小梅眼泪汪汪的坐起来，正要说话，敌人就来叫门了，连踢带砸的大骂："娘卖×的，顶门干嘛？你们不想活啦？"老大娘忙把老头儿推出去，着急的拉小梅躺下，拿被子兜头盖脸的给她蒙起来。

忽然听见喀喳一声响，门倒了，七八个鬼子汉奸冲进外间屋，吆喝说："你们准藏八路了！快说！"乒的一下，不知道什么砸了。小梅怕老头儿发坏，在被窝里哆嗦得不行，心里想："妈的！死就死，哆嗦什么！"心一横，就不哆嗦了。

这时候，听见老头儿在外面说："我们都是庄稼人，哪来的八路军呀！"敌人向他要钱，他拿不出，敌人狠狠的打了他一个耳光，进来了，说："八路的！八路的！"老大娘坐在炕沿上，守着小梅说："我听不懂呀！你们干什么啊？"

鬼子看见破鞋破被子，到处都是肮里肮脏的，皱起眉头，捂着鼻子，指指炕上说："这，干什么的？"老大娘说："我外甥女儿有病呀！你看病得这样，好几天不吃东西了，才吃了药啊！"鬼子说："八路的有！"就用刺刀挑被子。

小梅裹得很紧，鬼子没挑开。一个汉奸冲上来，一下就把被子掀开了，扔在炕头上。老大娘哀求说："你们修修好吧！刚吃了药，别给风冒住了！"汉奸又抽出枕头，扔在地上。到这劲头上，小梅不怕了，假装着哼哼起来，闭着眼儿，就像病很重，昏昏迷迷似的。老大娘掉下眼泪说："大女！大女！你忍着点儿，一会儿我给你烧水喝！"就给小梅掐脑袋。鬼子歪着头儿看着。老头儿进来说："这是我外甥女儿，刚吃了药啊。"过来拿被子给小梅盖上了。

　　鬼子突然说："妇救会！妇救会！"老大娘说："我听不懂话呀！要喝水？我给烧水去！"汉奸走过去说："走吧走吧。多脏啊！一看也不是个架势。"鬼子们捏着鼻子，嗳嗳喂喂的走了。老头儿去上门。老大娘松了一口气，说："可吓死我喽！"小梅一骨碌爬起来，拉着她说："好大娘，一辈子忘不了你啊！我就认你干娘吧。"老头儿跑进来，说："同志，受惊了吧？刚才我不懂事儿，对不住你啦！"小梅忙说："老大伯，你说哪里话！让你们担惊受怕，我才对不住你们哩。赶在这个节骨眼儿，也是没办法，多会儿环境好了，怎么着也要常来看你们，你们是我的恩人啊。"当天住了一夜。第二天，听说鬼子住下不走了。

三

　　小梅看村里待不住，趁鬼子集合吃饭的时候，叫老头儿探好路，就悄悄密密的溜到野外去了。

　　野地里，麦子长得挺旺，正在往饱里灌浆。高粱、棒子也该锄了，有谁管呀？小梅和好些逃出来的老百姓藏在麦地里，妇女们用奶头塞住孩子的嘴，不叫哭出来；可是自己的眼泪，直往孩子脸上掉。大路上，敌人的马队车子队来来往往的跑，人们趴在麦地里，动也不敢动，气也不敢透了。

　　晌午，枪声响得很密。小梅偷偷从麦梢儿里望过去，瞧见黑老蔡领着县大队的一伙人，给远处的鬼子兵追得往这边跑，同志们一边跑，一边回身去打枪。可是这边道沟里也有敌人，机关枪响开了。小梅急得心都要跳出来啦，她瞧见同志们慌乱了；可是黑老蔡一声喊，手一挥，大伙儿就掉转身，朝着他指的方向往横里冲。黑老蔡故意让自己落在后面，他跑一阵，打一阵，两只手一齐开枪，掩护同志们退却。同志们也一边跑一边打。

　　突然，一声炮响，炮弹就在黑老蔡后面炸开了，一棵小树冲上天空。

黑老蔡爬了一下又跳起来，他的衣裳着了火。小梅急得浑身出汗，看见他一面跑，一面脱下衣裳扔开，露出黑不溜一身疙瘩肉，脖子、胳膊上都流着血。两下里二三百鬼子追他，黑老蔡两支枪，兵兵兵一连打了两梭子。旁的同志都不见了，黑老蔡也钻进高粱地跑了。鬼子乱纷纷的追过去，枪炮直吼了半天。小梅看得满眼是泪，心里真结记得不行啊！

四

小梅在地里碰见秀女儿了。两个人见了面，又是难受又是欢喜，就在一块儿跑。饿了就向人要口饽饽吃。有个伴儿还好一点；可是又遭遇了敌人，两个人又跑散了。

小梅碰见一个老婆儿在地里剜菜呢。她就跟老婆儿说好话，央告说："大娘啊！你看我一家子跑散了，没个地方存身，你修修好，认我个闺女，带着我吧！"老婆儿看她怪可怜，就把小梅带回家了。

留了两天，老婆儿盘问出小梅是个干部，害了怕，就叫她走。小梅眼看着天黑了，又下着雨，就哀求说："干娘啊！你看黑洞洞的，我又没个投奔处，下着这么大的雨，叫我往哪儿走啊？"老婆儿看着她就害怕得发抖，说："好同志哩，你你快走吧！隔壁老恒家藏了个八路，前儿个早上连老恒媳妇一齐砍了。老……老恒媳妇奶子都割喽，肠子流了一地……你……你不走，我可背不起这个祸啊！"小梅要求再留一宿，天明就走。老婆儿怕得不行，直着眼睛，推她说："好闺女，我也是给鬼子逼得没办法！你……你可别说我狠心……"她一面流眼泪，一面把小梅推出大门。

小梅淋着雨，眼里转着泪花儿，在黑糊糊的街上走。家家户户都插上门了，也看不见一个人，不知道往哪儿去好。稀里糊涂走到村口，看见一个庙，心里想："唉！没办法，就到庙里避避雨吧。"刚走进去，忽然打了个闪，亮烁烁的，看见里边青面獠牙的一个大泥像，咧着大嘴，两只圆圆的眼睛，对她凶狠狠的瞪着，手里举个大钢鞭，就像要打下来似的。吓得小梅头发根儿都立起了，赶忙退出来。

小梅一肚子委屈，坐在庙台上哭。想想哪儿也是敌人。一伙子同志死的死，散的散，大水双喜黑老蔡……也都不知道死活，抗战可怎么能胜利啊？剩下自己一个儿，黑间半夜给人家推出来了。要是敌人抓去，死了也没有人证明是怎么牺牲的，上级叫坚持，可怎么坚持呀？

她想起老娘，回家两年就亡故了，临死也没有见一面。又想起小瘦，这可怜的孩子给张金龙抢了去，活活儿糟害死了。想到这儿，又是恨，又是气，又是伤心。那雨淅淅沥沥的下着，好像许多人在哭。小梅恸得肠子都要断了；一抬头，看见庙对面有个辘轳，心想那儿准有个井，倒不如死了吧！就留着眼泪走过去，爬在辘轳上，望着井里。闪电一连打了几下，她心跳得很厉害，咬咬牙，就想跳下去。

可是她转念又想，自己是个共产党员，在毛主席像的面前宣过誓的，这回上级还叫咱不要动摇悲观；这么白白的死了，算个什么！常听黑老蔡常讲红军过雪山草地的故事，人家那么苦还坚持；那天老蔡他们给几百鬼子围着打，他挂了彩，也还拼命抵抗呢；咱自己好好儿自己寻死，多丢人啊，死也死得没价值！想来想去，不能就这么死了。她痴痴呆呆的在井边爬了半天，雨把她浑身淋得湿透了，风吹着，忍不住打寒战；她回到庙台上，在墙角里坐下来，累得迷迷糊糊的，睡着了。

五

傍明，雨停了。小梅在瘟神庙门外冻醒过来，湿漉漉的衣裳还贴在身上，凉冰冰的。又怕有敌人，赶快离开村子。在一个园子地边的小屋门口，想不到又碰见秀女儿了；再一瞧，田英和陈大姐也在里面。这可见了亲人啦！你抱抱我，我抱抱你，快活得眼泪都流下来了。

小梅心疼的说："瞧！你们模样儿都变啦！"她们说："你还不是一样！"陈大姐病得很厉害，前天敌人追她，她跳墙逃跑，又把腿摔坏了。田英尽腰痛，不来月经，老是白带，腰都直不起。田英看小梅身上一件蓝褂儿湿透了，忙叫她脱下来给她拧。大姐脱下里面的一条裤子给小梅换上。

秀女儿说："哎！可惜我的包袱，要在跟前多好啊！"她拉着小梅告诉："那天碰上敌人，包袱在洼里丢了，跑了两天两夜，不知道怎么糊里糊涂的又转回去了，包袱还撂在那儿呢。可欢喜吧，抱上包袱又跑，跑跑可又跑丢啦！"大家都笑了。

大姐说："你们小声些。天明了，这儿待不住，咱们还得跑！"四个人出了小屋。大姐的腿拐着，小梅和秀女儿扶着她。田英两只手叉在腰里，弯着腰走，一边说："真是！我这个腰！使劲也直不起来！那天那么多人挤，挤也挤不直。嗳！真是！真是！"秀女儿调皮的学她口音说："真四！真四！嗳！挤也挤不子！"逗得她们直笑，又不敢笑出声来。

不提防庄稼地泥乎乎的，大姐一滑，连扶她的，三个都跌倒了，身上弄了好些泥，手都成了泥爪子；秀女儿的鼻子上也碰了一坨泥，大家又是个笑。田英指着秀女儿说："你好！你好！跟人学，烂嘴角，跟人走，变黄狗！"秀女儿说："你别说啦！瞧我的架势！"她背起大姐，小梅忙抬起大姐的脚，三个人晃晃荡荡的跑。大姐说："哈呀！我这李铁拐驾起云来啦！"她们怕敌人发觉，都钻进麦地里去了。

一连几天，她们在野地里转，不敢进村去。呵，什么是那吃的呀！什么是那喝的呀！碰着老乡，要上一个半个窝窝头，四个人你推我让的分着吃。碰不上，什么茴香、小葱、野蒜，胡乱八七的填肚子。直饿得她们两眼发黑，肠子都拧成绳子啦。大家单衣薄裳的，铺着地，盖着天，睡了几天"洼"，肚里又没食儿，陈大姐的病越发重了。

这天晚上，陈大姐浑身烧得滚烫。急得她们三个搂着她，抱着她，想不出个办法。小梅说："这么着不行啊！好人都顶不住，病人更吃不住劲儿，咱们得宿到村里去；能喝口热水，也沾点儿光。"大姐咬着牙说："别那么着！我这个病怕好不了啦！跑又不能跑，颠又不能颠，老累着你们可不行啊！要是到村里去，谁留咱们这一伙呢？你们还是扔了我，走你们的吧！"那三个说："大姐，别那么说，咱们要死也死在一块儿！"她们架着她，慢慢儿走。

到一个村子附近，小梅和秀女儿先去探了探，回来说，敌人傍黑走了，已经跟一家老乡说好，可以去歇歇。就架着大姐，走到村边，进了一个秫秸编的柴门儿。一个四十多岁的大婶子，探出半个身子到门外，四面望了望，回头对她们小声说："你们悄悄儿，快到屋里去！"

一九四八年

（选自《新儿女英雄传》，海燕出版社，1949 年版）

【作品导读】

1942 年，毛泽东《在延安文艺座谈会上的讲话》发表后，为贯彻"文艺为工农兵服务"的宗旨，解放区涌现出一批以普通农民为主要人物形象的革命历史题材作品，长篇小说《新儿女英雄传》就是其中的优秀代表作之一。该书由孔厥、袁静合著，描写了冀中白洋淀地区人民在中国共产党领导下坚持抗战的英勇事迹，塑造了一群抗日游击农民的"群英谱"。

为寻找创作材料和灵感，孔厥、袁静二人于 1948 年来到河北安新县白洋淀体验生活。白洋淀有着优良的革命传统，尤其在抗战期间，抗日武装"雁翎队"利用淀区的特殊地形，以游击战形式痛击日本侵略者，显示出燕赵儿女的聪慧勇敢。作者深入当地，掌握了大量史实素材，同时妇联主任马淑芳也成为小说中杨小梅的原型。

作者以"深入浅出，雅俗共赏"八字为创作目标，利用传统章回体的形式并进行革新，在紧张曲折的传奇性故事情节中加入较多生活化描写，不仅传奇色彩浓厚、故事曲折紧张，而且充满浓郁的乡土气息和人情味，成为"旧瓶装新酒"的典范。作品的可贵之处在于，它并非是对政策的简单宣传，还存在另一种被大众认同的话语系统。小说有两条线索：一条是人民群众的武装斗争，另一条是杨小梅、牛大水、张金龙三人的婚爱纠葛。在抗战的时代背景下，作者既再现了农民群众的英雄事业，展现了党领导下农民群众惊心动魄的救亡历程；也关注了普通农民的情感世界，展现了战争风云下生命个体的儿女情长，即所谓的"儿女英雄"：一面是铿锵英雄，一面又是真情儿女。

节选内容描写了小梅在日军的"五一大扫荡"中，从敌人的逮捕中逃脱出来，寻找地方组织的经过。在扫荡过程中，作者叙述了日本帝国主义侵略者丧尽天良的残暴行径，为了达到剿灭共产党的目的，日军不择手段地对村中百姓进行惨无人道的迫害与荼毒，作者借客观描写表达了对侵略者的强烈控诉，再现了敌后战场的血雨腥风。

小梅作为一名具有先进思想觉悟的共产党员，在整个过程中表现出了诸多可贵品质：她不但机智地逃离了敌人的逮捕，而且凭借着顽强的毅力忍受种种艰难困苦：顶住了饥饿、寒冷、恐惧等身心压力，在人民群众的掩护和鼓励下，顺利找到了党组织，逃脱了敌人的魔爪。同时，作为一个人，小梅身上还表现出她的真实情感，充分体现出她身上柔弱却坚韧的女性力量：深厚的人道主义情怀使她在看到百姓被残忍杀害时，产生了巨大的内心悲恸；在下着大雨的深夜，小梅独自一人来到庙中，望着青面獠牙的泥像，表现出女性脆弱和惊惧的一面；孤独绝望之时，她也会想起临死都没能见面的母亲和被张金龙糟害的骨肉……小梅不仅是一个共产党员的艺术形象，更是一个真实的生命个体，是作家崇高革命情感的真实寄托。作家赋予了这个人物形象真正打动人心的力量。是什么让小梅最终从女性个体的脆弱感情中超脱出来、放弃轻生的念头，从而走出困境、找到组织呢？在关键时刻，小梅想到的是黑老蔡对大家的鼓舞、想到的是革命战士们的英勇事迹，是这些唤醒她心中生的希望。而这也正为作品展现出信念的巨大力量。抗战时期，它引领全国人民顽强抵抗走向胜利；而在今天，它仍将引领中华儿女谱写新的时代篇章。

小说以英雄传奇形式再现了党领导下的惊心动魄的抗战历史，既展现了农民英雄英勇抗战的艰辛历程，也关注了个体生命的真情实感，真正贯彻落实了"深入人民群众、为工农兵服务"的"讲话"精神。可以说，《新儿女英雄传》是作者在冀中平原这片热土上谱写出的一曲对燕赵儿女的慷慨赞歌。

【思考与练习】

1. 试分析小说中令你印象深刻的某位农民英雄形象。
2. 试分析小说内在的政治话语和日常生活话语两种叙述机制。

（撰稿：李　鑫）

红旗谱（节选）

梁　斌

梁斌（1904—1992），河北蠡县人，原名梁维周，当代作家。1933 年于北平加入"左联"并进行了一系列的文学创作，涉及小说、话剧、杂文等多种形式，20 世纪 50 年代推出其经典代表作《红旗谱》，在文坛一举成名。梁斌的文学创作实绩集中体现在长篇小说方面，他立足于现实主义，坚持"写农民、为农民写"的文学主张，巧妙运用河北方言及群众口语，以生动细腻的笔触写出了冀中平原地区农民生活的苦与乐，广泛而深刻地揭示了地主与农民之间矛盾冲突的阶级根源，塑造了一系列精彩绝伦又具个性化色彩的农民形象，谱写了一曲对农民革命的颂歌，展现了绚丽多彩的革命历史，其小说具有史诗性、民族性的特点。长篇小说创作主要有：红旗谱三部曲——《红旗谱》（1957 年）、《播火记》（1963 年）、《烽烟图》（1983 年），《翻身记事》（1978 年）。短篇小说创作主要有：《农村的骚动》（1933 年）、《夜之交流》（1936 年）、《三个布尔什维克的爸爸》（1942 年）。杂文及诗歌、散文创作主要有：杂文《从蜂群说到中国社会》（1933 年）、《狗》（1933 年）等，诗歌《麻雀与鹞》（1930 年）、《宋洛曙之歌》（1961 年）等，散文《两走白洋淀》（1979 年）、《地方风味在保定》（1980 年）等。话剧创作主要有：《爸爸做错了》（1938 年）、《千里堤》（1942 年）等。同时，他还发表了多篇文艺创作谈：《我为什么要写〈红旗谱〉》（1958 年）、《漫谈〈红旗谱〉的创作》（1959 年）等，并著有长篇回忆录：《一个小说家的自述》（1991 年）。

江涛离开槐茂胡同，刮阵风似的往回跑，第二天黄昏，跑回家来。离门口不远，看见门上挂着白钱，眼泪一下子涌出来，说："奶奶！她为运涛的事情合上眼了！"

他一进屋，见娘和爹在草上坐着。也不哭一声，在奶奶身上一扑，搂住奶奶摇晃摇晃，又握住奶奶的手，把脸挨在奶奶的脸上。头发索索打抖，不一会儿，全身抖颤起来，用哆嗦的手指摸着老人的眼睛说："奶奶！你再睁开眼睛看看我！再睁开眼睛看看我！"涛他娘见江涛难过的样子，一时心酸，拉开长声哭起来。贵他娘、顺儿他娘，也哭起来。朱老忠、朱老明、严志和，也掉了几滴眼泪，大家又哭一场。

朱老忠把江涛拽起来，说："人断了气，身上不干净，小心别弄病了。"

江涛说："我想我奶奶，她老人家一辈子不是容易！"

朱老忠说："你爹病了，单等你顶门立户呢，你要是再病了，可是怎么着？"

江涛擦干眼泪说："不要紧！"

那天晚上，等人们散完了，严志和说："江涛！你哥哥的事情，可是怎么着？"

江涛说："这事，说去就去。赶早不赶迟哩！"

涛他娘哑巴着嗓子说："该快去！不为死的为活的，孩子在监狱里……"

严志和说："咳！去好去呀，我早想了，路费盘缠可是怎么弄法？"

说到路费盘缠上，一家人直了脖儿。严志和说："使账吧，又有什么办法？要用多少钱？"

江涛说："要是坐火车，光路费就得四五十块钱。再加上买礼求人，少不了得一百块钱。"

严志和说："你奶奶一倒头也得花钱。"说到这里，他咂着嘴作起难来。

涛他娘说："一使账就苦啦！"

自此，一家人沉默起来，半天不说话。江涛想：上济南，自个儿一个人去，觉得年轻，不知怎么弄法。两个人到济南的路费，加上托人的礼情，运涛在狱里的花销，掉不下一百块钱来。家里封灵、破孝、埋殡，也掉不下五十块钱。……严志和想：一百五十块钱，按三分利算，一年光利钱就得拿出四十五块。这四五十块钱，就得去一亩地。三年里不遇上歹年景还好说，一遇上年景不好，就打蛋了。要去地吧，得去三亩。涛他娘想：使账！又是使账！伍老拔就是使账使苦了。他老年间，年头不好，使下了账。多少年来，越滚越多，再也还不清了，如今还驮在身上，一家人翻不过身来。

当天晚上，一家人为了筹划路费的问题，没有好好睡觉，只是唉声叹气的。严志和一想到这节骨眼儿上，心上就打寒战。他想到有老爹的时候，成家立业不是容易。如今要把家败在他这一代……左思右想，好不难受！

第二天，开灵送殡，三天里埋人。依严志和的意见，说什么也得放到七天。朱老忠说："咱穷人家，多放一天，多一天糟销，抬出去吧！"朱老忠主持着：不要"棺罩"，不要戏子喇叭。只要一副"灵杠"，把人抬出去就算了。严志和说什么也不干，说："老人家受苦一辈子，能那么着出去？"朱老忠说："不为死的，为活的，一家子还要吃穿，江涛还得上学，济南还有一个在监狱里的！"说到这里，一家子又哭起来。朱老忠和贵他娘也跟着掉泪。

出殡的时候，严志和跟涛他娘穿着大孝，执幡摔瓦。江涛在后头跟着。朱老忠、朱老星亲自抬灵，哭哭啼啼把人埋了。从坟上回来，朱老忠说："志和，你筹办筹办吧！也该上济南去了，这事儿不能老是延误着。万一赶不上，一辈子多咱想起来也是缺欠。我看，咱明天走吧！"说完了，就一个人低着头，踽踽地走去。

当天下午，严志和找到李德才，说："德才哥，我磨扇儿压住手了！"

李德才看严志和在他眼前，哭得两只眼睛像猴儿屁股。冷笑了一声，说："哈哈！你也有今天了？'革命军快到咱这块地方了'，'土豪劣绅都打倒'，'黑暗变成光明'，你的手就压不住了！奉天承运，皇帝诏曰：他倒不了！看你们捣蛋？"说完了，眯着眼睛只管抽烟，眼皮儿撩也不撩。见严志和低着头儿不爱听，又恨恨地追问了一句："这不都是你们说的？"

严志和不理他，只说："家里一倒人，运涛在济南……"

李德才不等他说完，就说："运涛是共产党，如今国共分家，不要他们了，把他下监入狱，是呗？你们革命？满脑袋高粱花子，也革命？看冯家大少，那才是真革命哩，拆了大庙盖学堂，你们干得了？没点势派儿，干得了这个！老百姓不吃了你？你要使账上济南去搭救运涛是呗？"

严志和说："唔！"

耽了半袋烟工夫，李德才说："小人家小主儿，我不跟你们一样儿，去给你问问。"

李德才过了苇塘，上了西锁井，一进冯家大院，门上拴着两只大黄狗，呜呜地赶出来。他猫下腰，呲出大黄牙，把狗唬住，溜湫着步儿走进去。一直走过外院，到了内宅。正是秋天，老藤萝把院子遮得暗暗的。冯老兰正在屋子里抽烟，李德才把严志和要使账的话说了。

冯老兰听完了李德才的话，拉开嗓子笑了。说："穷棍子们，也有今天了！那咱，他整天喊，打倒封建啦，打倒帝国主义啦！人家帝国主义怎么他们啦？远在外洋，也打倒人家？嫌人家来做买卖，买卖不成仁义在，打倒人家干吗？真是！扭着鼻子不说理！"

李德才说："穷人们，斗大的字不识半升，有什么正行。"

冯老兰说："他们说，革命来了要打倒我冯老兰。革命军已经到了北京、天津，对于有财有势的人们更好。显出什么了？没见他们动我一根汗毛儿！"

正说着，冯贵堂走进来，见冯老兰和李德才在一块儿坐着，他也站在一边。听念叨革命军的事，也说："幸亏蒋先生明白过来早，闹了个大清党，把他们拾掇了。要不然，到了咱的脚下呀，可是受不了！"

冯老兰瞪起眼睛说："你还说哩，要是那样，还不闹咱个家破人亡呀！"父子两人一答一理儿说着，不知怎么，今天冯贵堂和老爹谈得顺情合理起来。冯老兰一时高兴，说："革命这股风儿过去了，这么着吧，我听你的话，在大集上开花庄、开洋货铺。什么这个那个的，赚了钱才是正理。"

冯贵堂一听，瞪出黑眼珠儿，笑眯眯地说："哈！咱也开轧花房，轧了棉花穣子走天津，直接和外国洋商打交道，格外多赚钱！"

李德才坐在这里，听他父子念叨了会子生意经，也坐麻烦了，严志和还在等着他。他问："严志和想使你点账，你看，周济他一下吧，他儿子运涛在济南押着。"

冯老兰把眼睛一瞪，说："他干别的行，干这个不行。严运涛就是个匪类，如今陷在济南。我要把钱放给他，不等于放虎归山？还不如扔到大河里溅了乒乓儿！"

李德才说："不要紧，利钱大点。严运涛不过是个土孩子，能干什么？"

冯老兰说："一天大，一天折个筋斗儿，钱在家里堆着，我也不放给他。那小子，别看东西儿小，他是肉里的刺！好不仁义哩，要他个鸟儿，他就不给我。严志和去地，我要。"

冯贵堂说："东锁井那个地，不是坐碱就是沙洼，要那个干吗？"他对这一行没有什么兴趣，说完，就走出去了。

李德才说："还是放账吧，得点利钱是正理。"

冯老兰把脖儿一缩，说："嘿，'宝地'！"说着，满嘴上的胡髭都翘起来。

李德才笑了说："你倒是记在心上了！"

冯老兰说："全村有数儿的东西，能忘得了？"

李德才顺原路走回来，严志和还在那里蔫头耷脑待着。李德才说："钱有，人家不放。"

严志和一听，碰了硬钉子，合上眼睛，头上忽忽悠悠晕眩起来。使不到钱，去不了济南，营救不了运涛。运涛那孩子在监狱里受罪哩！他闭着眼睛待了一会儿，才睁开。说："你跟老人家说说，帮补俺这一步儿。"

李德才说："你这人，真不看势头。你就不想想，你是欢迎革命军的，他是反对革命军的。那咱晚，你与他对敌，打过三年官司。"

严志和听得说，瞪起眼睛，张起嘴，不说什么。他想到冯老锡家去，冯老锡才和冯老兰打完官司，输了。冯老洪家门槛更高。想来想去，只有一条道儿——去"宝地"。他说："别跟俺穷人一样，他的新房都是我垒的。"

李德才不等说完，插了一嘴，说："你图了工钱。"

严志和死说活说，李德才又哈哈笑了，说："你去地不行？"

严志和说："哪！把我那梨树行子去给他吧！"

李德才咧起嘴说："我那天爷！那个老沙沱岗子，人家冯家大院里荒着的地，也比你那个梨树行子强。"

严志和说："那可怎么办？"

李德才说："我知道？你到别人家看看去。"

严志和低下头想了老半天：这是个死年头，谁家手里不紧？他猫着腰立起来，才说往外走，又站住。当他一想起运涛在济南监狱里受罪，"早去几天，父子兄弟有见面机会。晚去，就见不到面了！"眼泪就流下来。

李德才用手向外摆他说："算啦！算啦！有什么难过的事情，回家去想吧，别叫旁人替你难受了。"

一句话刺着严志和的心，愣住一下，才伸起两条胳膊，看了看天上，说："天呀……把我那'宝地'卖给他吧！"

李德才问："你肯吗？"

严志和瞪直眼睛，抢起右手说："卖，我不过了！"说着，他咬紧牙关，攥起拳头，要想打人。

李德才说："你这是干什么？发什么狠？"

严志和低沉地说："我不想干什么，我心里难受。像被老鼠咬着！"他瞪出眼珠子，牙齿锉得咯嘣嘣响。

严志和决心出卖"宝地"，写下文书，拿回八十块钱来。进门把钱放在炕上，随势趴在炕沿上，再也起不来。

涛他娘问："这是使来的钱？几分利钱？"

严志和头也不抬一抬，说："不，去了'宝地'！"

一说去了"宝地"，涛他娘放声大哭起来，说："不能去'宝地'！他爷爷要不依！"

严志和几天没睡好觉，也不知涛他娘哭得死去活来，哭到什么时分，就呼呼地睡着了。梦见运涛在铁栅栏里，苍白的脸，睁着两只大眼睛向外望着……

送完了殡，朱老忠一个人走回去，坐在捶板石上抽了一袋烟。也不知怎么的，自从接着运涛入狱的消息，不几天，脸上瘦下来，眼窝也塌下去。连日连夜给严志和主持殡葬，心上像架着一团火，吃也吃不下，睡也睡不着。等把白事办完，身上又觉得酸软起来。可是事情摆着，他还不能歇下来；运涛在狱里，等他们去营救……

　　朱老忠正仰着头看着天上，盘算这些事情，江涛走进来。到了他面前，也不说什么，只是眨着两只黑眼睛呆着。朱老忠抽完了一袋烟，才问："上济南，是你去，还是你爹去？"

　　江涛说："我爹身子骨儿不好，有八成是我去。"

　　朱老忠又低下头，沉思默想了半天，才说："你也想一想，你哥打的是'共案'，我可不知道你与他有什么关系？"说完了，抬起眼睛看着江涛。

　　江涛还是低着头，咕咕哝哝在想说什么。朱老忠不等他说话，又说："我听人家说过，北伐军到了北京，逮捕了不少共产党员。那里出过这么回子事，先逮住了哥哥，押在监狱里，兄弟去探狱，也被逮住了，兄弟也是共产党员……"朱老忠说到这里，不再往下说。

　　江涛想：从这里走到山东地面，也不至于怎么样吧！而且年轻，还未出过什么风头……他倔强地说："他们逮我，也得去看看哥哥！"

　　朱老忠说："那可不能，这不是赌气的事情，不能感情用事。"

　　江涛把自己不至于被捕的道理讲出来，朱老忠才答应他去济南。还说："虽然这样，我们也得经心，道上咱再细细盘算。"

　　贵他娘听得说两个人要上济南去，走出来问："你们什么时候动身？也要带些鞋鞋脚脚、穿的戴的。"

　　朱老忠说："我想明天就起程……"

　　贵他娘不等朱老忠说下去，就说："大秋来了，家里……"

　　朱老忠说："先甭说大秋，先说运涛在监狱里押着。你给我包上两身浆洗过的衣裳，两双鞋，还有大夹袄……咳！比不得咱进城打官司，这一去了，不知道什么时候回来，也不知道碰上什么意外的事由，能回来不能回来。"

　　贵他娘问："你还要替他打官司？"

　　朱老忠说："也不一定，去了再看……"说到这里，他又想起古书上说的：梁山泊的人马，还劫过法场……想着，站起身，扳着脚，在院里遛了两趟腿，说："俺哥们儿还不老……"

　　江涛在一边看着，这位老人的精神深深感动了他。问："要带多少钱？"

朱老忠说："估计你们也没有多少钱带。多，就多带。少，就少带。没有，就不带。拿起脚就走，困了就睡，饿了沿村要口儿吃的。"

朱老忠一说，江涛流下泪来，说："忠大伯！你上了年岁，还能那样？咱还是坐火车去吧！"

朱老忠说："咱哪里有钱坐火车！我小的时候，一个人下关东，一个钱儿没带，尽是步下走着。"说完了，又吩咐贵他娘："就是这么办，你和二贵把梨下了，收拾了庄稼，在家里等着我。还要告诉你们，在这个年月里，不要招人惹人，也不要起早挂晚的。"又叫贵他娘做两锅干粮带着。二贵不在家，叫江涛帮着。朱老忠拿起腿走出来，他要上小严村去，看看严志和好了没有。一出村，刚走上那条小路，看见春兰在园子里割菜，他又走回去，问春兰："明天，我要上济南去看运涛，你有什么话要捎去？"

春兰弯着腰割菜，一听，红了脸，不好意思抬起头来。眼里的泪，像条线儿流在地上，说："你要去吗？"

朱老忠说："明天就走。"

春兰低着头，嗫嚅说："我也想去。"

朱老忠说："你不能去，咱乡村里还没这么开通，你们还没过门成亲，不要太招风了。"

春兰红着脸立起来，也不看一看朱老忠，只是斜着脸儿看千里堤上。想起那天晚上，运涛走的时候，他们在这里谈过话，他顺着那条道儿走了……她说："你告诉他，沉下心，住满了狱回来，我还在家里等着他……"说到这里，鼻子酸得再也说不下去，把两手捂着脸大哭起来，眼泪从手指缝里涌出来。

朱老忠由不得手心里出汗，把脸一僵，直着眼睛说："春兰！你有这心劲就行，我要去替他打这场人命官司。只要你肯等着，我朱老忠割了脖子、丧了命，没有翻悔，说什么也得成全你们！"说到这里，血充红了脸。为了运涛受害，以往的仇恨，又升到他心上，他心里难受。清醒了一下头脑，才忍过去。他说："现在革命形势不好，你在家里，要少出头露面，少惹动人家。咱小人家小主儿，万一惹动了人家，咱又碰不过。在目前来说，是万般'忍'为高。你知道吗？"

春兰说："我知道。"

朱老忠说："你给运涛有什么捎的，也拿来吧！"说着，迈动脚步，走到严志和的小屋里。

这时严志和醒过来了，在炕上躺着，身上发起高烧。听得脚步声，他用一件破衣服把卖地的洋钱盖上，不想叫朱老忠知道。

朱老忠一进门，看严志和脸上红红的，伸手一摸，说："咳呀！这么热？"

严志和说："发热得不行。"

朱老忠说："既是这样，明天你就不要去了，我和江涛去。"

严志和说："父子一场，我还是去看看他，我舍不得。"

朱老忠说："这也不能感情用事，要是病在道上，有个好儿歹的，可是怎么办？"

严志和说："看吧，明天我也许好了……"

朱老忠把涛他娘叫到跟前，对严志和说："明天，我要去济南搭救运涛，你们在家里，要万事小心。早晨不要黑着下地，下晚早点儿关上门。要管着咱家的猪、狗、鸡、鸭，不要作害人家，免得口角。黑暗势力听说咱家遇上了灾难，他们一定要投井下石，祸害咱。在我没回来以前，你不要招惹他们，就是在咱门上骂三趟街，指着严志和的名字骂，你也不要吭声。等我回来，咱再和他们算账。兄弟！听我的话，你是我的好兄弟，不按我说的办，回来我要不依你。"

严志和探起半截身子，流下眼泪说："哥说的是。"

朱老忠又对涛他娘说："志和身子骨不好，你就是当家的人儿，千辛万苦，也要把庄稼拾掇回家来，咱自春到夏，耕种庄稼不是容易。一个人力气不够，就叫贵他娘、二贵、老星哥他们帮着。"

涛他娘说："大哥说的，我一定记着。"

朱老忠说："还有一点，想跟你说。运涛虽在狱里，春兰还是咱家人。她年轻，要多教导她，别寻短见。叫她少出门，因为人儿出挑得好，街坊邻舍小伙子们有些风声。再说，冯家大院里老霸道也谋算过她，万一遇上个什么事儿，要三思而后行！要是她听我的话，我拿亲闺女看称她，她家的事情，就是我家的事情。要是她不听我的话，随她走自己的道儿就是了，咱也不多管。"

说着，涛他娘也流下泪来。她哭哑了嗓子，上了火气，再也说不出话来。

说着话儿，春兰走进来，手里拿着个小包袱，走到槅扇门，站住脚不进来。涛他娘哑着嗓子说："孩子，进来吧，坐在小柜上。手里拿的是什么？"

春兰把小包袱放在炕沿上，说："是一双软底儿鞋，他在家里的时候，爱穿这样的鞋。还有两身小衣裳。"说着，乌亮的眼睛，看看严志和，又看看朱老忠。那是她做下等过门以后叫运涛穿的，她想叫朱老忠捎去。

朱老忠说："春兰，我还要告诉你，运涛在狱里，江涛也要去济南，志和病着，这院里人儿少，你有空就过来帮着拾拾掇掇。你们虽没过门成亲，看着是老街旧邻，父一辈、子一辈的都不错。再说，你也是在这院里长大的。"

春兰说："大叔说了，就是吧。一早一晚儿我过来看看。"

一切安排停当，朱老忠抬起脚走出来。严志和又要挣扎送他，朱老忠说："不用，兄弟身子骨儿不好，甭动了。"就顺着那条小路走回去。走到村头，又走回来找朱老明，告诉他，明天要去济南，家里有什么风吹草动，要他多出主意，多照顾。

严志和听朱老忠说了会子话，有些累了，头晕晕的。懵里懵懂，又睡过去了。恍恍惚惚，听得门响，睁开眼一看，是江涛回来了。江涛说："明天就上济南去，忠大伯说，坐火车花钱多，就脚下走着。忠大娘正在蒸干粮。"

严志和试着抬了抬身子，说："咳！我还是想站起来。你们明天要走，扶我去看看我的'宝地'吧！"

"'宝地'卖了？"江涛才问这么一句，又停住。想：卖了就卖了吧！他又想起"宝地"。那是四平八稳的一块地，在滹沱河的岸上。土色好，旱涝都收……

严志和说："这是你爷爷流着血汗留下的，咱们一家人凭它吃了多少年，像喝爷爷的血一样，像孩子吃奶一样呀！老人家走的时候说：'只许种着吃穿，不许去卖。'如今，我把它卖了，我把它卖了！今天不是平常日子，我再去看看它！"

涛他娘说："天黑了，还去干吗？你身子骨儿又不结实。"

江涛见父亲摇摇晃晃走出去，也紧走两步，跟出来。出门向东走，走上千里堤。沿着堤岸向南走，这时，太阳落下西山，只留下一抹暗红。天边上黑起来，树上的叶子，只显出黑绿色的影子。滹沱河里的水，豁啷啷响得厉害。大杨树上的叶子哗啦啦叫着。归巢的乌鸦，一阵阵叫。走到小渡口，上了船，江涛拿起篙来，把船摆过渡。父亲扶着他的肩膀，走到"宝地"上。

"宝地"上收割过早黍子，翻耕了土地，等候种麦，墒垄上长出一扑扑的药葫芦苗，开着小花儿。脚走上去，就陷进一个很深的脚印。严志和一登上肥厚的土地，脚下像是有弹性的，柔软得像踩在发面团上走路，发散出一种青苍的香味。走着，走着，眼里又流下泪来，一个趔趄，跪在地下。张开大嘴，啃着泥土，咬嚼着，伸长了脖子咽下去。江涛在黑暗中，也没看见他是在干什么，叫起来："爹，爹！你想干什么？干什么？"

严志和嘴里嚼着泥土，唔哝地说："孩子！吃点吧！吃点吧！明天就不是咱们的啦！从今以后，再也闻不到它的气味！"

江涛一时心里慌了，不知怎么好。冯老兰在父亲艰难困苦里，在磨扇压住手的时候，夺去了"宝地"，他异常气愤，说："爹！甭难受！早晚我们要夺回它！"

严志和瞪出眼珠子，看着江涛问："真的？"冷不丁又趴在地上，啃了两口泥土。

江涛一时楞住，眼泪顺着鼻沿流下来。脊梁冷得难受，像有一盆冷水，哗啦啦劈头盖脸浇下来，浇在他的身上，前心后心都冷透了。

（选自《红旗谱》，中国青年出版社，1957 年 11 月初版）

【作品导读】

1949 年 10 月 1 日新中国成立，中国共产党带领人民结束了百年来旧中国被侵略被奴役的历史。在时代精神及革命热情的鼓舞下，以反映革命历史为主要内容的革命历史小说创作成为热潮。在"十七年"革命历史小说创作中，《红旗谱》以"平地一声雷"的阵势出场：该书从一出版即引起群众的阅读热情和评论界的极大认可，1958 年被称为"红旗谱年"，《红旗谱》被誉为红色经典的扛鼎之作。《红旗谱》塑造了以朱老忠、严志和等为代表的农民英雄群像，其中朱老忠被认为是"旧中国革命农民形象的总结，又是革命农民的新起点，其文学史地位足以与阿 Q 相提并论"（李希凡语），作者写出了农民反抗精神的实质，揭示了被剥削、被压迫的农民寻找到中国共产党的领导以及在党领导下走向革命胜利的历史必然。梁斌自 20 世纪 30 年代踏上文坛，始终关注农民的生存境遇和风起云涌的革命形势，立志写出"所谓古老的封建社会的叛逆的性格，写出中国农民的高大的形象"，梁斌曾言"四一二"反革命政变、二师"七六"惨案、"高蠡暴动"是刺在心上的三棵荆棘，因此他以笔杆作枪杆，饱含着对革命的热爱、对人民的同情向敌人斗争，成为一名捍卫"真、善、美"的无畏战士。

　　《红旗谱》是"红旗谱三部曲"的首部小说，也是梁斌最具代表性的作品之一。《红旗谱》中的主要人物及情节在梁斌的心中生活了不下 20 年，作者以科学严谨的态度对自己早期创作的文学作品进行综合艺术加工，反复修改，将个人生活中抓取的原型塑造成具有审美意义的文学典型。《红旗谱》围绕着 1927 年大革命失败前后十年的历史阶段展开对中国华北农村社会生活画面的描写，以冀中平原锁井镇农民朱老忠、严志和两家三代人与地主冯兰池一家的矛盾为中心，写出了两个革命斗争高潮：农村的"反割头税"运动和城市里的"保定二师学潮"斗争。全书由一个"楔子"——"朱老巩大闹柳树林"引发：滹沱河上锁井镇的恶霸地主冯兰池，企图用砸钟灭迹的阴谋手段霸占 48 村官产，朱老巩虽挺身而出却以失败而死，其子朱老忠远闯关东。文中穿插交织多个丰富的斗争情节：朱老明三告冯老兰失败，冯老兰企图强霸脯红鸟，严志和丢宝地等，小说结构错落有致。梁斌成功塑造了农民革命英雄的三代谱系：第一代自发反抗的朱老巩，第二代自觉反抗的朱老忠，第三代进行革命阶级斗争的江涛、运涛、大贵等无产阶级战士。该书深刻地揭露了冯老兰和冯贵堂作为两代地主不同的剥削方式，忠实地记录了大革命前后农民的斗争历程和成长道路，真诚地赞颂了中国共产党的伟大历史功绩。

　　本文所节选的第二十三节，主要叙述了严志和在其子运涛被捕入狱、其母去世的接连打击之下陷入困境、被迫出卖二亩宝地的故事。该节展现了朱老忠仗义救人、豪爽担当的性格特征，凸显了农村姑娘春兰美好忠贞的品格，刻画了冯老兰贪婪霸道的地主形象，体现了农民与地主之间阶级矛盾的尖锐性，更是通过严志和啃吃泥土的表现写出了农民与土地血脉相连的关系。

梁斌在题材内容上着意选择了能够反映民族特点和民族气魄的农民革命斗争作为书写核心，且在阶级斗争的主潮之外写出了乡村的日常生活与冀中风俗，使小说在具有史诗气魄、民族风格的同时带有浓厚的乡土气息，情节安排上大小高潮错落有致，主线分明。作者注意塑造人物形象时的映衬和互补性：如朱老忠与严志和、春兰与严萍、江涛与张嘉庆等，凸显人物性格。在语言方面，方言口语运用娴熟，语言新鲜、亲切、活泼，具有地方特色。

【思考与练习】

1. 从节选的内容来看，作者表现了朱老忠与严志和怎样的形象特点？

2. 试具体分析梁斌的语言特色。

3. 如何理解梁斌的民族风格？

（撰稿：庞　婧）

凤凰涅槃（存目）

（一名"菲尼克司的科美体"）

郭沫若

郭沫若（1892—1978），四川乐山人，原名开贞，幼名文豹。在中国现代文学史上以诗歌成就最为突出，是中国新诗的奠基人之一。郭沫若1914年赴日留学，接触外国作家作品和国外的文学思潮。1918年创作的《牧羊哀话》是他的第一篇小说，同年又创作《死的诱惑》，是其最早的新诗。1919年五四运动爆发，他投身于新文化运动，进行新诗创作，写出了《凤凰涅槃》《地球，我的母亲》《炉中煤》等诗歌。1921年，他和成仿吾、郁达夫等人一起组织了创造社。1930年加入左翼作家联盟，期间亦有《屈原》《王昭君》等历史剧创作。郭沫若的诗歌充满了浪漫主义气息，突破了诗歌格式的限制，创造了一种雄浑奔放的自由诗体，为"五四"以后自由诗的发展开拓了一条新的道路。其主要作品有：诗集：《女神》（1921年）、《星空》（1923年）、《瓶》（1927年）、《前茅》（1928年）、《恢复》（1928年）；剧本：《聂莹》（1925年）、《屈原》（1942年）、《棠棣之花》（1942年）、《虎符》（1942年）、《孔雀胆》（1943年）、《南冠草》（1943年）；散文集：《三叶集》（1920年，与宗白华、田汉合著）、《归去来》（1946年）；小说、戏剧集：《塔》（1926年）、《落叶》（1929年）、《漂流三部曲》（1929年）；戏剧集《三个叛逆的女性》（1926年）等。

【作品导读】

《凤凰涅槃》是一首现代新诗，是诗集《女神》中最有代表性的一篇。五四运动的浪潮在国内风起云涌，建设一个民主、科学的新中国成为中国人民的强烈愿望。在时代潮流影响下，郭沫若"个人的郁积""民族的郁积"找到了喷火口。于是他用诗歌的形式，抒发自己对于祖国的强烈的感情，写出了很多雄浑、热烈的诗篇，《凤凰涅槃》就是其中一首。《凤凰涅槃》全诗除序文外，共有五个部分，分别是"序曲""凤歌""凰歌""群鸟歌""凤凰更生歌"，诗歌结构完整，气势磅礴，有着鲜明的五四时代精神。诗歌以中国关于凤凰的传说作为素材，借凤凰"集香木自焚，复从死灰中更生"的故事，以歌唱的形式，表现出毁灭一切同时创造一切的大无畏的浪漫主义精神和狂飙突进的时代精神。诗歌象征着旧中国以及诗人"旧自我"的毁灭和新中国以及诗人"新我"的诞生。

在"序曲"中，诗人描绘了"除夕将近的空中""寒风凛烈的冰天"等恶劣的天气背景，为凤凰自焚，进行新生创造了一个严酷、悲壮的氛围，表现了凤凰"死期已近了"的情形。丹穴山上一片荒蛮，冰天雪地："山右有枯槁了的梧桐，山左有消歇了的醴泉，山前有浩茫茫的大海，山后有阴莽莽的平原，山上是寒风凛冽的冰天。"这是一片没有生机的大地，这象征着处于内忧外患的祖国，整个旧中国死气沉沉，整个旧世界毫无生气。诗人描写了这样一个荒芜的意象群，也为后面毁灭旧世界、创造新世界作出铺垫，表达出旧世界被推翻、新世界建立的强烈感受。紧接着诗人又描绘了凤凰自焚前的悲壮：它们不知疲倦地"啄"着、"扇"着，它们明知死期已经快要接近了，仍然决绝地准备着迎接死期。它们的行为体现出一种与旧世界势不两立的决心，显示了与旧世界决裂的英雄气概和悲剧氛围。而这种推翻一切甚至连自己也要烧毁的精神，正与当时的时代精神相合。

"凤歌"中，诗人借凤之口对黑暗、污秽的世界进行了控诉和诅咒，表现出凤敢于蔑视一切旧事物，勇于创造一切新事物的勇气和决心。面对"冷酷如铁""黑暗如漆""腥秽如血"的茫茫宇宙世界，诗人借凤的形象抒发他狂飙的情感。他以摧枯拉朽的无畏气势，发出了一系列的质问。他质问宇宙、质问天地、质问世界、质问一切黑暗和不合理的存在。在质问中诗人否定旧世界的一切，在质问中诗人的情感步步升华，其激愤之情令人感动，终于情感喷发了："宇宙呀，宇宙，我要努力地把你诅咒：你脓血污秽着的屠场呀！莫悲哀充塞着的囚牢呀！你群鬼叫号着的坟墓呀！你群魔跳梁着的地狱呀！你到底为什么存在？"诗人以一连串的排比句，对宇宙进行了彻底的否定。诗人勇敢地对旧世界进行了批评，这样一种破旧立新的、勇于质疑一切、推翻一切不合理存在的精神，也正是那个五四时代狂飙突进精神的体现。

"凰歌"是凰在自焚前如泣如诉的哀歌，是对"飘渺的浮生"的感慨与哀叹，同时也流露出对韶华易逝的慨叹和与旧世界分别的决心。在"凰歌"中，诗人表现出了我们五千年文明古国在帝国主义、封建主义压迫下所遭遇的苦难："五百年来的眼泪倾泻如瀑。五百年来的眼泪淋漓如烛。流不尽的眼泪，流不净的污浊，浇不熄的情炎，荡不去的羞辱，我们这飘渺的浮生，到底要向哪儿安宿？"在这样的苦难中，每个中华儿女都不能不反思，进而反抗！可惜现实却是令人失望的。现实所带给爱国儿女的只有"悲哀、寂寥、烦恼、衰败"，面对这令人心寒的现实，诗人发出了他的哀叹：一切"新鲜、甘美、光华、欢爱"都失去了。"凰歌"表现了诗人面对现实的痛哭叹息。

凤凰在涅槃重生前面对熊熊烈火的合唱，写出了把"身外的一切，身内的一切，一切的一切"统统烧毁的决心，同时也表现出了对于新世界的向往和憧憬。在熊熊烈火中，一切黑暗与衰败都化为灰烬，凤凰要再生，光明要重现。可以说，烈火烧掉的不仅是旧世界、旧中国，烧掉的还有诗人的旧的自我。把旧的烧毁，就意味着要迎来新的世界、新的中国和新的自我。凤凰自焚也是诗人的觉醒，也是诗人的自我革命。它意味着诗人要求建立一个自由、科学和民主的新世界的愿望。

"群鸟歌"是凤凰在涅槃重生过程中的一段插曲，诗人借一群安于现状的禽鸟的浅薄猥琐来反衬凤凰的壮美与崇高。群鸟浅薄自私的行为实际上象征着现实中某些人的丑恶嘴脸。他们反对革命，阻挠民主和科学，它们是一群庸俗懦弱的人。在群鸟和凤凰鲜明的对比下，凤凰形象所有的勇敢无畏的革命精神愈发凸显。诗人借群鸟形象表达出自己对于革命者的看法，批判了自私浅薄的反动势力，体现出鲜明的时代意识。

"凤凰更生歌"写出了凤凰更生之后的一个充满光明、新鲜、华美、芬芳、和谐、欢乐、热诚、雄浑、生动、自由、恍惚、神秘、悠久的人间乐园，表达出了诗人对新世界的赞美喜爱之情。在雄鸡报晓的鸡鸣声中，我们迎来了新世界的晨光。潮水涨了，大地复苏了，一切都是那么生机勃勃，充满生气和希望："听潮涨了，听潮涨了，死了的光明更生了。春潮涨了，春潮涨了，死了的宇宙更生了。生潮涨了，生潮涨了，死了的凤凰更生了。凤凰和鸣我们更生了，我们更生了。一切的一，更生了。一的一切，更生了。"这样生机盎然的意象与序曲中的万物萧条形成了鲜明的对比。在反复吟唱中，表现出了新世界的光明和欢乐。"热诚、挚爱、欢乐、和谐"的新世界不光是作者赞美的对象，更是诗人理想的新世界。这个理想是"五四"时期无产阶级登上历史舞台要带领人民实现的理想。诗人能在诗中呼唤理想世界、呼唤和谐新中国，也是"五四"时代精神的鲜明体现。

在艺术上，《凤凰涅槃》表现出鲜明的浪漫主义特色。诗歌直抒胸臆，带有自我表现的强烈的主观色彩。诗歌情感激昂奔放，充满了反抗精神和理想主义。诗中的"凤歌"和"凰歌"实为诗人自拟，充满了对旧社会、旧传统、旧我的破坏精神和对新社会、新传统和新我的革新精神。同时，诗歌张扬自我，讴歌自然的特点也是浪漫主义精神的体现。作品在取材、想象、象征等方面的创造性运用也体现出鲜明的浪漫主义风格，全篇充满了丰富自由的意象。它以丰富的想象、奇特的夸张、绝妙的象征，交织着热烈、生动的语句，给人以美的韵律。诗歌格式长短无拘无束，体式变化多样，但同时又不失对仗工整，这种新诗诗歌形式富于流动感和音乐性，有助于情感的宣泄和审美的愉悦。诗节划分变化多端，不拘一格。既可以使得格调高昂，激情蓬勃而出，表现热烈的情感，又可以沉吟低回，表现细腻和深层的情感。诗体的大解放显示出郭沫若诗歌创作的浪漫主义艺术特征以及其狂飙突进的艺术风格。

《凤凰涅槃》是诗集《女神》中最为杰出的一篇诗作。它不仅仅表现出了五四时代精神，表现出了诗人浪漫主义的创作风格，而且还表现出了新民主主义革命时期，人们对于科学、民主的执着探求与孜孜追寻。郭沫若是五四时期具有代表性的浪漫主义诗人，为我国诗歌的发展做出了巨大的贡献。

【思考与练习】

1. 结合诗歌体会郭沫若爱国主义情怀的时代特质。
2. 思考泛神论与《凤凰涅槃》浪漫主义诗歌风格的关系。

（撰稿：于文静）

忆 菊

——重阳前一日作

闻一多

　　闻一多（1899—1946），湖北浠水人，原名闻家骅。著名诗人、学者，中国现代伟大的爱国民主战士，中国民主同盟早期领导人。他有良好的家学渊源，自幼爱好古典诗词和美术。他的诗具有强烈的民族意识和爱国热情，在新诗形式上既吸收西方诗歌音节体的长处，又保留中国古典诗歌的格律，提出了新格律诗的理论，影响了较多诗人的创作。此外，闻一多在中国古代文学和古代文化研究也有颇有建树，代表作品有：诗集《红烛》（1922 年）、《死水》（1928 年），并著有《神话与诗》《唐诗杂论》《楚辞校补》等学术著作，绝大部分著作收入《闻一多全集》。

　　　　　　　插在长颈的虾青瓷的瓶里，
　　　　　　　六方的水晶瓶里的菊花，
　　　　　　　攒在紫藤仙姑篮里的菊花；
　　　　　　　守着酒壶的菊花，
　　　　　　　陪着螯盏的菊花，
　　　　　　　未放，将放，半放，盛放的菊花；
　　　　　　　镶着金边的绛色的金爪菊；
　　　　　　　粉红色的碎瓣的绣球菊，
　　　　　　　懒慵的江月腊哟！
　　　　　　　倒挂着一饼蜂窠似的黄心，
　　　　　　　仿佛［仿佛］是朵紫的向日葵呢。

　　　　　　　长瓣抱心，密瓣平顶的菊花；

可爱的尖瓣攒蕊的白菊，
如同美人底蜷〔蜷〕着的手爪，
拳心里攫着一撮小黄米。

檐前，阶下，篱畔，圃心的菊花，——
霭霭淡烟笼着的菊花，
丝丝疏雨洗着的菊花，
金底黄，玉底白。春酿底绿，秋山底紫……

剪秋萝似的小红菊花儿；
从鹅绒到古铜色的黄菊；
带紫颈的嫩绿的〔"真菊"〕
是些小小的玉管儿缀成的，
为的是好让小花神儿
夜里偷去当了笙儿吹着。

大似牡丹的菊王到底豪奢些，
他的枣红色的瓣儿，铠甲似的，
张张都装上银白的里子了；
星星似的小菊花蕾儿
还拥着褐色的萼被睡着觉呢。

啊！自然美的总收成啊！
我的祖国底秋之杰作啊！
东方底花，骚人逸士底花呀！
那东方底诗魂陶元亮
不是你的灵魂底化身吗？
那登高作赋的重九
不又是你诞生底吉辰吗？

你不像这里的热欲的蔷薇，
那微贱的紫萝兰更比不上你。

你是有历史，有风俗的花。

四千年华胄的名花呀！

你有高超的历史，你有逸雅的风俗！

啊！诗人底花呀！我想起你

我的心也开成顷刻之花，

灿烂的如同你的一样；

我想起你同我的家乡，

我们的庄严灿烂的祖国，

我的希望之花又开得同你一样！

习习的秋风啊！吹着！吹着！

我要赞美我祖国底花！

我要赞美我如花的祖国！

请将我的字吹成一簇鲜花，

金底黄，玉底白，春酿底绿，秋山底紫……

然后又统统吹散，吹得落英缤纷，

［溡］弥漫了高天，铺遍了大地。

秋风啊！习习的秋风啊！

我要赞美我祖国底花！

我要赞美我如花的祖国！

一九二二年，十月二十七日，美国芝城。

（选自《清华周刊》1923 年 1 月第 267 期《文艺增刊》第 3 期）

【作品导读】

1922 年 7 月，闻一多赴美国留学，先后在芝加哥美术学院、珂泉科罗拉多大学和纽约艺术学院进行学习，专攻美术且成绩突出。与此同时，他更表现出对文学的极大兴趣，特别是对诗歌的喜爱。诗人刚来到美国时，心情是复杂的，他带有东方古老民族的骄傲，又感叹西方物质文明的发达，但心中始终割舍不掉对祖国家乡的想念和希望，并写下了《火柴》

《玄思》《我是一个流囚》《太平洋舟中见一个明星》《寄怀实秋》《晚秋》《笑》《晴朗》《太阳吟》等诗作。重阳节的前一天，他与同住的同学来到芝加哥的公园游览，面对美丽的景色他想起重阳节"待到重阳日，还来就菊花"的传统习俗，在异国他乡回想起祖国土地上丰富美丽的各色菊花，写下了这首名篇《忆菊》。

这首诗可以分成两个部分。全诗十个小节，前五个小节重在写景，后五个小节重在抒情，寄情于景，情景交融，最后喷薄出满腔爱国之情，作者忍不住赞叹祖国的花、如花的祖国。第一小节写放在各种器皿里的菊花，有"长颈的虾青瓷""六方的水晶瓶""紫藤仙姑篮"，运用拟人的手法，写菊花"守着酒壶""陪着螯盏"。第二小节开始细细描绘形态各异的菊花，"金边的绛色的鸡爪菊""粉红色的绣球菊"，并运用拟人的手法，将"攒蕊的白菊"比作美人"蜷着的手爪"，实在生动形象，"霭霭的淡烟""丝丝的疏雨"，将菊花置于淡洁的背景中，突出菊花的清雅高洁。除此之外，诗人运用丰富的想象和比喻，写小花神儿偷了花蕊当了笙儿吹着，小菊花蕾儿拥着褐色的萼睡着觉，这些想象都无比灵动活泼，体现出诗人对这些美丽的菊花的喜爱和赞美。这与诗人擅长美术有关，每一种菊花好像以油画的形式展现在读者面前，加上作者以词语作画笔，勾勒出不同色泽与形态的菊花，赋予了各色菊花不同的生命与活力。后半部分借物咏怀，由菊花联想到"骚人逸士"。在中国传统上，自古以来无数文人墨客都吟咏过菊花。菊花因为清丽淡雅、不争强斗艳象征着淡然自若、傲然不屈的高贵品格，诗人认为菊花是陶渊明高尚品质的化身，是中华民族优秀品格的象征，"你不像这里的热欲的蔷薇，那微贱的紫罗兰更比不上你"，"这里"不难想到是诗人留学的美国，物质飞速发展的美国也让诗人看到了繁华下的不堪，两者对比进而感叹中国五千年的历史文明，油然生出一种民族自豪感。最后几个小节诗人的情感进一步深化，由衷地唱起对祖国的赞歌。诗人对祖国充满了新的希望，并坚定地相信祖国如花的前景和未来。

【思考与练习】

1. 分析这首诗的艺术手法。

2. 体会诗人的爱国情感及其表达特点。

（撰稿：陆莉锢）

昨夜里梦入天国

蒋光慈

蒋光慈（1901—1931），安徽省金寨县人。原名蒋如恒（儒恒），又名蒋光赤、蒋侠生。五四运动后，主编校刊《自由花》，积极领导芜湖地区学生运动，为芜湖学生联合会副会长。1920 年，经陈独秀介绍，到上海参加社会青年团。1921 年赴苏联莫斯科东方大学学习，同时开始文学创作，1921 年加入中国共产党；1924 年秋归国后到上海大学社会学系任教，与沈泽民等组织春蕾文学社。1928 年与阿英、孟超等人组织"太阳社"，编辑《太阳月刊》《时代文艺》《新流》《拓荒者》等文学杂志，宣传革命文学。著有诗集《哀中国》（1924）、《新梦》（1925），小说《少年漂泊者》（1926）、《野祭》（1927）、《冲出云围的月亮》（1930）等。其中诗集《新梦》被钱杏邨评价为"中国的最先的一部革命的诗集"，"简直可以说是中国革命文学的开山祖"。

昨夜里梦入天国，
那天国位于将来岭之巅。
它真给了我深刻而美丽的印象啊！
今日醒来，不由得我不长思而永念：

男的，女的，老的，幼的，没有贵贱；
我，你，他，我们，你们，他们，打成一片；
什么悲哀哪，怨恨哪，斗争哪……
在此邦连点影儿也不见。

也没都市，也没乡村，都是花园。

人们群住在广大美丽的自然间。

要听音乐罢，这工作房外是音乐馆；

要去歌舞罢，那住室前面便是演剧院。

鸟儿喧暄，赞美春光的灿烂，

一声声引得我的心魂入迷。

这些人们真是幸福而有趣啊！

他们时时同鸟儿合唱着幽妙曲。

花儿香薰薰的，草儿青滴滴的，

人们活泼泼地沉醉于诗境里；

欢乐就是生活，生活就是欢乐啊！

谁个还知道死、亡、劳、苦是什么东西呢？

喂！此邦简直是天上非人间！

人间何时才能成为天上呢？

我的心灵已染遍人间的痛迹了，

愿长此逗留此邦而不去！

12 月 1 日

（选自《新梦》，上海书店，1925 年 1 月）

【作品导读】

蒋光慈作为中国革命文学的早期倡导者和实践者，在 20 世纪 20 年代初期自觉地开始了革命文学创作。《昨夜里梦入天国》是他第一部诗集《新梦》中的一首，代表了蒋光慈早期创作的基本风格：情绪化、浪漫化的表达，简单朴素的诗歌语言，乐观向上的感情基调。

1924 年，正在苏联留学的蒋光慈目睹了十月革命后苏联的快速发展，令他本能地向往共产主义社会，饱含深情地写出了这首《昨夜里梦入天国》。苏联作为世界上第一个社会主义国家，在社会各方面展现出了前所未有的新气象，这与黑暗落后的旧中国形成巨大反差。诗人这一时期的诗歌创作，不再有五四落潮时期诗歌的感伤、哀怨、缠绵情调，取而代之的是对无产阶级解放主题、集体主义主题雄强豪放的呼喊，对无产阶级热烈的歌颂。《新梦》集中，有歌颂十月社会主义革命的《莫斯科吟》，有悼念伟大的无产阶级革命导师的《哭列宁》《临列宁墓》，有歌唱苏联红军的《劳动的武士》，更有鼓动反抗、揭示新民主主义革命主旨的《中国劳动歌》等。

《昨夜里梦入天国》一诗中，诗人充分发挥想象力勾画出一个美好的革命乌托邦"天国"世界，描摹出了无产阶级革命胜利后理想的社会图景。

全诗一共6节，第一节直抒胸臆，美好的天国给作者留下了"深刻而美丽的印象"，反观中国烽烟弥漫、萎靡颓唐的凄惨景象，"长思而永念"美好天国恰恰是作者的本能向往。第二至第五节紧接着畅想人们在天国里的生活场景，通过人类社会和自然界两大方面表现了这一诉求，"没有贵贱"，人人平等，"音乐馆""演剧院"的存在，人们的精神境界提高，文化生活丰富，自然界鸟儿、花草的状态，"幸福而有趣""沉醉于诗境里"，发出了"欢乐就是生活，生活就是欢乐"的喟叹，一切都是那么美好而真实。最后一节回归现实，"人间何时才能成为天上呢"一句感慨，让读者不难感受到作者心灵上的巨大创痛，"我的心灵已染遍人间的痛迹了"，表明作者在热情澎湃之时，内心深处也潜伏着浓厚的忧患意识。面对祖国之衰颜，作者哀痛不已，想要改变却无可奈何，唯有展开富有浪漫色彩的想象的翅膀进行描绘，"愿长此逗留此邦而不去！"直接表现出作者对那美好天国的憧憬与向往。

这首诗饱含着蒋光慈对于社会主义社会的诚挚歌颂和无限憧憬，体现了他对共产主义理想社会的执着追求；同时也展现了当时新生的社会主义社会在五四一代知识分子中所具有的召唤力。苏联的社会主义所呈现的崭新图景，使中国知识分子的"大同"世界有了现实的寄托。因此，满怀激情的诗人忘情地表示梦入天国，愿长留此间。

【作品导读】

1. 这首诗在抒情方式上有何特点？
2. 结合诗歌，试分析诗歌的思想情感。

（撰稿：刘　琼）

血　字

殷　夫

　　殷夫（1910—1931），浙江省象山县人，原姓徐，常用白莽、文雄白、沙菲、洛夫等笔名，"左联五烈士"之一。1930 年加入中国左翼作家联盟，在参加青年工人运动的同时，依然进行文学创作。1931 年同"左联"其他作家（柔石、胡也频、李伟森、冯铿）一同被捕，在龙华被国民党反动派秘密杀害。殷夫是现代文学史上一位重要的革命诗人，他的富有战斗精神的诗歌备受推崇，诗作集中反映了党领导下的群众斗争，描绘和歌颂了无产阶级的战斗集体，表现了他坚定的无产阶级立场和崇高的革命信念。其作品气魄宏大、音色粗犷、节奏高昂，是无产阶级进军中的红色战歌。

　　其诗集作品有：《孩儿塔》（1929 年）、《伏尔加的黑浪》（1929 年）、《一百零七个》（1930 年），翻译作品有：《苏联的农民》（1928 年）、《苏联的少年先锋队》（1930 年）、《列宁论恋爱》（1930 年），此外还有小说、随笔、戏曲集《小母亲》（1928—1930 年）等。

血液写成的大字，
斜斜地躺在南京路，
这个难忘的日子——
润饰着一年一度……

血液写成的大字，
刻划着千万声的高呼，
这个难忘的日子——
几万个心灵暴怒……

血液写成的大字，
记录着冲突的经过，
这个难忘的日子——
狞笑着几多叛徒……

五卅哟！
立起来，在南京路走！
把你血的光芒射到天的尽头，
把你刚强的姿态投映到黄浦江口，
把你的洪钟般的预言震动宇宙！

今日他们的天堂，
他日他们的地狱，
今日我们的血液写成字，
异日他们的泪水可入浴。

我是一个叛乱的开始，
我也是历史的长子，
我是海燕，
我是时代的尖刺。

"五"要成为报复的枷子，
"卅"要成为囚禁仇敌的铁栅，
"五"要分成镰刀和铁锤，
"卅"要成为断铐和炮弹！……

四年的血液润饰够了
两个血字不该再放光辉，
千万的心音够坚决了，
这个日子应该即刻消毁！

一九二九年四月

（原载《拓荒者》，1930 年 5 月 10 日出版）

【作品导读】

在新诗的发展历程中，革命诗歌的兴起与流变是非常值得关注的一个现象。革命诗歌的兴起体现了中国现代诗人的社会担当。诗人们注重传达、向社会发声，使诗歌在内容上具有现实的沉重与紧张，某种程度上也忽视了诗歌形式的建构。20世纪20年代影响较大的革命诗人有蒋光慈、殷夫等。殷夫早期的爱情诗作精致优美，后期以红色鼓动诗为人所熟知，《血字》是诗人殷夫写下著名的红色诗作之一，为纪念"五卅"四周年而作。"五卅"的历史是用鲜血写成的，诗人用"五卅"惨案血的记忆激发人们的阶级仇恨，希望人们从血痕中看到胜利之光，看到帝国主义及国民党反动派必然走向覆灭的命运，号召人们化仇恨悲痛为力量，绝不让历史的悲剧重演。

《血字》的1-3节采用了并列结构，每节的结构形式也基本相同，作者通过"血液写成的大字……"三个节拍整齐的诗节、回旋的韵律、沉重的韵脚，表达了对"五卅"运动沉痛的追念，诗的开头把抽象的"五卅"形象化，再现了当年烈士们流血牺牲、千百万群众大声疾呼、慷慨激昂的"冲突的经过"。这三节的后两句都强调这是个"难忘的日子——"，每到这一天，千万人都沉痛纪念，千万心灵仍旧愤怒无比，这些诗句是对帝国主义和反动派的鞭挞和控诉，更是对其罪恶阴谋的有力揭露。诗的前三节由追念——控诉——揭露层层递进，内容既丰富又深刻。从第四节开始，诗韵、节奏、句式都有了较大改变。第四节在呼喊"五卅"之后，用了四个长句，押同一个韵，放慢节奏，发出响亮有力、气势磅礴的呼号，诗人进一步将"五卅"人格化，希望这个伟大的日子放出血的光芒，以刚强的姿态鼓舞人民，把洪钟般的预言传达给整个世界。第五节将两组对偶句进行对比，两组句子由短到长，斩钉截铁地发出胜利的预言，这是诗人对于无产阶级强大力量的坚信，宣告了敌人必将灭亡我们必将胜利的命运。诗的第六节通过一系列的比喻展现出工人阶级的战斗英姿和伟大力量，这里的"我"是工人阶级的战斗集体，工人阶级登上历史舞台是革命"叛乱"的开始，他们虽在旧世界中孕育，但他们却要打破这不合理的旧社会，像海燕一样无畏风暴，站在时代的最前列。七、八两节句子结构变长，用缓慢的节奏表达深刻复仇的情绪和坚决斗争的心声，把"五"和"卅"两个"血字"化为斗争的武器，推翻帝国主义和国民党反动派的黑暗统治。全诗首尾呼应，从沉痛追念到呼吁斗争正是此诗的主旨所在。

在艺术手法上，《血字》把对于"五卅"的追念和革命的鼓动结合在一起，不仅加强了这首诗的思想深度，而且更加强了诗歌的鼓动性；塑造出工人阶级宏伟的巨人形象，把诗人豪迈的诗情注入到工人阶级的战斗集体中去，迸发出无限的力量之光；诗歌的节奏和韵律和诗人的情绪有机统一起来，内容与形式得到完美结合。《血字》是"五卅"反帝运动的颂歌，是对工人阶级伟大力量的赞歌，更是为帝国主义和国民党反动统治唱响的丧歌。诗人在字里行间表达出革命必胜的崇高信念、革命乐观主义精神和追求光明前途的坚强意志。

【思考与练习】

1. 在前三节中，突出运用了什么修辞手法？其作用是什么？

2. 整首诗在节奏上有什么样的特点？

（撰稿：胡学丽）

雪落在中国土地上

艾　青

　　艾青（1910—1996），现代诗人，原名蒋正涵，号海澄，笔名有莪伽等。抗日战争爆发后，由于民族精神的振奋，新诗形成了新的高潮，出现了一个诗歌的重要流派——七月派，而艾青就是其中的主要代表之一。艾青的诗歌涌动着对土地和太阳的挚爱，"土地"这一意象凝聚着诗人对生于斯、耕于斯、死于斯的劳动人民最深沉的爱，对他们命运的关注与探索。爱国主义是艾青作品中永远唱不尽的主题。主要作品有：诗集《大堰河——我的保姆》（1936 年）、《旷野》（1940 年）、《北方》（1942 年）、《黎明的通知》（1943 年）、《献给乡村的诗》（1945 年）、《春天》（1956年）等，长诗《向太阳》（1940 年）、《吴满有》（1943 年），论文集《诗论》（1941 年）、《新文艺论集》（1950 年）等。

　　　　　　　雪落在中国的土地上，
　　　　　　　寒冷在封锁着中国呀……

　　　　　　　风，
　　　　　　　像一个太悲哀了的老妇，
　　　　　　　紧紧地跟随着
　　　　　　　伸出寒冷的指爪
　　　　　　　拉扯着行人的衣襟，
　　　　　　　用着像土地一样古老的话
　　　　　　　一刻也不停地絮聒着……

　　　　　　　那从林间出现的，

赶着马车的
你中国的农夫，
戴着皮帽
冒着大雪
你要到哪儿去呢？

告诉你
我也是农人的后裔——
由于你们的
刻满了痛苦的皱纹的脸
我能如此深深地
知道了
生活在草原上的人们的
岁月的艰辛。

而我
也并不比你们快乐啊
——躺在时间的河流上
苦难的浪涛
曾经几次把我吞没而又卷起——
流浪与监禁
已失去了我的青春的
最可贵的日子，
我的生命
也像你们的生命
一样的憔悴呀。

雪落在中国的土地上，
寒冷在封锁着中国呀……

沿着雪夜的河流，
一盏小油灯在徐缓地移行，

那破烂的乌篷船里

映着灯光，垂着头

坐着的是谁呀？

——啊，你

蓬发垢面的少妇，

是不是

你的家

——那幸福与温暖的巢穴——

已被暴戾的敌人

烧毁了么？

是不是

也像这样的夜间，

失去了男人的保护，

在死亡的恐怖里

你已经受尽敌人刺刀的戏弄？

咳，就在如此寒冷的今夜，

无数的

我们的年老的母亲

都蜷伏在不是自己的家里，

就像异邦人

不知明天的车轮

要滚上怎样的路程……

——而且

中国的路

是如此的崎岖

是如此的泥泞呀。

雪落在中国的土地上，

寒冷在封锁着中国呀……

透过雪夜的草原

那些被烽火所啮啃着的地域，

无数的，土地的垦植者

失去了他们所饲养的家畜

失去了他们肥沃的田地

拥挤在

生活的绝望的污巷里；

饥馑的大地

朝向阴暗的天

伸出乞援的

颤抖着的两臂。

中国的痛苦与灾难

像这雪夜一样广阔而又漫长呀！

雪落在中国的土地上

寒冷在封锁着中国呀……

中国，

我的在没有灯光的晚上

所写的无力的诗句

能给你些许的温暖么？

一九三七年十二月二十八日 夜间

（选自诗集《北方》，1942 年 1 月初版）

【作品导读】

本诗写于 1937 年 12 月的武汉。1937 年，日本侵略者发动了卢沟桥事变，全面侵华。而当诗人艾青怀着急切投入战斗的决心来到了当时有"抗战中心"之称的武汉时，却发现报国无门。国民党军队节节败退，祖国的大好河山惨遭日寇践踏，权贵们仍然作威作福，老百姓仍然忍受着饥饿和贫困。艾青看到这些，感到无比的失望和痛心，一颗火热的心仿佛被冰雪冻结了一般，他陷入了对民族命运和人民出路的深邃思考之中，在武昌一间阴冷的屋子里写下了这首感情真挚、意境沉郁的长诗。

诗歌以"我"想象中的视角，细致深情地展现了一幅"雪夜流民图"——大雪纷飞下赶着马车的农夫、坐在乌篷船里蓬头垢面的少妇、年老的母亲、失去家畜和田地的农民，这些画面中有北方的汉子也有南方的少妇，有羸弱的老人也有遭受苦难的青年，他们是身处水深火热困境中的人民的化身，既有现实性，又有典型性。

这是一场怎样的雪？开篇"雪落在中国的土地上，寒冷在封锁着中国呀……"把"雪"这样一个迷离空灵的意象和"中国的土地"这样一个古朴厚重的意象紧密地联系在一起，引领着读者去关注国家民族的命运，此时的雪已经不再是单纯的雪，而是当时国内环境的真实写照：时局动荡，日本侵略者铁蹄践踏我国土，人民衣不蔽体、食不果腹……寒冷覆盖了整个中国，找不到一丝温暖。于是，在这个如此冰冷的环境中，连"风"也成了"一个太悲哀了的老妇"，佝偻着、絮聒着，没有半点生气和希望。后文从苦苦前行的农夫到向天乞援的垦植者，尽管他们年龄、身份不同，但他们或者漂泊无依，或者流离失所，都遭受着日本侵略者和本国剥削者的欺凌，都处在生存的艰难之中。正如评论家所言："诗人对中国的黑暗和冷酷有着深刻的感受，他唱的挽歌是非常深沉的。他对人民的苦难有深刻的同情，他描述的穷人形象，是使人禁不住感到伤痛的"（胡风评语）。诗人把自我和祖国、人民有机地融合起来，他不仅见证着经历着祖国的苦难，还担忧着民族的前途、怜悯着民众的命运，更重要的是他想给他们温暖和力量。

《雪落在中国的土地上》一诗在艺术手法上表现为两大特点：主题反复咏叹和语言散文化。"雪落在中国的土地上，寒冷在封锁着中国呀……"这一句重复叠现，回环复沓，以舒缓沉郁的叙述性语调表现了沉重忧郁的情感，构成了贯穿全诗的基调和主题，既写了当时的自然环境，又象征着政治环境、社会氛围，折射出沉重的现实。同时，艾青的诗歌语言不是简单的情绪化的外显，而是与内在的生命不可分割的，它没有雕琢和修饰的痕迹，展现出特有的朴素清新的形式美感，这就是艾青诗歌"散文化"的形式特色。艾青的诗歌虽然是散文的形式，不像其他诗人的诗歌那样格律感十足，但它有一种贯穿性的情感，这种情感主导了作品的语言和节奏，形成了一种内在的韵律，使诗歌的意境更加深邃开阔，具有撼动感的深沉的节奏。

艾青的《雪落在中国的土地上》这首诗从深重的民族危难中走来，带着忧国忧民的沉郁之情和对抗战前景的深沉思考，不啻为抗战文学的一座里程碑。无论在任何年代，这样的作品都不会失去它的经典意义！

【思考与练习】

1. "雪落在中国的土地上，寒冷在封锁着中国呀……"在文中出现了几次？有什么效果？

2. 分析本诗所运用的比喻、象征手法有何效果？

（撰稿：龙媛媛）

手推车

艾 青

在黄河流过的地域

在无数的枯干了的河底

手推车

以唯一的轮子

发出使阴暗的天穹痉挛的尖音

穿过寒冷与静寂

从这一个山脚

到那一个山脚

彻响着

北国人民的悲哀

在冰雪凝冻的日子

在贫穷的小村与小村之间

手推车

以单独的轮子

刻画在灰黄土层上的深深的辙迹

穿过广阔与荒漠

从这一条路

到那一条路

交织着

北国人民的悲哀

一九三八年初

（选自《北方》，文化生活出版社，1942年1月初版）

【作品导读】

艾青的诗歌，总是充满了深沉的人文情怀。艾青擅长以自己的人生经历为素材，选取独特的角度去感受中国现实和人民苦难，建构丰富而有深度的诗歌世界。在艾青的作品中，有《旷野》《手推车》这样描写中国农民苦难的作品，也有《巴黎》《马赛》这样描写西方现代都市畸形生活的作品，更有《雪落在中国的土地上》《我爱这土地》等抒发对祖国深深眷恋的爱国主义诗篇。冯雪峰曾经评价艾青："艾青的根是深深地植在土地上"，是"在根本上就正和中国现代大众的精神结合着的、本质上的诗人"（冯雪峰：《论两个诗人及诗的精神和形式》）。

《手推车》这首诗创作于1938年。诗人当时从武汉去往山西临汾，一路上的所见所闻使他深感战乱中百姓所遭受的苦难，便写下了这首《手推车》。

全诗分为上下两节，第一节中的"黄河流过的地域""枯干了的河底"首先就给读者营造了一种荒凉枯寂的写实场景，也为整首诗奠定了一个苍凉的叙事基调。随后，诗人又以"使阴暗的天穹痉挛的尖音""穿过寒冷与静寂"，从听觉上写出了手推车轮子滚动在这荒凉场景中所发出的空灵而且具有极强穿透力的"尖音"，就好似代替人民用尽全力发出心底对于苦难的呐喊。

诗的第二节以"冰雪凝冻的日子""贫穷的小村与小村"为始，向读者进一步展示了战乱中百姓艰难的生存意象。紧接着，诗人从视觉上以"单独的轮子""黄土层上的深深的辙迹""穿过广阔与荒漠"写出了百姓在行进途中的悲哀与苦痛。

艾青凭借自己与农民之间内在的精神联系，通过对场景的呈现以及听觉视觉双重角度的切换等方式，把农民内心隐藏的情绪具体可感地外化出来，从而去关照战争岁月中百姓的生存境况，为我们勾勒了一幅真实可感

189

的北国人民苦难图。全诗表达出诗人内心的民族忧患和爱国情怀，也为当时正在苦难的中国大地和人民唱出了一首沉重而嘹亮的悲歌。

【作品导读】

1. 分析诗中"手推车"的象征意味。
2. 分析《手推车》的艺术创作手法。

（撰稿：苏丽娜）

哭亡女苏菲

高 兰

高兰（1909—1987），原名郭德浩，生于黑龙江省瑷珲县，著名的朗诵诗人和现代文学史家。在抗日战争期间，他用朗诵诗歌号召人们站起来保卫祖国，赶走日本侵略者，在当时起到了极大的鼓舞作用，因而他被称为"钢铁的喉咙"，是抗战时期具有代表性的诗人。其代表作品有：诗集《高兰朗诵诗集》（1938年）、《高兰朗诵诗新辑》（1943年）、《用和平的力量推动地球前进》（1953年）、《高兰朗诵诗选》（1956年），专著《李后主评传》等。

你哪里去了呢？我的苏菲！
去年今日
你还在台上唱"打走日本出口气"！
今年今日啊！
你的坟头已是绿草萋迷！

孩子啊！你使我在贫穷的日子里，
快乐了七年，我感谢你。
但你给我的悲痛
是绵绵无绝期呀？
我又该向你说些什么呢？

一年了！
春草黄了秋风起，
雪花落了燕子又飞去；

我却没有勇气
走向你的墓地！
我怕你听见我悲哀的哭声，
使你的小灵魂得不到安息！

一年了！
任黎明与白昼悄然消逝，
任黄昏去后又来到夜里；
但我竟提不起我的笔，
为你，写下我忧伤的情绪，
那撕裂人心的哀痛啊！
一想到你，
泪，湿透了我的纸！
泪，湿透了我的笔！
泪，湿透了我的记忆！
泪，湿透了我凄苦的日子！
孩子啊！
我曾一度翻看箱箧，
你的遗物还都好好的放起；
蓝色的书包，
深红的裙子，
一叠香烟里的画片，还有……
孩子！你所珍藏的一块小绿玻璃！
我低唤着苏菲！苏菲！
我就伏在箱子上放声大哭了！
醒来夜已三更，月在天西，
寒风里阵阵传来
孤苦的老更人遥远的叹息！

我误了你呀！孩子！
你不过是患的疟疾，

空被医生挖去我最后的一文钱币。
我是个无用的人啊！
当卖了我最值钱的衣物，
不过是为你买一口白色的棺木，
把你深深地埋葬在黄土里！

可诅咒的信仰啊！
使我不曾为你烧化纸钱设过祭，
唉！你七年的人间岁月
一直是贫苦与褴褛，
死后你还是两手空空的。

告诉我！孩子！
在那个世界里，
你是否还是把手指头放在口里，
呆望着别人的孩子吃着花生米？
望着别人的花衣服
你忧郁的低下头去？

我知道你的魂灵漂泊无依，
漫漫的长夜呀！你都在哪里？
回来吧！苏菲！我的孩子！
我每夜都在梦中等你，
唉！纵山路崎岖你不堪跋涉，
但我的胸怀终会温暖
你那冰冷的小身躯！

当深山的野鸟一声哀啼，
惊醒了我悲哀的记忆，
夜来的风雨正洒洒凄凄！
我悄然的披衣而起，
提起那惨绿的灯笼，走向风雨，

向暗夜，

向山峰，

向那墨黑的层云下，

呼唤着你的乳名，小鱼！小鱼！

来呀！孩子！这里是你的家呀！

你向这绿色的灯光走吧！

不要怕！

你的亲人正守候在风雨里！

但蜡泪成灰，灯儿灭了！

我的喉咙也再发不出声息，

我听见寒霜落地，

我听见蚯蚓翻地，

孩子！你却没有回答哟！

唉！飘飘的天风吹过了山峦，

歌乐山巅一颗星儿闪闪，

孩子！那是不是你悲哀的泪眼？

唉！歌乐山的青峰高入云际！

歌乐山的幽谷埋葬着我的亡女！

孩子啊！

你随着我七载流离，

你随着我跨越了千山万水，

我却不曾有一日饱食暖衣！

记得那古城之冬吧！

寒冷的风雪交加之夜，

一床薄被，我们三口之家，

吃完了白薯我们抱头痛哭的事吧！

但贫穷我们不怕，

因为你的美丽像一朵花

点缀着我们苦难的家,
可是，如今叶落花飞
我还有什么呀!

因为你爱写也爱画,
在盛殓你的时候,
你痴心的妈妈呀!
在你右手放了一支铅笔,
在你左手放下一卷白纸,
一年了啊!
我没接到你一封信来自天涯,
我没看见你一个字写给妈妈!

我写给你什么呢?
唉! 一年来, 我像过了十载,
写作的生活呀,
使我快要成为一个乞丐!
我的脊背有些伛偻了,
我的头发已经有些几茎斑白,
这个世界里, 依旧是
富贵的更为富贵,
贫穷的更为贫穷;
我最后的一点青春与温情,
又为你带进了黄土堆中!

我写给你什么呢?
我一字一流泪!
一句一呜咽!
放下了笔, 哭啊!
哭够了! 再拿起笔来,
姗姗而来的是别人的春天,

鸟啼花发是别人的今年！

对东风我洒尽了哭女的泪，

向着云天，

我烧化了哭你的诗篇！

小鱼！我的孩子，

你静静地安息吧！

夜更深，

露更寒，

旷野将卷起狂飙！

雷雨闪电将摇撼着千万重山！

我要走向风暴，

我已无所系恋

孩子！

假如你听见有声音叩着你的墓穴，

那就是我最后的泪滴入了黄泉！

（原载重庆《大公报·战线》1942 年 3 月 29 日）

【作品导读】

　　全面抗战的爆发改变了诗人旧有的生活状态和写作方式，战争的炮火炸灭了诗歌的抒情方式，在全民抗战的旗帜下，诗人们"为祖国而歌""为抗战而艺术"。《哭亡女苏菲》就是诗人高兰在抗战期间创作的一首新诗，诗人通过对亡女的深情悼念，反映和揭露了在国民党反动派统治下广大人民的苦难生活和社会罪恶。诗人从武汉到重庆之后，目睹了大后方人民的痛苦与艰难生活，对国民党反动派的腐朽统治感到失望和愤懑，进而发出抗议和哀呼。诗人并没有粉饰大后方的"太平盛世"，而是真实地描写了底层人民和知识分子贫困而悲惨的命运。这首诗在当时社会中引起了空前反响，具有深刻的现实意义。它既是诗人自己悲苦命运的真实写照，也是广大人民群众的强烈心声。

　　白居易曾说："感人心者莫先乎情"，真情实感，是诗歌的艺术魅力所在。《哭亡女苏菲》之所以在发表后能有巨大的反响，一方面是当时社会背景所导致，另一方面则是整首诗充满了真情实感，在人们的心灵留下深刻印象。诗歌开头竟是一句："你哪里去了呢？"诗人的明知故问蕴藏着一位父亲的痛惜之情，爱女心切，诗人不愿相信女儿已经逝去，深沉哀痛的怀念如潮水，分成无数的细流奔向埋葬女儿的那座绿草萋迷的坟头。细流如回忆之镜，照见诗人哭亡女的痛，睹亡女遗物而伤神，忆往事而凄怆，恨自己无能而忏悔，诗人强烈表达了思亡女的悲情，并对亡女短暂悲苦一生进行回忆，抒哀思与叙前事完美结合。

该作品的另一特点是将丰富的想象和朴素文雅的诗歌语言相结合。诗人以丰富的想象勾勒了一幅静夜思女的画面：父亲哭亡女已泪干，喉咙哭哑，在寂静的深夜竟听到"蚯蚓翻泥"的声音，却听不到亡女的回音。天上的寒星却似亡女悲伤的泪眼，由远到近的想象，深沉的夜景与深沉的感情把诗人的极度思念深深铭刻在诗行中。诗中有画，画外有诗，令人潸然泪下，浮想联翩，百转千回，唏嘘不已。音韵依照情绪的起伏，时而悲痛忏悔，时而悲愤激昂，诗歌的内涵随着节奏的变化而变化。"哭"是诗歌的主脉，女儿的歌声和遗物，治病无望与棺木入土，饥寒交迫的场景结成一条悲哀的链条。最后诗歌结尾的"孩子/假如你听见有声音叩着你的墓穴/那就是我最后的泪滴入了黄泉！"无法纾解的悲痛，在结尾掀起了泪涛。诗中透露出的世道艰难为诗歌铺上一层灰暗的底色，而至亲至爱的父女之情点亮了寒夜，洋溢着悲凉的温暖。

整首诗充满了深沉真挚的思念之情，语言朴素文雅，音韵婉转动人。

【思考与练习】

1. 在这首诗歌中，表现了高兰诗歌怎样的复杂情感？
2. 分析高兰朗诵诗歌的声乐之美。

（撰稿：邹　洁）

春 鸟

臧克家

臧克家（1905—2004），山东诸城人，曾用名臧瑗望，笔名少全、何嘉等，出生于"以官宦始，以叛逆终"的传统封建家庭。幼时曾接受私塾教育，五四运动同年入县城读高小，1923年考入济南省第一师范学校，开始接触新文学作品与进步思潮，1926年秋南下武汉，次年考入中央军事政治学院，入黄埔军校第四期学习，亲历大革命由高潮到失败的全过程，后由家乡流亡东北，历经疾病，病愈后考入国立青岛大学。复杂的求学经历，以及多种身份体验，再加上在全国辗转多地，此间的见闻与磨难为其提供了充足的创作素材和丰沛的情感资源。其著有诗集《烙印》《罪恶的黑手》《自己的写照》《运河》《古树的花朵》《泥土的歌》等，代表作品有《老马》（1932）、《难民》（1932）、《罪恶的黑手》（1933）、《三代》（1942）、《有的人》（1949）等。

> 当我带着梦里的心跳，
> 睁大发狂的眼睛；
> 把黎明叫到了我的窗纸上——
> 你真理一样的歌声。
> 我吐一口长气，
> 抚一下心胸，
> 从床上的恶梦
> 走进了地上的恶梦。
> 歌声
> 像煞黑天上的星星。

越听越灿烂，

像若干只女神的手

一齐按着生命的键。

美妙的音流

从绿树的云间，

从蓝天的海上，

汇成了活泼自由的一潭。

是应该放开嗓子

歌唱自己的季节。

歌声的警钟，

把宇宙

从冬眠的床上叫醒，

寒冷被踏死了

到处是东风的脚踪。

你的口

歌向青山，

青山添了媚眼；

你的口

歌向流水，

流水野孩子一般；

你的口

歌向草木

草木开出了青春的花朵；

你的口

歌向大地，

大地的身子应声酥软；

蛰虫听到你的歌声，

揭开土被

到太阳底下去爬行；

人类听到了你的歌声，

活力冲涌得仿佛新生…［……］

而我，有着同样早醒的一颗诗心，

也是同样的不惯寒冷，

我也有一串生命的歌，

我想唱，像你一样，

但是，我的喉头上锁着链子，

我的嗓子在痛苦的［地］发痒。

一九四二年五月二十二日晨万鸟声中，

写于河南叶县寺庄

（原载《泥土的歌》，星群出版公司，1946 年版）

【作品导读】

臧克家诗歌作品有两个基本的主题，一是以乡村为发生场域，表现农民、下层劳动者的生活，"乡土诗人"的称号也由此而来。写农民生活的有《难民》《村夜》《老哥哥》《歇午工》《六机匠》等，写下层劳动者的如《洋车夫》《炭鬼》《罪恶的黑手》《贩鱼郎》《渔翁》等，诗人描绘社会动荡影响下破败的农村景象，无家可归的农民前路迷茫的惨状，暴露军阀混杂、土匪掠夺的时代环境下，农民普遍的紧张、恐惧心态。无论是宏观景致还是潜在心理，都被作家敏锐地采集入诗。二是抒发诗人自身对生活的见解与体味，这类诗保有"为人生派"的风格特征。诗人清醒地意识到所谓"希望"的虚幻性，正如在《沙粒》中言说的，"像粒砂，风挟你飞扬/你自己也不知道要去的地方"，表达对未来人生与个人命运无法掌握的悲苦与无奈。面对如此生命现实，他提出以"坚忍主义"方式克化，即咬紧牙关，不颓荡灰心，将磨难当成对手与其苦斗。诗人的人生观念落脚于"坚忍主义"精神，实际上也隐隐地应和着中国农民的性格特征，由此，诗人的两个创作主题在思想上实现了共通。在臧克家的这些诗篇中，有一部分短诗十分有特点，于短小的篇章里集中地概括农民的特性，传递出鲜明的人生态度，而诗作的思想性和艺术性丝毫不拘泥于诗歌体式，品味沉重现实的同时又不乏精致与雕琢。这得益于诗人精巧的艺术表现方式，一方面，他习惯于将诗情向紧里收缩，婉转含蓄，给予大体量的留白空间，深得中国古典诗词构思的神韵；另一方面诗人吸收多种艺术手法来描绘现实，象征派、现代派的手法在臧克家的现实主义诗篇中皆有迹可循。

《春鸟》便是一篇在艺术手法上显著参照现代派的诗作。《春鸟》创作于 1942 年 5 月，此时，国民党在抗日战争的相持阶段——"假抗战、真反共"，对革命力量和进步呼声予以残酷镇压。是时，臧克家在河南叶县主持三一出版社，《大地文从》创刊号中登载译文《马列主义的文艺观》，随即被查封，出版社连同刊物一起宣告夭折，诗人也因此险遭不测。《春鸟》便是诗人在此背景下以"郁愤的心情"创作的。在文化制度的禁锢下，作家咏物言志，借"春鸟"这一意象寄托对自由和光明的渴望，暗暗表达对国民党反动派的抗议。

《春鸟》全篇使用象征手法，在立意时诗人便是有所寄托的。"春鸟"虽然有较长篇幅是对春天早醒鸟儿声音的书写与赞颂，但在特殊的时代背景下，作家显然有更为深刻的思想蕴藉。在《关于〈春鸟〉》的通讯中诗人谈道，"我强烈赞赏、欣羡春鸟的歌声，表现了我向往自由解放，也正是对黑暗反动、令人窒息的国民党反动派的极端气愤与控诉。"作品柔和的词句中隐藏的"战斗性内核"呼之欲出。诗人借用天文自然意义上的"春"与"晨"象征人类社会中的人文现象，"春鸟"能"把宇宙从冬眠的床上叫醒""踏死寒冷"，能使人类"活力充涌"迎来"新生"。结合时代背景与语境不难读出，有唤醒、启蒙的强大功用的"真理一样的"春之声，指的是马克思列宁主义真理。春鸟带给"青山""流水""草木""大地"等正面表征，都寓意着马列主义实践区——解放区、抗日革命根据地欣欣向荣的气象。由此看来，《春鸟》是诗人处在黑暗与迫害中，对马列主义真理及实践无比渴望的赞歌，这是作品的思想深度之所在。

作品以低谷开篇，始于现实中"床上的""地下的"恶梦，结束于"喉头上锁着链子"、嗓子"发痒"的痛苦当中，诗作中间的 34 行明朗平和，似乎是一场美妙的梦，诗情总体上呈现"低——高——低"的陡转。同时，色彩基调呈现出由阴冷低沉转向清新欢快，最后又回归到压抑悲苦的梯形结构，诗情与色彩基调实现同步转化。

诗人在第8—15行对春鸟的叫声进行具体的描绘。面对无形的声音，运用"通感"的手法将其形象化，主要以具象的视觉意象来呈现。天上的星星在夜晚闪闪发光，春鸟的啼叫也亮闪闪地使人心境澄明，星星与鸟叫两者的联合打破视觉与听觉的界限。接着，诗人又将鸟叫声比作女神弹奏的生命乐章，将春鸟的歌声进一步具象，逐渐将其叫声由表象向更深层次——"生命的"来引导。第22—34行运用四个排比句，将春鸟之声比作灿烂的光、流动的水、绽放的花朵，在比喻中夹杂着通感，融化了感官之间的阻碍与界限，使各种意象自由地穿梭于诗的世界中。视觉的色彩、听觉的声响、触觉的物体，全都相互叠加渗透，在形式和情感上都不断开拓出审美意境，不难见到诗人受新月派诗人尤其是闻一多影响的痕迹，对诗歌形式抱有精致雕琢的"诗心"。同时，也能让人清晰地体悟到，一向被定位为现实主义诗人的臧克家，不断从古诗词、外国诗，前辈或同代诗人处汲取营养，巧妙地将象征主义、浪漫主义的创作手法融入现实主义书写中，创造出独树一帜的现实主义诗歌艺术风格。在特殊的时代语境下，臧克家对自由与光明发出含蓄却洪亮的呼唤。

【思考与练习】

1. 试说明"春鸟"的象征意义。
2. 试分析本身象征手法的运用。

（撰稿：马思钰）

我用残损的手掌

戴望舒

戴望舒（1905—1950），浙江杭县（今余杭市）人，字朝安，小名海山，曾用笔名梦鸥、梦鸥生、信芳、江思等，是中国现代派象征主义诗人代表。1926年，戴望舒作为新人登上文坛，与施蛰存、杜衡创办《璎珞》旬刊，在创刊号上发表处女诗作《凝泪出门》，此后创作日丰。戴望舒的诗歌创作大致可以分为前后两个阶段：前期受中国古典诗歌和法国象征主义诗派影响，多借意象来抒发个人情感，其作品有较多的感伤气息，主要诗集有《我的记忆》（1929年）；后期受抗战环境影响，作品显示出超越个人情感的高层次内涵和蓬勃的生命力，主要诗集有《望舒草》（1933年）、《望舒诗稿》（1937年）、《灾难的岁月》（1948年）。

> 我用残损的手掌
> 摸索这广大的土地：
> 这一角已变成灰烬，
> 那一角只是血和泥；
> 这一片湖该是我的家乡，
> （春天，堤上繁花如锦幛，
> 嫩柳枝折断有奇异的芬芳，）
> 我触到荇藻和水的微凉；
> 这长白山的雪峰冷到彻骨，
> 这黄河的水夹泥沙在指间滑出；
> 江南的水田，你当年新生的禾草
> 是那么细，那么软…现在只有蓬蒿；

岭南的荔枝花寂寞地憔悴，

尽那边，我蘸着南海没有渔船的苦水……

无形的手掌掠过无限的江山，

手指沾了血和灰，手掌黏了阴暗，

只有那辽远的一角依然完整，

温暖，明朗，坚固而蓬勃生春。

在那上面，我用残损的手掌轻抚，

像恋人的柔发，婴孩手中乳。

我把全部的力量运在手掌

贴在上面，寄与爱和一切希望，

因为只有那里是太阳，是春，

将驱逐阴暗，带来苏生，

因为只有那里我们不像牲口一样活，

蝼蚁一样死…那里，永恒的中国！

一九四二年七月三日

（原载诗集《灾难的岁月》，上海星群出版社，1948 年版）

【作品导读】

　　《我用残损的手掌》是诗人戴望舒在日寇铁窗下向苦难祖国发出的抒怀之作。抗日战争的炮火震动了全体中国人民的心灵，在民族危亡的紧要关头，"雨巷诗人"戴望舒也走出"小我"世界投身抗战洪流，在香港积极地发表抗战诗歌。1941 年，日军侵占了香港，不久，戴望舒也被日军逮捕入狱，在狱中备受摧残。看着遍体鳞伤的自己，联想到同样千疮百孔的祖国，诗人感慨万千，在狱中写下了这首《我用残损的手掌》。据冯亦代回忆："他几次谈到中国的疆土，犹如一张树叶，可惜缺了一块，希望有一天能看到一张完整的树叶。如今他以'我用残损的手掌'为题，显然以这手掌比喻他对祖国的思念，也指他死里逃生的心声。"（《香港文学》1985 年 2 月号）铁窗能禁锢戴望舒的躯体，却禁锢不了他的爱国之心，"残损的手掌"既是写实，也代表着诗人对祖国炽热的爱。

"残损的手掌"是全诗的核心意象，诗人突出"手掌"的触觉作用，将众多的描写对象都贯穿在"手掌的感受"这一条线索上，从而将诗歌分为对比鲜明的前后两部分：前半部分描绘的是在日军铁蹄践踏下今非昔比的半壁河山，"长白山的雪峰""黄河的水""江南的水田"等意象在手掌抚摸的动作下一一呈现，曾经的美好景象如今却被沾染上"血和泥"，诗人的情感波涛于字里行间；后半部分感情陡转，用柔婉抒情的语调去赞美"辽远"处那"依然完整"的"一角"，虽然手掌已经残损，却仍用"像恋人的柔发，婴孩手中乳"的力道来轻抚，将全部的力量都运在手掌上，信赖和期望之情溢于言表。全篇结局落在"那里，永恒的中国"七个字上，凸显了诗人的情感倾向——既有对灾难深重的祖国的痛惜，更含有对祖国光明未来的热切期盼，全诗呈现出一种残缺美与崇高美，爱国主义情感也由此得到升华。

《我用残损的手掌》是一首爱国诗，戴望舒在艺术上以想象、象征为主要创作手法。此外，与《雨巷》追求字面音调曲线所形成的音乐美不同，《我用残损的手掌》更强调一种内在情绪的律动，因此对诗歌音乐美的感悟应建立在体会诗人情感变化的基础上来进行。

【思考与练习】

1. 体会诗歌所表达情感的崇高美。

2. 诗人的爱国情怀对当代读者有何启迪价值？

(撰稿：王　宇)

等　待

戴望舒

你们走了，留下我在这里等，
看血污的铺石上徜徉着鬼影，
饥饿的眼睛凝望着铁栅，
勇敢的胸膛迎着白刃：
耻辱粘住每一颗赤心，
在那里，炽烈地燃烧着悲愤。

把我遗忘在这里，让我见见
屈辱的极度，沉痛的界限，
做个证人，做你们的耳，你们的眼，
尤其做你们的心，受苦难，磨炼，
仿佛是大地的一块，让铁蹄蹂践，
仿佛是你们的一滴血，遗在你们后面。

没有眼泪没有语言的等待：
生和死那么紧地相贴相捱，
而在两者间，颀长的岁月在那里挤，
做伴儿走路，好像难兄难弟。

塚地两三步远近，我知道
安然占六尺黄土，盖六尺青草；

可是这儿也没有什么大不同，

在这阴湿、窒息的窄笼，

做白虱的巢穴，做泔脚缸，

让脚气慢慢延伸到小腹上，

做柔道的呆对手，剑术的靶子，

从口鼻一齐喝水，然后给踩肚子，

膝头压在尖钉上，砖头垫在脚踵上，

鞭子在皮骨上舞，做飞机在梁上荡。

有多少人就从此没有回来，

然而活着的却耐心地等待。

让我在这里等待，

耐心地等你们回来，

告诉你们我曾经生活，

或留碧塚在风中诉说。

一九四四年一月十八日

（《文艺春秋》第 3 卷第 6 期）

【作品导读】

阅读诗歌首先要把握诗歌的创作语境，进而去体味诗歌的情思、感受诗歌内在的律动。很显然《等待》是以戴望舒狱中苦难遭遇为题材，以"等待"为其情感依托进行创作的，正如戴望舒在《我的辩白》提到"能够在等待中活下去，而终于如所愿望地看见敌人的毁灭，看见抗战的胜利，看见朋友的归来……期待从诸君那里得到慰藉、鼓励、爱。从诸君那里得到一切苦难、委屈、灾害的偿报；我是为了这些才艰苦地有耐心地待下去的。"（1946 年 2 月 6 日）

回到诗篇当中，我们认为诗的一、二节更像产生于对话情景——诗人（诉者）以沉痛、悲愤的心情讲述着自己狱中地狱式的"苦难""蹂践"，而"你们"（听者）已离开此地更听不到诗人的心声，诉者无畏且耻辱、悲愤且沉痛，而听者（"你们"）只能报以无言的遗忘与沉默。于是在下一诗节，诗人将笔锋内转，从对话转向独语，开始剖白自己的内心感受——在煎熬中"没有眼泪没有语言的等待"，而"没有眼泪"恰恰是诗人流不尽的心酸与沉痛，"没有语言"恰恰是诗人内心呼声的声嘶力竭，在这种沉寂的悲哀里，诗人逐渐泯灭了生死的界限——两者"结伴儿走路，好像难兄难弟"。第四节以更为沉重的笔调描绘诗人受尽折磨的"塚地"，环境不仅"阴湿、窒息"，遭遇更为触目惊心——把活生生的人作为"柔道的呆对手""剑术的靶子"……"飞机在梁上荡"。诗到第四节我们逐渐体会到诗人的内心基调越来越哀沉，一颗"炽热地燃烧着悲愤"的心哀沉到"没有语言没有眼泪"，在苟延残喘中存活，却在渺微希望中"耐心地等待"。但诗的最后一节，诗人表示"在这里等待""永远不屈服"，低哀到"塚地"的情绪在诗的最后一节猛然回升，与首节"勇敢""悲愤"的情绪形成呼应，表达诗人对"等待"（敌人的毁灭、抗战的胜利、朋友的归来）的坚定、与祖国人民共历磨难的决心以及不畏黑暗势力的胆魄。这首诗最后一节的尾句"告诉你们我曾经生活，或留碧塚在风中诉说"，诗情低沉、悲凉，最后以死亡告慰昔日的同志旧友，结合诗人发表之时的个人处境（刚刚被解除"附敌"的嫌疑），诗中不仅仅是对侵略者的仇恨、爱国的热忱，对抗战胜利、美好生活的热望，其中包含着诗人心中的忠而被谤的屈辱、信而见疑的哀伤。

戴望舒抗战时期的诗歌明快且富有诗情的律动美感，对于这两者的不断追求构成其诗艺上不断攀升的高峰。《等待》中诗人的"屈辱""悲愤"与"沉痛"并非是狂叫直说式的宣泄，而是沉浸在字句中，寻找与内在情绪共鸣的对应物进行表达——被"铁蹄蹂践"的"大地"是诗人的自况，生与死拟人化的"相贴相挨"是诗人心境的自拟，"塚地"是诗人处境的自绘，"柔道的呆对手""剑术的靶子"、皮骨上飞舞的"鞭子"、梁上荡的"飞机"更是诗人所遭受酷刑的铁证。诗人把极为惨烈、悲愤的心情嵌入意象语汇中，在惨痛中自表内心对国家民族的忠诚、对理想信念的坚定。在尾节，诗篇中凝聚着诗人情感的意象，以百川入海的气象汇入"等待"一词中，以极大的张力扩容了"等待"一词的语义——仇恨而悲愤、屈辱且沉郁、炽热且忠诚，诗风显得热烈明快。

同时，戴望舒的诗歌又极富诗情的律动。他在诗艺上对音乐美感的追求大致以诗作《我底记忆》为界分为前后两个时期。戴望舒早期的诗作"追求着音律的美，努力使新诗成为跟旧诗一样地可吟的东西"（戴望舒《望舒草》），讲究押韵平仄与字句节奏的整饬，诗人很快就反叛诗歌中"音乐的成分"，明确表示"诗的韵律不在字的抑扬顿挫上，而在诗的情绪的抑扬顿挫上，即在诗情的程度上"（《望舒草》）。《等待》中，诗歌内在的韵律便是其诗情的律动。第一节是诗情的燃点——情感悲愤而炽热，第二节情感则开始转向内敛低沉——交织"屈辱"与"沉痛"，第三节延续这种情感基调，炽热的情调开始蒙上缥缈的死寂——无言无泪、生死相贴，第四节是以冷漠的调子自况身陷囹圄的遭遇，而在诗情低落到尘埃之际，坦然直面生与死的等待。诗情从扬到抑，抑到死寂之时，再到情绪的坚定。《等待》的韵律不再受平仄押韵、整饬节奏桎梏，而是紧紧贴合着诗人的情思律动，每一个"音符"（意象）暗合着诗情跳动的脉搏，在彰显诗人沉重而又激荡人心意志力的同时，奏响了生命百折不屈、艰苦斗争的嘹亮乐章。

【作品导读】

1. 这首诗表达了作者怎样的爱国情思？
2. 结合《雨巷》和《等待》，体会戴望舒在诗歌节奏方面的发展。

（撰稿：袁佩儒）

森林之魅

——祭胡康河上的白骨

穆　旦

　　穆旦（1918—1977），原名查良铮，生于天津，祖籍浙江海宁，著名诗人、翻译家。穆旦在南开中学读书时便开始显露出诗人的才华，1935 年考入清华大学外文系，抗战爆发后，随校入西南联大外文系，1940 年毕业留校任教。1942 年 2 月，24 岁的穆旦参加中国远征军赴缅甸的作战军，担任国民党高官杜聿明的随从翻译。在极端险恶的环境下，很多士兵陷入沼泽，被蚂蝗、蚊虫叮咬化为白骨，穆旦目睹了这些人间悲剧，创作了直面战争与死亡的诗歌《森林之魅——祭胡康河上的白骨》。1948 年辛笛等人创办《中国新诗》后，穆旦在上面发表了大量诗作，成为“九叶诗派”的一员。穆旦的诗歌具有一种人类意识的高度，以个人的生存和体验来写诗，在九叶诗人中最具现代诗风。其著有诗集《探险队》《旗》和《穆旦诗集（1939—1945）》《穆旦诗选》，译著有《拜伦抒情诗选》《济慈诗选》《雪莱抒情诗选》《普希金抒情诗集》《唐璜》等。

　　森林：

　　没有人知道我，我站在世界的一方。

　　我的容量大如海，随微风而起舞，

　　张开绿色肥大的叶子，我的牙齿。

　　没有人看见我笑，我笑而无声，

　　我又自己倒下来，长久的腐烂，

　　仍旧是滋养了自己的内心。

　　从山坡到河谷，从河谷到群山，

仙子早死去，人也不再来，
那幽深的小径埋在榛莽下，
我出自原始，重把秘密的原始展开。
那毒裂的太阳，那深厚的雨，
那飘来飘去的白云在我头顶，
全不过来遮盖，多种掩盖下的我
是一个生命，隐藏而不能移动。

人：
离开文明，是离开了众多的敌人，
在青苔藤蔓间，在百年的枯叶上，
死去了世间的声音。这青青杂草，
这红色小花，和花丛里的嗡营，
这不知名的虫类，爬行或飞走，
和跳跃的猿鸣，鸟叫，和水中的
游鱼，陆上的蟒和象和更大的畏惧，
以自然之名，全得到自然的崇奉，
无始无终，窒息在难懂的梦里。
我不合谐的旅程把一切惊动。

森林：
欢迎你来，把血肉脱尽。

人：
是什么声音呼唤？有什么东西
忽然躲避我？在绿叶后面
它露出眼睛，向我注视，我移动
它轻轻跟随。黑夜带来它嫉妒的沉默
贴近我全身。而树和树织成的网
压住我的呼吸，隔去我享有的天空！
是饥饿的空间，低语又飞旋，

像多智的灵魅，使我渐渐明白
它的要求温柔而邪恶，它散布
疾病和绝望，和憩静，要我依从。
在横倒的大树旁，在腐烂的叶上，
绿色的毒，你瘫痪了我的血肉和深心！

森林：
这不过是我，设法朝你走近，
我要把你领过黑暗的门径；
美丽的一切，由我无形的掌握，
全在这一边，等你枯萎后来临。
美丽的将是你无目的眼，
一个梦去了，另一个梦来代替，
无言的牙齿，它有更好听的声音。
从此我们一起，在空幻的世界游走，
空幻的是所有你血液里的纷争，
一个长久的生命就要拥有你，
你的花你的叶你的幼虫。

祭歌：
在阴暗的树下，在急流的水边，
逝去的六月和七月，在无人的山间，
你们的身体还挣扎着想要回返，
而无名的野花已在头上开满。

那刻骨的饥饿，那山洪的冲激，
那毒虫的啮咬和痛楚的夜晚，
你们全不能忍受要向人讲述，
如今却是欣欣的林木把一切遗忘。

过去的是你们对人间的抗争，
你们死去为了人们的生存，

然而我们的纷争如今未停止，

你们却在森林的周期内，不再听闻。

静静的，在那被遗忘的山坡上，

还下着密雨，还吹着细风，

更有谁知道历史曾在此走过，

留下了英灵化入树干而滋生。

1945 年 9 月

（初版题目：《森林之歌——祭野人山上死难的兵士》，

原载《文学杂志》1947 年第 2 卷第 2 期）

【作品导读】

20 世纪 40 年代是中国现代新诗走向成熟的阶段，标志之一就是九叶诗派现代诗的崛起。穆旦、辛笛、郑敏、袁可嘉、唐湜、杜运燮等九叶诗人在创作中追求理性与感性的平衡，在表现手法上追求诗歌的戏剧化，尽量避免直截了当的正面陈述，提炼情感，融入现代经验，使新诗脱离了早期的过度抒情，真正具有了现代意识。穆旦是其中的杰出代表，他的诗歌语言凝练而有张力，追求表现上的客观性与间接性，克制了"小我"的过度张扬，诗歌中有着对整个人类命运的关注与思考，被认为是中国最早具有现代意识的诗人。

创作于 1945 年的《森林之魅——祭胡康河上的白骨》以诗剧这种庄严而宏大的形式刻画了森林与人的独白、对话与搏斗，其中融入了诗人对于极端险恶的自然环境下的人类的思考。这首诗戏剧形象虽然比较少，只有森林和在战争中死去的士兵形象——"人"，但是其中充沛的感性描写与哲学思考使诗歌具有了人类意识的高度，被评论界称为中国现代诗史上直面战争与死亡、歌颂生命与永恒的代表作。

题目中的"祭"可看出作者取材于一个从前的事件。的确如此，1942年，穆旦随中国远征军赴缅甸作战，经过一片未经人类开发的原始森林，那里树木繁盛，毒虫啮咬，"胡康河谷"在缅语中就是"魔鬼居住的地方"，当地也叫野人山。作者所在的军队选择经过胡康河谷，就是一场自杀性的殿后战。大雨侵袭，恶劣的自然环境，让人发疯的饥饿，士兵走着走着就倒下了，有五万人葬身于此。繁茂的绿叶间常有死去的士兵的尸身，作者也差点因为染上疟疾而死亡，这种真实的触目惊心的战争体验唤起了作者对战争与死亡的复杂情感。

穆旦写作此诗时，战士们已经死去三年了。为了祭奠，为了怀念，作者把一个过去的事件当作一个当下的场景再现。此诗按照"森林——人——森林——人——森林"的对话顺序展开，森林是恶劣自然条件的象征，引诱着人类进入其中把血肉脱尽，而人也就是那些牺牲的战士，代表着一种直面死亡却不屈服的力量。两者的独白和对话构成一个封闭而严谨的交流圈，最后的"祭歌"加入了作者的声音，把诗歌的气氛推向了高潮，表达了对战争中的牺牲者的价值的终极思考，关于牺牲者的价值，关于历史的遗忘。

《森林之魅》为我们构设了一个崇高的审美世界。在残酷的、冰冷的、不讲人情的恶劣自然面前，人类以其惊人的胆量和勇气去反抗强大、战胜绝望，在原始森林中谱写人性的赞歌。那恐怖的魔鬼一般的森林，"张开了绿色肥大的叶子""那毒裂的太阳，那深厚的雨"要把人领入黑暗的门径，但是人"身体还挣扎着想要回返""受不了要向人讲述"，作者赋予了死去的战士以生命和灵魂。"那刻毒的饥饿，那山洪的冲击，那毒虫的啮咬和痛楚的夜晚"是作者可怕的痛苦的记忆体验。人在神秘的自然面前是多么渺小，但是作者仍然要直面鲜血、直面战争、直面死亡。"过去的是你们对人间的抗争，你们死去为了人们的生存"，在惨烈的战争背后是人类的生生不息，表达了作者对"存在之真"的思考。在诗作的最后，"没有人知道历史曾在此走过，留下英灵化入树干而滋生"，作者感慨这一切是多么容易被人所遗忘，对现实发出了审判，但是死去的战士与亘古的大自然融为了一体，获得了永生。苦难也成了一种馈赠，这反映了作者拒绝遗忘，直面死亡与痛苦之后获得了超然与豁达，表达了一种对人类的大爱。

【思考与练习】

1. 分析这首诗歌的意象运用上的特色。

2. 你如何理解作者对死去战士的复杂情感？

（撰稿：王霄霞）

五奎桥

洪 深

洪深（1894—1955），号伯骏，字浅哉，江苏武进人。出生于一个封建知识分子家庭，受过传统封建文化的熏陶，洪深感受到了封建阶级的腐败，看到中华民族的衰弱，同时受到社会新思潮的影响，投身到新兴的进步文化潮流中。1912 年他考入北京清华学校，热心新剧活动，1919 年考入哈佛大学戏剧训练班，是第一个专门学习戏剧的中国留学生。1923 年，发表了成名作《赵阎王》，同年 9 月加入戏剧协社，开始了中国现代话剧的实验活动。此后，他又创作完成了"农村三部曲"（《五奎桥》（1930）、《香稻米》（1931）、《青龙潭》（1936））、《米》（1937）、《包得行》（1939）、《鸡鸣早看天》（1945）等一系类剧本。洪深的戏剧创作具有鲜明的现实主义特色，带有浓厚的理性色彩。洪深是我国现代戏剧事业的拓荒者之一，与欧阳予倩、田汉被称为"中国话剧的三个奠基人"。

[未看见人，先听见周乡绅假咳嗽的声音。

[周乡绅颔下的长须，教人看了觉得他是"年高望重"，不止是他实际所过的五十三岁了。颀长身材，瘦狭脸庞，一双清秀中含着锐利的眼睛；而且吐语文雅，气度大方，不愧是一个世代仕宦，自己又是读过书、做过官、办过事、退老在家享福的乡绅！他的手腕、他的机智，已到了"炉火纯青"的程度；所以人家平常决不觉得他会有奸诈——除非——除非他是动了肝火暴躁的时候。他的面目便还免不了要露出些狰狞的真相。你看他今天穿着一件宽大的生丝长衫，戴一副金丝眼镜，一只手抢一根犀角装头镶洋金的直手杖，一只手摇一把绿玉柄的全白羽毛扇；斯斯文文，踱上桥来，真是一团和气。

[王老爷肥头大脑，一双小眼睛，真是起码官满脸讨厌相。他极想装出些官的威武，但无论他心里怎么狠恶，做出的事，说出的话，总带着几分笨气。如果他不笨，他也不会相信周乡绅的话，陪同他下乡来了。

周乡绅带来两个仆人，王老爷带来一个司法警，还有几个轿夫，此刻都紧跟着主人走上来立在桥那面侍候着。

谢先生　（垂下两手）周先生。

周乡绅　（点头）很好。你教他们搬两张椅子来。（对王老爷）我们就在这里说话也好。

　　　　［谢先生指点一个长工去了。

周乡绅　（对着众乡下人笑颜点头）今天桥上人倒不少，大约村里人都在这里了。其中一大半我都不认得。（仔细巡视）

陈金福　（周乡绅眼睛看到他的时候恭敬叫一声）周大老爷。

周乡绅　（稍微点点头）唔。（从人丛中寻出一个头发花白的农民）你不是黄二官么？半年多不见，人又老劲了。身体还像从前一样健壮么？

黄二官　（不知不觉地客气起来了）托周先生的福，我还算是老健；饭也吃得落，田也种得动！

周乡绅　（点点头，又转身对一个老年农民说）家里老小都好么，老伴怎么没有来？

一个老年农民　她在家里抱小孙子，没有来！托福，都好。

周乡绅　你又添了孙子了，好福气。

　　　　［一个老年农民笑了。

周乡绅　（对一个胖胖的中年农民）你的大儿子到了上海去，新近回来过没有？

一个中年农民　没有，可是有信来过：他在上海学机器匠呢，明年要满师了。

周乡绅　哦。（转身对王老爷）他的大儿子本来在大街上卖鱼。前年到上海去的。（又回转身，轻描淡写地对众人说）谢先生差人告诉我，你们醮打过又要闹拆桥了，是这么一回事么？

大　家　［立刻肃静了；没有一个人肯领头回答。

周乡绅　何不同我说说呢？

李全生　是的，田里干得快，叉水实在来不及，所以我们要拆桥，撑只洋龙船过桥去打水。

周乡绅　（好像没有听见）田里缺水，田里缺水么？

李全生　是的。

周乡绅　（正眼不去看他，自对乡下人说）田里缺水，想必是天不落雨的缘故。我们就应当斋戒求雨。从前大禹的时代，也是大旱"三年不雨，乃作桑林之舞。"这个叫做"挽天意"！

　　　　［他说得这样神秘，众人莫名其妙，面面相觑。

周乡绅　如果求了雨，天还不落雨，你们乡下有的是水车，有的是人手，有的是黄牛、水牛，应该多叉水。起早，磨晚，勤谨一点，辛苦一点。这又是一个办法，叫做"尽人事"！

　　　　［几个老农民，听了有点头的。

周乡绅　至于说到田里没有水要拆桥，我虚度五十三岁，从来没有经历过，听见过。我读遍四书、五经、二十四史，书中从没有说起过。天不落雨，从来没有拆桥的办法的。

李全生　（忍不住了）周先生，你要晓得——

周乡绅　（正色厉声）等我说完。

一个中年农民　等周先生说完

　　　　［李全生只得不响。

周乡绅　你们说，拆桥是为了摇一只洋龙船进去打水，我们中国人种田素来是用水车的，这是圣人定了下来的制度；我中华以农立国，几千年来，所靠的就是这部水车！乡下人从来不曾说过不好不便，不妨问问村里的老辈看！现在何以忽然要用起洋龙来了！

　　　　［几个老年农民，觉得他愈说愈有理了。

周乡绅　洋龙是洋人做出来的洋东西。难道洋人不来，中国的田都得干死了么？何以洋人洋东西没有到中国来的过去五千年，中国人照样可以种田，而且不年年闹旱闹荒呢！

　　　　［简单的老农民，有几个居然点头称是了。

周乡绅　我辞官居家近十年来，看见你们乡下，凡是用洋龙打水的地方，一天天用不着叉水，一群年轻小伙子，都聚在茶馆里赌钱碰麻将，（做出愤世嫉俗的样子，将他手里拿的洋人做出来的洋手杖，用力敲地）这就是洋人造出来的洋东西的好处了！

[老年农民，同情于周乡绅的更多了。

周乡绅　（又和缓地）至于这座五奎桥，是我周家祖上状元公修造的，因为三代五进土，所以叫做五奎桥。自从这桥造了之后，我们周家固然世代书香，辈辈仕宦；就是你们乡下人，住在五奎桥左近的，也都是年年丰登，岁岁平安。虽说乡下地方，一年之中，免不了总有点水火盗贼，但是大年多，荒年少；顺境多，逆境少；这就是风水的好处了，这座五奎桥，岂但关系我们周家祖坟上的风水的好处了，也关系你们全乡全村的风水。这样好风水，保桥还来不及呢！岂可青口白舌，轻易说拆去么？你们当中，还有几位有了年岁有点见识的老辈，请仔细想想，不要轻易听信了一般年青小伙子的胡说。

[好一番巧妙的歪曲，乡下人被他说糊涂了；至于那年纪老的一半。现在是不要拆桥的了。

[长工们早已搬了两张椅子来，周乡绅回身邀王老爷坐了，很得意地两人咬着耳朵。

一个头发花白的农民　（对同伴）我们走吧。

一个中年农民　正是，半个早晨已经过去了，我们要紧赶回田里去叉水呢。

一个中年农民　叉也没有用，咳。

另一个老年农民　总比不叉好，还是回去叉叉吧。

[零零落落地走了十来个农民，不走的除了陈金福之外都是年轻人了。

[李全生见了暗自发急。

[这时珠凤忽从村里来。

大　保　（先看见，低声喊）珠凤，你刚才在哪里的？为什么此刻才来！

珠　凤　我在陪伴全生的病娘，煮粥给她吃，现在怎么样，桥还拆不拆呢？

大　保　现在可说不定了。

周乡绅　（一眼看见珠凤）来，这位小姑娘上前来。

［珠凤不愿意，但也有人推她向前，她不得已上桥去。

周乡绅　你来，我们好像是见过的，是了是了，你是金福的女儿，是不是，名字叫珠凤？

［珠凤不响。

周乡绅　我还是前年看见的，一年多不见，长得这样大了。（掉头喊）金福。

陈金福　是。

周乡绅　你只有这一个女儿吧？（正经之至）相貌倒端正，一副聪明样子，一点不像乡下人。几时领她到城里来，给我做（冠冕之至的）干女儿。

陈金福　是了。

珠　凤　（看见李全生）全生，你娘叫我来寻你的。她又大咳起来了，叫你回去。

李全生　（正在想心事）晓得了。我有事呢。不回去

珠　凤　我先去了。你娘还等着我拿粥给她吃呢。（径去了）

［周乡绅似乎有些爽然若失的样子；举起羽扇罩着太阳，仍和王老爷咬着耳朵。

［乡下人又有几个走了。

［这时候最急的是李全生。太阳直高起来，时光像快马般过去，五奎桥不曾动得一块砖头，那拆桥的人反而被周乡绅的花言巧语，说得三心两意，走散一半了！他看破了周乡绅的阴谋诡计，胸中有说不出的气愤，恨不得三拳两脚一顿把他打死；但是救稻事大，出气事小，压住了心头火，沉重地镇静地和周乡坤讲理，他的忍耐，正似纸包火。

李全生　周先生。

［周乡绅似乎未听见。

李全生　（厉声）周先生！

周乡绅　（震惊）唔！

李全生　你不能用这种下作法子来对付我们！

周乡绅　（恢复常态随随便便地）什么对付你们？

李全生 你周先生上桥的时候，这里桥上桥下都是我们村里人，你周先生
难道会不晓得他们个个都是来拆桥的么？你周先生偏装做不明
白，故意找出几个老年人，跟他们说家常，拉交情，（斥骂）献
你的假殷勤！

周乡绅 "君子不忘旧"，我们多年的乡邻，一向认得的，问问家常有什么
不应该，笑话了！

李全生 你当做我们看不透你的心事么？乡下人都是老实的，直心直肚
肠，你以为同他们客套几句，说两声好听话恭维他们几句，他们
就会当你是好人，掉转头向着你，帮着你；至少也要顾到点情
面，不好意思拉破脸皮和你闹拆桥？——好的好的，你算成功
了，村里人果然好几个回去了！（咬牙）好恶毒的计策！

周乡绅 咦，笑话了！（不慌不忙）我是本地的乡绅！乡绅们说的话，乡
下人素来是听从的。我要他们怎样，他们就是怎样。何消得什么
计策！笑话了！

李全生 让我告诉你，清清楚楚地告诉你，你尽管欺他们欺他们，骗他们
欺骗得他们回去叉水了！不过等到他们又叉了一天的水，叉到
（沉痛）个个皮焦骨痛，可是田里的水仍旧不见多出来，田里的
稻仍旧还是枯下去的时候，他们（吆喝）他们就会明白是上了你
的当；他们不但拆你的桥；还要寻着你，不饶赦你的！

周乡绅 （看见风色不大好，立起身对王老爷）这里太阳晒，热不过，我
们祠堂里去坐吧。

李全生 （再取和缓态度）就是你，也有几亩田在桥东边，是你周家的护
坟田。田虽然不是你自己种，种你田的人，总不会瞒你的。你何
不问问你们自己家里的佃户，你的坟田里是不是也缺水，田里的
稻是不是也要干死。你不要因为你家在桥西的田多，今年不怕收
成不好，你就全不顾桥东的种田人了！

周乡绅 （立定了）我的田我自己会料理，何劳你烦心，笑话了。

李全生 我们求过你不知有多少次数了，今天再求你一次，请你立刻让我
们拆桥，我们总会记得你的好处，说不定也有报答你的一日的。
而且我们已经商量了，我们自己聚钱，将来造一座更大更好的桥

还你。即使拆了桥，有人会说，"乡下人要拆桥，就把周乡绅家的五奎桥拆了"，好像是乡下人占了上风似的。可是你周先生就让乡下人占一次上风有什么不好？你到底是帮助救活了桥东几十家的男女老小呢！让我们拆桥吧！

挂升　徐元发　（附和）让我们拆桥吧，辰光不早了！

周乡绅　（似乎活动了；一看，他的长工仆役轿夫等比乡下人多到三倍；当着他们面前，是不可示弱的）不能，这座桥是有关风水的！

李全生　风水的话，哪里靠得住！如果五奎桥真正是十全十美的好风水，今年的雨水不会这样少，桥东四百多亩田也不会这样干了！五奎桥的风水，也许对于姓周的一家还是好的，因为你周先生的田在桥西面的多。对于我们桥东几十家的种田人，五奎桥的风水是坏透的了。

周乡绅　桥是我们周家的，我姓周的一定不许拆。

李全生　一定不许拆的话，那么（瞪着周乡绅，有用意的一字一字慢慢说）恐怕这座五奎桥，连到对于你周家的风水也是不好的了！

周乡绅　（渐渐地明白了他的意思：不觉大怒）混账，乡下人敢这样放肆么？乡下人的事，乡绅们倒不能作主，反而让乡下人作了主去么？天下真要反了！

桂　升　（也怒）你只有一顶桥，我们有四百多亩田呢！

周乡绅　我早料到的，现在乡下人不安分的多。七天醮打完，天不落雨，又该要闹一闹所以我今天特为请了地方法院的王老爷，跟我一同下乡来。（对王老爷）请他看看我这座修理得齐齐整整的桥，请他再看看近来乡下人嚣张跋扈的样子！（对李全生）桥是我周家的祖产，哪个敢动一动，动一动就是犯法，现有司法警察在这里，捉到衙门里去重办。

王老爷　（忠人之事）哼！嗨！（立起来对众人）我在旁边看了半天了。你们有你们的苦处，我也知道。不过我是地方法院的官，我只能代表法律说话。

　　　　　〔李全生等众人不得不听他。

王老爷　法律是大公无私的！嘿！嗨！什么叫大公无私的呢！就是，犯了哪一种罪，一定有哪一种刑罚；一点没有通融，一点没有客气的，你犯罪是如此，他犯罪也是如此！居心不良而犯罪是如此；为了不得已，像你们这样，怕田里的稻枯死，发急要拆桥，因而犯罪，也是如此。法律是大公无私的！

[众人闻所末闻。

王老爷 你们今天所做的事，几乎没有一件不是犯罪的。你们都是乡下人，不懂得法律，（从口袋内取出一本袖珍六法全书，内中几页早用白纸条夹开）第一，你们不应该聚集了许多人到桥上来！刑法第一百五十六条，"公然聚众，意图为强暴胁迫……在场助势之人，处六月以下有期徒刑拘投……首谋者，处三年以下有期徒刑。"你们聚众，就是犯法的！第二，刑法第一百九十九条，"损坏或壅塞陆路水路桥梁，或其他公众往来之设备，致生往来之危险者，处三年以下有期徒刑拘役。"还有，第三百八十一条，"损坏他人建筑物……致令不堪用者，处五年以下有期徒刑。"（有几个字，他念得格外清朗）。

[众人心里都不平。

王老爷 你们不但不应该拆桥，连嘴里说说也是犯法的。刑法第三百一十九条，"以加害生命身体自由名誉财产之事，恐吓他人，致生危险于安全者，处二年以下有期徒刑。"这是中华民国的刑法，印在书上；不是我想出来的。（藏起书）

[李全生冷笑一声。

王老爷 （摆出架子）我是一个法官，不能不维护法律的尊严。我既然来了，凡是我眼睛所看见一切犯法的事，我就不能不管，哪一个犯法，我就拘办哪一个。嘿！唔！再清清楚楚对你们说一遍。你们在桥上拆一块砖动一块土就是犯法的，你们拿拆桥的话恐吓周先生也是犯法的。我静坐在这里看着！不要你们桥没有拆成，先去坐了三五年的监牢，而吃了官司，桥还是没有拆成！你们胡闹，是没有用的。

[众青年农民听他这样说，果然有点迟疑起来。

周乡绅 （得意）你们哪个敢动一动！

李全生　（上前拉住周乡绅）我不同你转圈子讲法律，我只问你一句话。

〔周乡绅愕然看着他。

李全生　如果今年真的旱荒了，怎么办？

周乡绅　什么旱荒！

李全生　如果今年真的旱荒了，你养活我们村里几十家人口么？

周乡绅　旱荒，你看田里满满的稻，今年会旱荒么！

李全生　桥西的年成是好的。可是如果桥东的稻都枯死了，你让我们到你的祠堂里，吃你周家的米么？

周乡绅　放屁，这是什么野人，敢说这种野话！他是什么人，他姓什么？

〔李全生瞪着他。

周乡绅　（问谢先生）他姓什么，叫什么？

谢先生　他就是李全生。

周乡绅　李全生，哦，李全生。（忽然触动灵机）原来你就是李全生，我和你说了半天话，还不晓得，失敬了！

李全生　我是李全生。

周乡绅　（面孔一板）你是什么东西。（做出愤慨的样子）你配来同我说话么？

〔李全生呆住了。

周乡绅　我来告诉你们。（一路想一路说）他曾经有一次寻了我家一个长工，要他领了去见谢先生；说是这回拆桥的事，是由他领头，他可以作得主的。意思之间，想点好处——

李全生　好处，什么话！

周乡绅　你怕我将你的底细都揭露出来么！

〔李全生上前想去揪他。

周乡绅　（避开）拉他下去。

〔仆人轿夫都都上桥来。

李全生　你的好处，放你妈的狗屁。

桂升　徐元发　（拉住全生）你让他说。（推李全生到一边，遥对周乡绅）你说你说！

周乡绅　想问我要好处！他说拆桥的事情，都在他掌握之中；他能叫乡下人拆，也能叫乡下人不拆，意思之间，如果我能允许他点好处，他就叫乡下人不拆。他对谢先生说，他家里只有一个娘，一年能吃多少米，希望我照应照应他。他还要谢先生领他进城来见我——（看谢先生）

〔谢先生咳嗽。

周乡绅　谢先生为了这件事，居然特为进城来见我。我道这是不妥当的。如果乡下人真是为了洋龙打水而要拆桥的，那还情有可原。现今这样说法，竟是乡下人上了李全生的当，专为了李全生一个人发财了。我是堂堂正正的乡绅，何犯着去买通勾结一个乡下人。我难道自己说不服乡下人，来受他的竹杠么？我吩咐谢先生一口回绝了他。当时他就恨恨地说，"周乡绅这样小气，不要后悔!"；他要去撺掇乡下人去闹事了。（看着谢先生）

〔谢先生怕做难人，局促不安。

周乡绅　他今天果然领着你们来拆桥了，这是他好处没有到手的原故。

〔桂升等抱住李全生，不让他上桥。

周乡绅　谢先生现在就在这里，你们可以问问他，到底有没有过这样一件事。这种话说过没有，"他家里只有一个娘，一年能吃多少米。要周乡绅照应他!"（看谢先生）

〔谢先生还不说。

周乡绅　（怒目逼视）谢先生，是不是？

〔众人屏息而听。

谢先生　（模棱）有的—他—他—他家—

周乡绅　（得意）如何!

谢先生　他家里只有一个娘，一年吃不了多少米，这是实在的。

大　保　（真气不过了）呵——呵!

周乡绅　（大怒）什么人!

〔众人视大保，大保不响。

周乡绅　哪里来的野孩子，乡绅们在这里说话，你敢来打搅么!

〔众人都不作声。

周乡绅　哪里来的野种，赶他开去!

［众人看着谢先生。

周乡绅 （问谢先生）他是哪一个的儿子？

谢先生 （不得已）我的儿子。

周乡绅 （没有法子发作）哼！

［有人悄悄叫大保避开。

一个青年农民 （怀疑）全生，真有这件事么？

李全生 哪里会有。不过他家有一个长工，有一次倒来劝过我。教我不要领头闹，周乡绅肯照应我。我没有答应他。

一个青年农民 是么！

桂　升 这是周乡绅存心冤枉人，全生阿哥决不会做这种事的。

［青年农民还是疑疑惑惑有点不放心。

周乡绅 你们还当李全生是好人，他完全是利用你们，向我敲竹杠。这样一个假公济私刁诈好恶的东西，你们还好相信他的话么？

陈金福 （踌躇了半天了）周老爷。（枝枝节节，有点不敢说）我是老实人，只会说老实话——我们并不是要听李全生的话，没有饭吃是真的。——我种的田在桥东，就是你老人家的坟田，也是没有水——我呢，到了真荒的时候，不愁你老人家不周济我些——别人呢，难说了。——全生不过种七亩多田，别人却是几十家人口呢！——乡下人不读书，没有城里人才情好，这是真的；不过也未见得十分容易骗，会上了全生的当——周老爷要明白，这是大家的事；不是全生一个人的事——不是全生一个人弄出来的——

周乡绅 （勃然）依你说，是不是应该拆桥呢！

陈金福 眼看着桥西是大丰年，自己一粒收不着，是有点难过的。

桂　升 （嚷起来）你听听，你们自己的种田人，都是这样说了。

周乡绅 （这一下真动了肝火了）你吃我的饭，种我的田，竟敢这样胡说！（举起手杖劈头劈脑地打去）

［可怜陈金福只能招架，不敢还手。

周乡绅 （对长工等）拖他到祠堂里去，捆起来！（对谢先生）查查账簿看，他前两年还欠多少租米，带他到城里，送他到地方法院重办去！（对轿夫）把轿子搭到祠堂里来，我就要进城了。

［他看着几个长工揪住陈金福，由谢先生押到祠堂里去；他自己正待动脚。

李全生　（跳上桥去）你不要拣忠厚人欺。我们和你客气商量着拆桥，你偏要逼得我们不得不翻脸。桥是拆定了，你答应也是拆，你不答应也是拆，官司我吃好了！现在的法律，不帮乡绅们，难道还会帮我们乡下人么！（上前便把桥栏干的砖扳了一块下来）

周乡绅　呕！（提起手杖又是没头没脑地打）

李全生　（夺过手杖来掷在河里）我不同你相打，我只拆了桥，救我田里的稻。

［此时长工、轿夫、仆人等，满布桥上，农民不得上前。

［周乡绅急了，将手里羽毛扇在李全生头上乱敲，也被李全生夺过去，撕得粉碎。

周乡绅　（狂喊）捉强盗，捉土匪！

王老爷　（俨然出现）你们来，捉住他！他损坏人家的财产，有罪的！

［司法警和几个仆人好容易把李全生捉住。

周乡绅　（吩咐）也捆到祠堂里去。

［李全生挣不脱，被仆人们拖去；农民气极，奔上桥来抢他；人少力量薄，被长工们拦住。

周乡绅　还了得，还了得，乡下人真反了。（对王老爷）我先到祠堂里去，桥上的事，拜托你了。（由一个长工搀扶着去了）

［众农民从来没有像今天这样愤慨，但是慑于积威，还是有点敢怒而不敢言。

桂　升　（对徐元发）你去多喊几个乡下人来。

［徐元发奔向村里去了。

［这时候珠凤听见喧闹的声音寻了来。

大　保　珠凤，不好了！

珠　凤　什么事？

大　保　（不平）你的爹爹被周乡绅大打了一顿。

珠　凤　（失声）打了一顿！

大　保　被周乡绅拿他手里的棍子打了一顿，（甚为不甘）现在捆到祠里去了，还要打呢！

珠 凤 （变色，半晌）我去看看去。

大 保 （胆量也来了）好，我陪你去

　　　[珠凤冷笑一声，两个人也奔向祠堂去了。

　　　[那些长工轿夫们，虽说是吃周乡绅的饭，看见这种事，也有点不服气；有几个甚而是怒形于色；现在都不起劲，退回桥那边去了。

桂 升 （愈想愈气）这是什么理，我倒问问他看。（奔上桥来）请问老爷，为什么捉李全生？

王老爷 他毁坏人家财产，他扳了桥上的砖，又撕了周乡绅的羽毛扇。

桂 升 请问王老爷，为什么捉陈金福？

王老爷 他——他——他说话说得不好。

桂 升 （看他这样不讲理愤怒极了，不知是哪里来的勇气，什么法院，什么老爷全都不管了，提起拳头在王老爷的面上晃，就要打他的样子）请问王老爷，打人——动手打人——是不是犯法的？

王老爷 （见他的拳头有点怕）打人是犯法的，犯法的。

桂 升 周乡绅动手打人，你为什么不捉周乡绅！

王老爷 我——我——嘿嗨！

　　　[这时候农民又陆陆续续来了不少，看着桂升羞辱王老爷。

桂 升 你做的是什么官？你还是做中华民国的官呢，还是做周乡绅家的官！

　　　[王老爷闭口无言。

桂 升 姓周的养一只狗，也不会像你这样听话的。

　　　[这时候忽然听见祠堂那边珠凤惊叫的声音。

　　　[众人又渐渐地静下来，倾听着。

　　　[又听见珠凤哭喊："爹爹，他们打得你这样厉害么！"

　　　[桥上的人听了，毛骨耸然；四五十个人一点声息也没有；忽然不约而同的像暴雷似的，众人大喊一声；连长工轿夫一起在内。

王老爷 （面如土色，想溜）我去——我去看看去——叫他们不要再打。（转身就走）

227

桂　升　（拿着几块砖石，追上来掷他）不要逃，不要逃，你敢不把捆着的两个人放出来！

王老爷　（急急地走着）放——放。（人不见了）

桂　升　（转身大喊）我们还等什么！拆呀！拆呀！

众农民　（齐应）拆呀！（各人拿着家伙就动起手来）

　　　　［只听见村里头一片锣响，渐渐自远而近。徐元发打着锣领着不少的男女老少农民来了；看见拆桥，大家动手。

　　　　［桂升一面拾着砖，一面指挥着大众。

　　　　［徐元发敲着锣领着几个人又奔向祠堂那面去。

　　　　［桥上砖石横飞。

李全生　（奔回来，看见有人拆桥了）好，我去把洋龙船撑过来。

　　　　（向西去了）

　　　　［祠堂那边锣声震天作响。

　　　　周家的长工也有来帮着扛砖头的。

　　　　［大保、珠凤扶着陈金福回来。金福也忙着拾砖。

　　　　［大保和珠凤走过桥来立在一边看着；看了一回

大　保　（看着那五奎桥一点一点没有了）呵呵，这一下周乡绅算是完全的完结了！这叫做"敬酒不吃吃罚酒"，好好和他商量，再也霸住了不肯的。一定要弄到这样，他现在也服服贴贴不声不响了！

珠　凤　现在乡下人有了活路了！

　　　　［锣声又响起来，徐元发又领了更多的人来拆桥了。

　　　　——第一部曲终

（原载《文学月报》1932 年第 1 卷第五、六期））

【作品导读】

在无产阶级文化运动的影响下，洪深开始倾向革命，思想产生了飞跃，从民主主义、人道主义的思想出发，向中国共产党领导的左翼革命文艺运动靠拢。20 世纪 30 年代初，洪深加入中国左翼作家联盟。他的戏剧创作由问题剧过渡到了政治宣传剧，汇入了当时左翼戏剧的潮流中。洪深阅读进步的社会科学书籍，民主思想有了明显发展，这一时期的剧作对造成劳动者苦难的社会、经济、阶级的根源有着深刻思考。《五奎桥》是洪深这一时期的代表作品之一。

《五奎桥》是我国现代文学中较早地全面反映农民苦难与斗争的一个优秀剧本，热情颂扬了农民的觉醒与斗争，表达了对封建残存势力的痛恨和鞭挞。它不再停留于对劳动人民苦难的同情，它在展示农民的苦难和精神状态的同时，赞颂了以李全生为代表的农民的斗争精神，力图运用这些艺术形象昭示一条正确的出路——劳动人民团结起来，推翻封建势力。

作品主要通过描述以李全生为代表的农民和乡村残留的封建势力地主周乡绅之间的一场拆桥与护桥的激烈斗争，揭示了农民和地主之间不可调和的阶级矛盾。拆桥与护桥的斗争具有阶级斗争的意义。大旱之年，农民租来抽水机灌溉，但因五奎桥太低，船只无法通行，农民要求拆掉这座周家因自家风水而建的桥。对于周乡绅来说，五奎桥象征着作为封建势力代表的地主的特殊利益和欺压平民的威权，桥在威在，桥拆也就象征着封建势力的坍塌。农民们不畏强暴、冲破官吏"六法"的威压，终于拆毁了五奎桥，表现出英勇的斗争精神，取得了反封建斗争的胜利。

《五奎桥》在艺术上也取得了一定成就。洪深善于在尖锐的矛盾中塑造人物。周乡绅是塑造得比较出色的乡村封建势力的代表，他阴险伪善，先是装出一副"和蔼可亲"的面目拉拢人心，继而又用封建迷信思想来化解群众的斗志，当这一切都不能奏效时，就凶相毕露，动用警察镇压群众。周乡绅的伪善、狡猾、凶恶面目在剧中被展示得淋漓尽致。面对周乡绅的欺压，代表着反抗者的青年农民李全生不畏权势，不被封建迷信愚弄，不受诡计蒙骗，与周乡绅展开了针锋相对的斗争。

从结构上说，《五奎桥》的结构完整严密，矛盾冲突逐步展开，经历几次波折，到农民动手拆桥时，进入高潮，而戏到这里戛然而止。剧作吸收了江南农村的民众语言，通俗朴素，有些台词富于个性化和表现力。

【思考与练习】

1. 分析周乡绅性格特点。

2. 赏析《五奎桥》的艺术特色。

（撰稿：赵玉）

芳草天涯（节选）

夏　衍

夏衍（1900—1995），浙江杭州人，原名沈乃熙，字端先，著名戏剧作家，电影艺术工作者，文艺评论家，翻译家，社会活动家。早年留学日本，接触日本工人运动和左翼文化运动，1927 年回国加入中国共产党，1929 年成为中国左翼作家联盟筹备工作的重要成员，左联成立后任执行委员，同年参与组织左翼戏剧家联盟。新中国成立后，他历任上海市委常委、文化部副部长、中国文联副主席、中日友协会长、全国政协常委等职务。其作品以现实主义风格为主，善于描写知识分子精神面貌以及普通民众的悲欢离合。其代表作有戏剧：《赛金花》（1936）、《自由魂》（又名《秋瑾传》，1936）、《上海屋檐下》（1937）、《法西斯细菌》（1942）、《芳草天涯》（1945）；报告文学：《包身工》（1936）、《广州在轰炸中》（1938）；电影作品：《祝福》（据鲁迅原著改编，1956）、《烈火中永生》（据《红岩》改编，1979）、《憩园》（据巴金同名小说改编，1983）。

第三幕

【室内又沈［沉］默了，静到几乎可以听得到呼吸的声音。小云无声地走近志恢的身边，带着有深意的微笑，凝视着他，志恢为了怕被她看出内心的纷乱，避开她的眼光，静静地喷了口烟。

【这样的经过了一两分钟的沈［沉］默之后，小云终于禁不住笑了。

志　笑什么？你。（有点惶窘地抬起头来）

云　（没有回答，轻轻地从他手里取过那支香烟，丢进痰盂里，然后用作弄似的调子）几时学会了抽烟？

志　（脸上浮出了一丝苦笑，迟疑了一下，解嘲地说）好玩儿……

云　（靠近他身边，一只手轻轻地按在他肩上，用充满了怜爱的声音）你，不可以的。紫晖。

【志恢慢慢地抬起头来，两人的视线正遇在一起，眼睛是灵魂的镜子，可以透过这面镜子来摸索对方的灵魂。心的探险开始了，志恢自己觉到心跳得利［厉］害。

（这紧张的沈［沉］默继续了几秒之后，小云像一个小孩子忽然想起了什么好玩的玩意一般离开了他，拉了一把靠背椅子，像十几岁的淘气女孩子似的骑马跨的反坐在椅上，上身摸在椅子背上——

云　（兴奋地）来，让我试一试。你把两只手的手指交叉起来，（自己做了一个样子，很快地分开，继续说）要随便叉对了，让我看。（然后，好像发见了什么奇迹［迹］似的笑出声来）

志　（这突如其来的测验使志恢惶惑起来，交叉着手指，茫然地问）这是什么意思？

云　（做了一个意外的表情，站起身来，用很快的调子说）你不知道？这是一个心理测验。随意地把手指叉起来，可以试验出这个人理智重于感情，还是感情重于理智？

志　（性急地问）我呢？

云　左手的手指压在右手手指上面，是理智派，反过来，右手手指在上面的，就偏重感情，你……（又是莞尔一笑）属于感情派的。

志　（再把手指交叉了几下，怀疑地说）感情派？这有什么根据？（停了一下，倏然想起了似的反问）那么你呢？

【小云尽笑，没有回答。

志　理智派？对吗？你试一试。（多少的振作起来，催促着她）

云　（背转了半个身子）我不说。反正人只有两种，不是偏于理智，就是偏于感情。

志　（想了一下，好像恍悟了似的）对了，你一定是理智派！（停了一下，然后）小云，你喜欢桂林？

云　（有点惊奇，睁大了眼睛反问）这，为什么？问这个……

志　（淡淡的一笑）桂林跟你很像，繁华是她的外形，冷隽是她的本性……

232

云　（性急地）我……

【志恢用锐利的眼光凝视着她，执拗地想从她的表情中寻觅着一点对于这种批评的反应。小云的脚步停止了，茫然地望着天空，无目的地举起手掠了一下被薰风吹乱的鬓发，终于一种混惑的表情从眉间流露了。志恢无声地上前了一步。可是，当他轻轻地咳嗽了一下，打算讲话的时候，小云很快地用手拦住了他。

云　听，不是解除的声音？（屏息地等了一下，笑了笑）不是。唔，三点半，我也得走了，你，休息一下。（她的态度不像平时的安详，语气也掩饰不了僵硬和急促）

志　（几乎是无意识的［地］拉住了她）不，等一等。

（像是电光石火，小云反射地看了志恢一眼，这是一种激情和苦痛混合在一起的表情。她很快地低下了头，微微的［地］背转了身体。手捏在一起，她觉得心骤然的［地］跳得利［厉］害。）

【紧张的沈［沉］默是短暂的，一阵忍受着苦痛的表情掠过了小云的眉宇后，紧接而来的好像是一个决心浮上了她的心头。很自然的［地］分开了手。

云　（似乎有了话题了）对了，我正有一件事要跟你商量——听听你的意见。

志　（紧张还没有消除，茫然地）跟我商量？

云　（回转来，带着捉摸不定的微笑，低声说）我想听听你对一个人的意见。

志　（很快地）谁？

云　（坐下来）别性急啊，你坐。你，觉得小许……这个人……怎么样？

志　小许？他怎么样？

云　（依旧是平静的声音）我要听听你对于他的意见，因为他——

志　因为他怎么？

云　（敛了笑，慢慢地说）因为，有一件事情要决定。

【提出这样的一个问题对志恢分明的是重大的意外。他感到了事态的并不简单，他也明白了她所讲的话的含义，可是，他混惑了，他只能掩饰了内心的震动，好像不明白她意思似的追问：

志　要决定？怎么样的问题？

云　（跺了跺脚，不自觉地做了一个抱怨的娇态）你，装傻。（用等待的眼色望着他，又沈［沉］默了。）

志　哦。（几乎不敢看她，支唔地）那，你……

云　（催促）说呀。

志　（无言地走了几步，迟疑了一下之后，带着一种几乎可以说是怆痛的表情，用低哑的声音）对于他，你应该知道得比谁都清楚。

云　（走近他身边）可是，我希望能够知道你对于他的印象，作为一个知己的朋友，作为一个敬……重的前辈，你的话，对我是有分量的。

志　那我，更不该说，不能说了。（竭力的［地］企图逃避）

云　嗯。（点了点头，微微的［地］叹了口气，低声地说）谢谢你。

志　（不明白她的意思）什么？

云　（淡淡地笑了）那不是很明白，你已经回答了我的问题。（停了一下，似乎在表示她的敏感）你的回答是否定的，对吗？

志　（好像被发觉了什么秘密）为什么？这，这是什么意思？

云　要是你觉得这个人很好，那在我面前，有什么不该说，不能说呀！

志　（被她那双机伶得可怕的眼睛望着，他狼狈地低下了头来）那，我倒没有你这样的敏感。（用手无目的地掠了一下头发，似乎有点反拨似的补上了一句）可是，这也证明了在这种情形之下，我不能也不该讲话。

云　（似乎很愉快地笑了，黑亮的眼珠在他脸上打转，用若干拖腔的调子说）说得很好，我欣赏了你的敏感。（停了一下，迎上一步，一只手反撑在椅背上，改换了很快的口吻）好，那么现在谈谈我吧，你觉得我怎么样？这用不到考虑到别的问题，我——（扑赤［哧］地一笑）受得住批评。

【志恢凝视着她，半晌没有回答。

云　说呀！（轻轻地扭了一下身体）我听你的话，有什么毛病，那一定会改的……

志　（勉强地笑了笑）可以说吗？（沈［沉］吟了一下，然后再慢慢地开始）你很聪明，也很勇敢，你没有太多的旧社会的传统……

云　（很快的［地］用两只手蒙住了耳朵，叫喊一般的［地］拦住了他）别说这些，你只讲我的缺点，弱点……

志　（淡淡地笑了一下，继续下去）但是，（看了她一眼）要说在"但是"后面，你终于也具备了一个聪明人——特别是一个聪明的女孩子所常有的弱点。你很聪明，你懂的太快，太多，于是你就学会了在这个社会里游泳，又是游泳得那样的愉快（窥察了一下她的反应，停了一下，再放胆地继续下去）你学过电气没有？哦，你学的是农业经济，电气，是聪明不过的，它懂得选择路子，它望抵抗最低的地方走……

（小云热心地听着，点了点头，轻轻地说：

云　唔，我懂得了你的意思。

志　对了，就是因为你懂得太快。（再停了一下）走抵抗少的路，就很少遇到挫折，也就不可能有进一步的磨炼。

云　（不自禁地）可是，我……

志　（拦住了她）等一等，因为你懂得在社会里游泳的技巧，你在人群里游泳得一点也没有阻碍，你不感觉到，不，应该说别人不让你感觉到生活上工作上的麻烦，所以，不论到什么地方，你都可以得到一个愉快的环境，于是——（把语气加重一点）你生活在社会对你的娇纵里面，你永远也不会知道，你也没有机会去感觉到人民大众的辛酸！

云　（慢慢的［地］低下头来，渐渐的［地］变成严肃，好像竭力地在控制起伏的感情，不使它有一点流露来阻滞对方论点的发展）唔……

志　（生怕他的言语会碰伤了对方的自尊心理，连忙笑了一下，补足了一句）说这样的话，……本来我就没有这个资格。

云　不，你肯对我这样说，我很高兴。

【两个人都沈［沉］默了，热风吹来了一阵刮［聒］耳的蝉噪声音）

云　（抬起头来，深深地呼吸了一下，好像想到了一个问题似的重新开始）尚先生，你刚才讲了电气的故事，我……（娇美地一笑）我还有一个想法，说出来不知道对不对？

志　很好，正要听听你的意见。

云　电气不是也会发热，发光？（她歪着头问）

志　（脸上露出赞叹的神色，很快的［地］接过了她的问题）对，它可以发热，发光，但是那一定要有两个必要的条件，就是——（不自禁地流露出一种在讲坛上讲解的神情和手势）第一是要有一种强大的压力，推动着它，第二是要环境逼着他［它］不能不走这条困难的道路。

云　（好像完全忘记了方才的困惑和黯澹，愉快得几乎要跳起身来，不自觉的［地］上前一步，捏住了志恢的手）你说得真好，我懂，我就需要这种力量和环境，可是，尚先生，我相信，你方才讲的话，就是一种很大的压力，使我——

志　（免不了有一点惶窘，支唔地）不，你要深入一点去看看社会，单单懂得是不够的，你要去感觉，去做。

云　（依偎在他身边，像顺从的孩子似的深深地点了点头，从长睫毛下面柔和地看了志恢一眼，放低声音，很有一点感慨）这半年来，我也看了不少的事情，特别是最近，听听你跟叔叔的谈话，看看最近桂林的这种情况，我——（骤然的［地］停住了话，凝视着他，然后又有一点支唔）我想——

志　你想怎么？

云　我想……你也许会笑我的，我想改变一下生活。

志　改变一下生活？怎么的生活？

云　那，一时也说不上来，可是，我觉得现在这样的生活，实在很可怕，很危险。

志　那，你打算……

云　唔，我不说，（又是调皮的一笑）我正在想跳出这个所谓文化人的圈子……

志　（有意地反激她）腻了？找一点新的刺激？

云　旁人都会这么讲的，可是，我没有这种动机……（瞟了他一眼，笑着说）至少我自己相信。

志　有这么大的决心？（依旧带着怀疑）

云　当一个平时没有决心的人一朝有了决心的时候……（多少有一点为了表示她的骄矜，一个字一个字地说，当志恢正要讲话的时候，突然的拦住了他）瞧！（很快地把银鱼似的手指交叉起来）我——

志　喔（很快地抓住了她的手，看了一下然后点了点头）你在骄傲你的理智！

云　你不相信？当一个女孩子有了决心的时候。

【志恢反射地站起身来离开一步，神色显得异样的仓皇。小云抬起头来，咏芬像一阵无声的风似的已经站在门外了，提着一只小小的藤篦，苍白的脸上带着疲劳的神色，似乎受了一种突如其来的激动，在屋檐下站定了一下，表情骤然的［地］僵硬起来。在最初的一瞬间似乎打算回过身来退出这个使她感到难堪的场面，又是一种忿怒驱散了她的踌躇，横了横心，迈开脚步，直着眼睛，好像走进一间没有人的屋子似的闯进去了。

【和志恢的窘促比较起来，小云的态度是自然而大方的，很快的［地］迎上一步，带笑着，并不显得特别的殷勤，很自然的［地］打算去接过她手里的藤篦，咏芬扭过半个身体避开了她，脸色冷酷使人感到可怕的程度，有意使小云感到地将志恢上上下下打量了一下，然后浮着冷笑——

芬　（回头来向小云）多谢。

云　（偷偷地看了志恢一眼，依旧是平静的调子）尚太太，你歇歇吧，叔叔跟婶婶，怎么啦？（等了一下没有得到咏芬的回答，于是继续着说）防空洞里真是太湿闷了，从前不放紧急我是不进洞的。

芬　（粗暴地拉过一把椅子，坐下来，用笨拙的讥刺口吻说）那当然呀，防空洞那儿有屋子里舒服啊！找个知心的人谈谈，又清静，又愉快……

（这几乎是粗鲁的嘲弄，使小云感到了很大的冲击，不自禁地低下了头来，恰好她的眼光碰到咏芬的充满了敌意的视线，只能懒散的［地］走开一步，骤然觉得脸上烧得利［厉］害。）

芬　（直望着她，故意做一了个吃惊的表情，用不必要的高声）怎么的，我说错了？唔，孟小姐……

志　（感到了对小云的歉意，终于拦住了她，冷冷地）咏芬……

芬　（似乎没有听见，依旧浮着冷笑对小云）对不起，孟小姐，我来得不巧了，打搅了——（把语气加重）你们。

【志恢激动地上前了一步，可是他没有开口，小云带笑而平静的调子阻止了他。

云 哪里话,尚太太,为了小许,他要尚先生起草一个工作队的计划,(瞟了志恢一眼,然后笑了笑)自己又不敢跟他说,方才一定要我——

芬 (表情并没有松弛,从鼻子里哼了一下,接上来)当然啦,他只听你孟小姐的话呀,(停顿了一下,补上一句)谈工作计划,真好,有说有笑的!

【志恢很苦痛地走开,屋子里窒息般的没有声音,小云举起手来看了看手表,依旧很自然地耸了耸眉毛)

云 (自语似的)四点一刻,唔,我得走了,尚先生,方才请你做的计划,还费心你赶赶,他们就要出发……

【志恢无言地点了点头,小云不想回身来向咏芬告别,可是在刹那间,咏芬打定了主意似地〔的〕刷的站起身来,把半个身体挡住门口。

芬 (高亢的嗓子)等一等,孟小姐,(然后咳嗽了一下,声音骤然地变得嘶哑)我有话想跟你谈谈。

云 有话?好呀,尚太太……(掩住了内心的紧张,尽量平静)

芬 请坐。(指着一把旁边的藤椅,看小云顺从地坐下了之后,把眼睛瞪着志恢,命令他)请你出去。

【一阵痉挛似的痛苦,支配了志恢的全身,似乎在用最大的努力忍受残酷的刑罚,没有反响也没有声音。

芬 叫你出去!(用带哑的声音说,等了一下,上前一步,用手指着他喊)听见了没有!

志 (抬起头来,勉强挣出了一句)我不走。你不能命令我。

云 (觉得应该由她来讲话了,站起身来,陪着笑说)尚太太……

芬 (几乎是粗暴地拦住了她。气喘得厉害,将志恢睨视了一阵,然后坐下来)好,你不走,你是应该听的,我跟孟小姐讲的话。

云 (等咏芬回过身来的时候,用柔和的口气说)尚太太,你好像很疲倦,你休息一下吧,有什么话,改一天说。

芬 不!(用手阻止了她)改天就没有机会。

【小云几乎听得到她心跳的声音,感觉得到她急促的呼吸。低下了头,面色很苍白,于是在她耳边一个充满了讥诮的声音开始了。

芬　啊哟，怎么的，孟小姐，你怕我伤害你？不，我不是一个卤莽的人。（停了一下之后）我想请教你一个问题，因为，你也是一个女人。（重重地叹了口气，似乎平静了一点，用悲伤的调子说）一个女人，应该会懂得别个女人的苦处的。孟小姐，你懂得我吗？你能帮助我吗？——

云　（这几乎是泣诉的调子使她骤然的［地］感到了悲伤，抬起头来看她一眼，伸出手来握住了她，低声地说）我懂，尚太太，帮助你，只要我能够。——

芬　（明白地激动起来，用两只手握住了她）当真？你能……懂得我？我，谢谢你。

云　（望着咏芬激动的表情，和荒凉的心境，就不禁感到了一阵冲塞起来的怆伤。这不是一个恶意的敌人，而只是一个可怜的弱者，为了尽量［地］的使她平静，柔和地抚着她的手，委宛［婉］地）尚太太，你放心，只要我能够，……你有什么——

芬　（平时稳慢的举动，这时候变成了非常之急速，很快地拦住了她，依旧用兴奋的调子）不，不，我不用说了，你懂得我的苦处，就好了，你是个聪明人……

【志恢茫然地听着，慢慢地抬起头来，似乎感到了一种渡过了危难的松弛。

云　（轻轻地透了口气，摸出手帕揩了一下鬓间的潮汗，站起身来，望了望已往西斜的骄阳）尚太太，我得走了，还得回学校去，听说要疏散……

芬　（跟着站起身来，犹豫地走了两步，好像重新打定了决心，转身说）孟小姐。

云　（低声）嗯。

芬　我，还想跟你谈谈……（掠了志恢一眼，继续着说）你能不能帮另一个人的忙？

云　谁？（有点吃惊）

芬　（再望了一眼志恢，迟疑了一下，热心地望着小云，走近一步，然后打定了决心）小许先生。

云　（有一点冲动，可是她不知［置］可否地笑了一笑）噢……他？

（低下了头，慢慢地走开）

芬 （紧跟着她，性急地说）孟小姐，我，我是不该说的，可是，他不是怪可怜吗？方才，我在路上碰到他……（透了口气，不转瞬地望着小云的表情，继续说）你们方才……喔，我不知应该怎么说，可是，孟小姐，我问了他，他不肯说，可是我懂，我看出来，几个月来，我看见过好几次，他，他老是叹气，苦恼……孟小姐，你，你不能可怜可怜他……

云 （深深地低下了头，面色变成了非常的黯澹，沈［沉］默了好久之后，低声说）这不是可怜不可怜的问题。

芬 （还是热心的［地］望着她）你们——那么……

云 （苦痛地摇了摇头，用手掠了一下鬓发，多少带一点激动的口气）尚太太，这个别谈吧，我知道，可是……

芬 不，孟小姐，我想知道——

云 （避开了她的眼光，想了一下，打定了主意，逃避一般的［地］走向门口，低声的［地］）尚太太，我得走了，再见。

芬 （着急地拉住了她，依旧用热心的口吻说）你说一句话，好不好？我好回答他，孟小姐，你，在这个乱糟糟的时势，你也得有个……

志 （一直沈［沉］默地听着她的，他看着小云苦痛的表情，终于不自禁地）咏芬！

芬 （似乎没有注意到他的存在，几乎有点粗鲁地拦住了小云，继续说）你不能可怜他，让他去苦……

云 不，尚太太，你不会懂的，我也苦得很呀——（挣扎着说，声调是暗澹的）

芬 那么你，方才答应了帮我的忙，这不是，连小许先生的问题，也解决了吗？

志 （终于站起来了，严厉地说）咏芬，旁人的事，你不用多管。

芬 （在这一刹那间脸色骤然变了，很快的［地］回过身来，怒视着他）你说什么？旁人的事？我别管，你就可以管？你说！

志 （尽量地克服自己，可是他调子还是相当的粗糙）这不是儿戏的事情，各人有各人的想法……

芬 喔，对于这个问题，你有你的想法，对不对？

志　（还想避免正面冲突，不理会她的讥刺，依旧用劝解的口吻）你，怎么可以逼着她回答这样的问题？你得让……

芬　（骤然激昂起来，用手指着他）逼她，你说我逼她？逼了她你心痛，是不是？你是她的什么？你回护她……（一句比一句猛烈，一步比一步逼近），你打算欺侮我，是不是？

云　（想离开这个不愉快的场面，走到门口，可是一转念终于又回过身来，用恳求的调子对咏芬）尚太太，别说了，你今天太兴奋了。

芬　（不礼貌地回头掠了小云一眼）不，我一点也不兴奋。（依旧穷追着志恢）我倒正要听听你的，这，跟你有什么相干？要你来讲话？

志　（调子也不觉粗暴起来）你不能胡说八道，讲话有一点分寸。跟我没有相干，难道跟你……

芬　（很快的［地］接上来，哼了一下）对了，跟你相干，相干得很，相干到不让她跟许先生……

【志恢用听不清是什么话的高声喝止了她，像一颗要爆炸的炸弹似的奔向咏芬前面，而她，也以一种半狂乱的状态迎上了一步。

芬　（在兴奋激怒的情形之下，再不能考虑身份和外观了，把手插在腰里，大声的［地］喊）你打算，打算怎么样？我怕你？怕你……

云　（很快地用身子搁在两团猛火中间，然后回头来对志恢）尚先生，你不能……

［正在这个时候门外传来了一阵孟太太的充满怨诉的声音："我早说不必躲的，炸飞机场，这儿有什么！"］

【志恢骤然地清醒起来，后退了两步，于是——

云　（很快地迎上一步，改变了一种并不严重而几乎是带笑声音喊）好了好了，婶婶，你们劝劝尚先生……

【孟太太睁圆了惊奇的眼睛，而文秀的神情却显出苦痛，孟太太抢上几步，把从防空洞里带回来的一个小口袋丢在地上，走到咏芬身边。

云　（向文秀）叔叔，我叫小许来叫你，你干吗［嘛］不早一点来呀？（若无其事地笑了笑）为了点小事情，尚先生脾气不好，吵起来了，要是你在……

孟　喔。（低声地应了一句，仔细地观察了一下志恢和小云的神色）

【咏芬被孟太太拉到右边的角上，狠狠地望了志恢一眼，想要讲话，可是一阵悲苦冲塞上来，就像骤然失却了支持的力量似的伏在椅背上哭泣起来。

孟　（摸出手巾来揩了揩汗，尽可能的［地］保持着平静，可是用严肃的口吻）紫晖，你忘了我跟你讲的话了？你，不该有这种态度。

［志恢颓丧地坐下来，痛苦地抱着头，没有言语。

太　（陪坐在咏芬旁边，一面拾起一把扇子来给她扇着，一边恶声地对文秀）我早说跟尚太太一起回来，你偏不走，没有解除，没有解除，只有你怕死，荒年乱世的，你的性命值几个钱一斤？

【文秀没有理她，怜悯地凝视了志恢一下，然后回过身来，走到咏芬面前。

孟　咏芬，听我的话，看开一点，志恢不是坏人，你去休息休息，有话慢慢谈吧。

云　（一直在等待着机会，这时才走到咏芬身边，轻轻地给她整了下凌乱的头发，柔顺地几乎是耳语般的调子）对了，尚太太，你进去歇歇吧，叔叔会跟尚先生说的，我得走了，婶婶，我回学校去，你陪尚太太谈谈……（回头望了一眼文秀，再俯下来低声而又富于暗示地对咏芬）尚太太，你方才说的，我一定给你办到，你放心，噢，一定，一定。（整了整衣服，咏芬抑住了抽噎，感谢地望了小云一眼，无言地点了点头，又很伤心地俯下去了）

【小云用分明是有点做作的轻快的步伐走到门口，对文秀和志恢挥了挥手，很快地走出门去了。文秀装了一斗烟，正待跟志恢讲话。

云　（从窗外喊）叔叔，跟小许说，我，两三天就回来，要是他来的话。

太　（半强制地扶着咏芬起来，边说）啊哟，别伤心了，大热天气，你身子不好，过一会又不舒服……（一边回过头来对志恢）尚先生，不是我帮尚太太，你呀，近来心境不好，脾气也得压压才对……（又对志恢做了一个眼色，然后扶着咏芬）好啦好啦，去揩把脸吧，气坏了身体犯不着，男人的脾气呀，哪一个不是一样，你听我，三天五天不跟他开口，让他想一想，怕他不来向你赔罪！（又对志恢作弄地挤了挤眼睛，匆匆地陪

着咏芬进后室去了）

【天渐渐地阴暗下来，房子里变成沈［沉］闷。文秀仰坐在藤椅上，静静地喷着烟，搁起的脚不断地抖着，经过了很久。

孟 （眼睛望着远方，慢慢地）身体不好？

【志恢无言，摇了摇头。

孟 那末，累啦？这几天……

志 没有。

孟 （沈［沉］默了一阵之后，坐起半个身体，用很沈［沉］重的调子）方才咏芬为了什么？

志 （忧郁地望了他一眼，然后绝望地）文秀，别再提了！

孟 可是，这不是提不提的问题，问题没有解决，不能拖，也不能……

志 （神经质地站起来，很快地说）那你要我——（这半句话里面立刻自己收住了）

孟 （对于他的激动有点意外，轻轻的［地］用手制止了他，连接地抽了几口烟，不胜感慨）莎士比亚有过一句格言，"弱者啊，你的名字叫做女人！"这句话，写尽了一部封建时代的女性历史，可是，（口气渐渐地变成非常锐利）我现在倒要改一改："弱者啊，你的名字叫做知识份［分］子"。

志 （［沉］沈默，经过了思考之后，抬起头来）你要我坚强？

孟 （很快地回答）对，要有决心。

志 怎么样的决心？

孟 我们都是知识分子，我们都有弱点，（停了一下之后）但是，守住一个进步知识份［分］子的本份［分］，要有为人而不为我的决心，至少，要有不为自己的幸福而让旁人痛苦的决心。

志 你的意思是说——

孟 要是你不觉得我讲的话太重，那么我说，踏过旁人的苦痛而走向自己的幸福，这是犯罪的行为。（目光炯炯的［地］望着他，继续下去）你懂得我的意思？

志 （惨然地垂下了头，半晌之后低头地）这是你的诛心之论。

孟　对，也许可以这么说，可是，你必须认识，人对人的关系，不像人对一件衣服，这不能随便脱掉。她将成为一个影子，一直站在前面。

志　（渐渐地苦痛起来，好容易挣扎着）我不敢想，老孟，你别说了，我懂！

孟　那好。（重重地点了点头）悬崖勒马，正是时候。（站起来走了几步，到后房门口去静听了一下，神色缓和了一点，边走边说）紫晖，这几天战事情形很紧，我看到了这个地步，大家都得有个打算……

志　（脸色苍白得很，茫然地）唔，你打算……

孟　逃，也逃得够远了，可以说已逃遍了大半个中国，我，这几天在想逃不逃的问题。

志　你不逃，耽在桂林？

孟　不是这个意思，我们过去，只想到逃，逃也逃得太消极，现在，可逃的地方也不多了，我想我们得有一个新的办法。

志　什么办法？（稍稍振作了一下，似乎想从这个大问题中，得到小问题的解决）

孟　我正在想，譬如说，假如桂林不守的话！

【话没有完，不知道什么时候已经无声地站在志恢背后的孟太太插嘴进来了。

太　亏你还悠闲自在,桂林呀衡阳的谈国家大事……（文秀和志恢两个同时的［地］回过身来，孟太太满面忧容好像还滴了几滴眼泪，又急又恨的［地］说）古人说得好，齐家治国平天下，尚先生，先把家里的事平一平好不好？

孟　（用手势抑止了她的高声，轻轻地问）咏芬怎么样？她！

太　咏芬怎么样?请你去问你的那位宝贝的姪［侄］小姐！（本来就高亢的孟太太的声音已经带着哭声了。文秀怕她讲出志恢受不了的话来，作揖打拱地劝阻她，于是，孟太太很快地回转身来，忿忿地）好，我多嘴，多管闲事，过会儿闯出祸来，你负责任！

［和孟太太的出去差不多同时，从窗外夕阳里掠过一个人影，志恢不安地回过身来，闯进来的是手里拿着一份晚报的小许。

孟　喔，小许！

许　（脸上带着激动的神色，很快地把报纸递给文秀，气忿忿地说）真快，我们全被蒙在鼓里。

孟　（整了整眼镜，很快地脸色变了，无言地把报纸递给志恢，自言自语地）简直是长距离竞走……唔？小许，你的打算是？

许　（上前一步，性急地说）实际上，衡阳三天前就丢了，否则，怎们会在黄沙河发现敌人……（喘了口气，不胜感慨地）此刻在挨户的[地]通知，紧急疏散，我看老孟，你跟尚先生们应该很快地打定好主意……

孟　你呐？你打算……

许　（似乎掩不住有点骄矜的神色，很快地说）我决定了，明天早上就走。

孟　去柳州？

许　不，先到平乐，布置一下，再到粤桂边境……

孟　喔，那好，跟哪些人？

许　那儿是一个去处，（兴奋地说，没有直接回答他的问题）我们不想再往西走。我们得留这里，做一点事。

孟　好，很好，（走近他）决定得这么快，你——

许　（很快地回答）不，我，已经想了很多天了，今天的形势逼着我们非如此不可。孟先生你们，也得赶快走，交通工具很困难，迟了也许会……

孟　（点了点头）你放心，你——（好像突然想起了似的）喔，对了，方才小云回学校去了，她得两天之后回来——你，要不要赶快通知她，也许还来得及……

许　（一阵阴郁掠过他的脸上，可是，他很快地把它抑止了，摇了摇头，浮着惨笑低声地说）不必了。（停了一下，努力用平静的调子）孟先生，告诉她我走了，我们有一大群同伴……她，请你多多的[地]鼓励她，多做点事……（然后补上一句）她太年青，有时候会……打不定主意。

孟　好，我一定，把你的话告诉她！你放心。

许　（旋过身来，向志恢伸出了手）尚先生，再见！我，走了。

【志恢用感动的眼光望着他，紧紧地握了握手……

孟 （出神地凝视着他，慢慢地伸出手来，握了一下，再在他的肩上拍了几下）好，好孩子，这是一个伟大的决心！到人民中间去！让我们在胜利的时候再见。

许 （深深地点了点头，感激地拍了拍他的肩膀）一定的，一定的，孟先生，保重，当心身体。

［志恢脸上浮出了振奋的神色，感激地望着这个情景。］

——幕——

（原载《夏衍剧作集之一：芳草天涯》，开明书店，1949 年 11 月初版）

【作品导读】

20 世纪三四十年代是中国话剧走向繁荣的阶段，这一时期优秀戏剧作家的创作日臻成熟，曹禺的《雷雨》《日出》、田汉的《回春之曲》《秋声赋》、李健吾的《这不过是春天》、夏衍的《上海屋檐下》等代表作均产生于这一时期。夏衍 1927 年回国后一直参加文艺战线的工作，尤其以戏剧、电影工作为主。甫一进入文坛，夏衍便以一种沉潜的现实主义方法在戏剧领域树立了自己的风格，1937 年发表的《上海屋檐下》，是夏衍成熟地运用现实主义手法的标志。夏衍的文学创作与自身革命者的身份息息相关，其作品关注现实，善于表现小市民以及知识分子的生活困境与心理活动，表现普通人积极融入时代的人生道路选择。

四幕剧《芳草天涯》创作于 1945 年，创作的时代背景是烽火连天的抗战时期（1944 年），地点在暂时平静、不久便战火纷飞的桂林。《芳草天涯》是一部表现知识分子爱情题材的剧作，剧中讲述教授尚志恢与妻子石咏芬婚姻出现裂缝，尚志恢对年轻活泼的孟小云产生爱慕之情，但尚志恢与孟小云之间的感情是"发乎情，止乎礼义"的，虽然尚志恢与孟小云互相钦慕，但他们二人之间的感情并没有超越道德的界限。夏衍在该剧中阐明了核心的主题，即"踏过旁人的痛苦而走向自己的幸福，这是犯罪行为"。剧中人物的结局设定体现了夏衍一贯坚持的价值观，许乃辰、孟小云、孟文秀、尚志恢等人最终积极融入时代，走向人民，抛弃个人的儿女情长，投身于广大的社会中。

夏衍的戏剧作品以细腻丰富的心理描写见长，他的戏剧又被称为生活剧和心理现实剧。本节选自该剧本中极具戏剧冲突张力的第三幕后半部分，其戏剧冲突集中体现在人物之间，包括石咏芬与尚志恢之间的冲突、石咏芬与孟小云之间的冲突、尚志恢与孟小云之间的冲突，这三种戏剧冲突呈现了不同程度的紧张态势。尚志恢和孟小云之间的冲突程度显然最弱，而且非常细腻，他们二人的冲突在于理解上的错位，例如尚志恢对孟小云表示的"决心"的怀疑；石咏芬与孟小云的戏剧冲突显然和石咏芬与尚志恢的冲突相交织，前者的紧张程度虽不及后者，但同样牵引着读者的心理变化，石咏芬对孟小云的"明枪暗箭"与石咏芬对尚志恢的愤怒相关，三人之间的紧张对立在尚志恢终于和妻子石咏芬产生正面冲突中达到了尖锐的程度，但随即被孟文秀与孟太太的到来所缓解。可以说，夏衍在戏剧冲突的把握方面做到了张弛有度，有效地将戏剧情节与读者的阅读感受沟通了起来。

至于人物对话以及人物性格的刻画，夏衍对尚志恢和孟小云之间的"心灵探险"拿捏得非常到位，将尚志恢的感性与孟小云的理性体现得细致入微，人物之间的对话设置了大量的话语空白，突出了人物动作、神情的刻画，使人物的心理活动尽在不言之中，给读者留下了丰富的想象空间。夏衍淋漓尽致地刻画了尚志恢妻子石咏芬的情感变化——最初顾及身份与体面而极力抑制愤怒的情绪，到最后忍无可忍、勃然大怒，足可见作家描摹人物的深厚功力。除了对尚志恢、石咏芬、孟小云这三位人物的刻画之外，夏衍对孟文秀这位记者同时又是编辑的知识分子形象的描摹同样令人印象深刻。如果读过夏衍的相关传记，会发现孟文秀的睿智沉稳、积极乐观蕴含了夏衍个人的性格特征。

作为一个坚定的革命者、一个真正的共产党员，夏衍用自己的文学创作以及实际行动，展现了对国家与人民的热爱。在战火纷飞的革命岁月，无论是为文还是为人，夏衍都坚守着为人民大众奉献的原则。

【思考与练习】

1. 尚志恢的人物性格是怎样的?

2. 通过《芳草天涯》中人物的情感理解革命情感的特殊性。

（撰稿：武佩佩）

后 记

　　思政课改革在高校如火如荼，河北大学在这方面进行了积极有益的探索。长期模式化的思政课堂，限定了很多学生对中国革命的认知，并且导致某种程度上的厌倦心理，甚至敬而远之。当前，已经习惯了和平环境的一些人，对革命和革命文化也备感陌生和疏离。针对这样的社会心理和精神状态，河北大学文学院较早地进行了探索，将思政课与专业课相融合，于2016年春季新开了"革命文学与当代人文精神"全校公选课。

　　课程主旨是以文学的方式弘扬社会主义核心价值观。课程通过引导学生阅读、了解革命文学作品，获得对中国革命历史、文化鲜活且深入的了解，探索文学与当代社会人文精神的契合点，通过对革命文学和革命作家的人生道路解读，发掘革命文学所蕴含的当代人文精神，让革命文学成为当今社会一种与日常生活紧密相连、又具有超越性的精神资源。

　　课程引导学生通过生动形象的文学阅读，理解革命在今天的现实意义——既与日常生活紧密相连，又能召唤、凝聚理想主义情怀，强调中国革命文学中的爱国主义、批判精神、理想情怀等具体内容，将在当代人文精神建构过程中发挥重要作用。

　　在人类社会不断发展的过程中，人们对于人文精神的认知和理解也在不断变化，但无论如何变化，其核心还是"人"。承认人的价值，尊重人的个体利益，包括物质的利益和精神的利益。周国平教授强调，人文精神的基本涵义就是尊重人的价值，尊重精神的价值。某种程度上说，人文精神是一种普遍的人类自我关怀，表现为对人的尊严、价值、命运的维护、追求和关切，它关注的是人类价值和精神表现。而我国当代人文精神是以人为本的世界观、人生观和价值观的集中体现，是以人的整体、全面、长远和根本利益为最高价值的态度与追求，其核心就是社会主义核心价值观。

党的十八大报告提出，倡导富强、民主、文明、和谐，倡导自由、平等、公正、法治，倡导爱国、敬业、诚信、友善，积极培育和践行社会主义核心价值观。富强、民主、文明、和谐是国家层面的价值目标，自由、平等、公正、法治是社会层面的价值取向，爱国、敬业、诚信、友善是公民个人层面的价值准则，这24个字是社会主义核心价值观的基本内容。无疑，社会主义核心价值观坚持以人为本，尊重群众主体地位，关注人们利益诉求和价值愿望，促进人的全面发展；坚持以理想信念为核心，在全社会牢固树立中国特色社会主义共同理想，铸牢人们的精神支柱。

如何以社会主义核心价值观引领当代社会人文精神的重塑，尤其是当代大学生精神世界，是这个时代需要共同面对的问题。编选本书的初衷即是在这方面进行一个有益的尝试。

本书出版得到河北大学中国语言文学重点学科经费支持。本书的出版首先要感谢河北大学文学院的各位领导的关怀与鼓励，特别是陈双新、刘金柱和田建民几位教授的支持与帮助。同时，还要感谢本书的责任编辑宋娜女士，宋娜女士以专业而严谨的工作为本书的出版付出了大量心血。

此外，参加本书编写工作的人员有（以姓氏音为序）：

高静、胡学丽、李姣、李俊尧、李鑫、李致、刘红茹、刘琼、龙媛媛、陆莉锢、吉媛圆、马思钰、庞婧、宋宇、苏丽娜、田天、佟丞、武佩佩、王霄霞、王宇、严晓虎、于文静、袁佩儒、张新宇、张瑜、赵玉、邹洁。

收入本书中的绝大部分篇目已经进入公版。未进入公版篇目经编者联系，大部分也已获得授权；个别篇目由于著作权人联系方式变化，请见到本书后和我们联系，以便奉寄样书和稿酬。

　　最后需要说明的是，本书也是河北省教改项目"红色经典与中文专业课程思政建设改革与实践"（2018GJJG001）的阶段性成果，是教学相长过程中不断探索的产物。有探索就难免有不足，也恳请各位专家同行批评指正。

编　者

2020 年 5 月 4 日